기쁨의 집

2

이디스 워튼

기쁨의 집 2

서문 신시아 그리핀 울프

최인자 옮김

펭귄클래식코리아

기쁨의 집 2

1판 1쇄 발행 2008년 11월 20일
1판 18쇄 발행 2022년 10월 31일

지은이 | 이디스 워튼 옮긴이 | 최인자
발행인 | 이재진 단행본사업본부장 | 신동해 편집장 | 김경림
마케팅 | 최혜진 이은미 홍보 | 최새롬 반여진 정지연
제작 | 정석훈 국제업무 | 김은정

브랜드 펭귄클래식코리아
주소 경기도 파주시 회동길 20 웅진씽크빅 단행본사업본부 펭귄클래식코리아
문의전화 031-956-7212(편집) 02-3670-1123(마케팅)
홈페이지 www.wjbooks.co.kr
페이스북 www.facebook.com/wjbook
포스트 post.naver.com/wj_booking

발행처 ㈜웅진씽크빅
출판신고 1980년 3월 29일 제406-2007-000046호

Penguin Classics Korea is the Joint Venture with Penguin Random House Ltd.
Penguin and the associated logo are registered and/or unregistered trademarks of
Penguin Random House Limited. Used with permission.
펭귄클래식코리아는 펭귄랜덤하우스와 제휴한 ㈜웅진씽크빅 단행본사업본부의 브랜드입니다. 펭귄 및 관련 로고는 펭귄랜덤하우스의 등록 상표입니다. 허가를 받아야만 사용할 수 있습니다.

이 책은 저작권법에 따라 보호받는 저작물이므로 무단 전재와 무단 복제를 금지하며, 책 내용의 전부 또는 일부를 이용하려면 저작권자와 ㈜웅진씽크빅의 서면 동의를 받아야 합니다.

한국어판 ⓒ 웅진씽크빅, 2008
서문 ⓒ 신시아 그리핀 울프, 1985/펭귄랜덤하우스

ISBN 978-89-01-09042-9 04800
ISBN 978-89-01-08204-2 (세트)

- 잘못된 책은 구입하신 곳에서 바꾸어 드립니다.
- 책값은 뒤표지에 있습니다.

차례

2부 · 7

주 · 265

1권 차례
서문 · 7 / 1부 · 41 / 주 · 355

2부

1

카지노의 계단 위에 선 셀던은 자신이 알고 있는 다른 어떤 곳보다도 몬테카를로[1]야말로 사람들의 기분에 따라서 변화무쌍하게 달라질 수 있는 재주를 지닌 곳이라는 생각이 들었다.

지금 그의 기분에는 이곳이 두 팔을 활짝 벌리고 손님을 환영하는 축제장처럼 느껴졌다. 물론 환상에서 깨어나 말짱한 눈으로 보면 허식과 진부함으로 가득 찬 곳처럼 보일 수도 있다. 하지만 몬테카를로가 어찌나 노골적으로 환락에 동참하라는 유혹을 던지던지, 또 어찌나 공공연하게 인간의 천성 안에 잠재된 유희적 본능을 인정하고 나서던지, 감각을 규제하도록 만들어놓은 환경 속에서 한동안 죽도록 일만 해온 지친 영혼에게는 너무나 신선한 자극이었다. 셀던은 이국적이고 화려한 건축물 안에 만들어놓은 하얀 광장과 공들여 꾸며놓은 열대 정원, 그리고 마치 황급히 무대를 바꾸다가 깜박 잊고 치우지 않은 웅장한 무대장치 같은 옅은 자줏빛 산들을 배경으로 마당 안을 어슬렁거리고 있는 한 무리의 사람을 살펴보았다. 온 사방에 가득 퍼져 있는 눈부신 빛과 한가로운 여유를 느끼는 순간, 지난 몇 달 동안 자신이 지내온 삶에 대한 혐오감이 새삼 밀려들었다.

뉴욕의 겨울은 눈으로 뒤덮인 나날의 끝없는 연속이었다. 그러다가 으스스한 햇살과 사나운 바람의 계절인 봄이 곧장 이어졌는데, 그때는 모진 바람에 살갗이 에는 것처럼 볼썽사나운 주위 풍경에 눈이 아플 시경이었다. 셀던은 일에 파묻혀 지내면서 자기와 같은 처지에 있는 사람은 외부 환경이야 어떻든 아무 상관도 없다고 혼자 되뇌곤 했다. 차가운 공기와 추한 풍경은 오히려 해이해진 마음에 훌륭한 자극제가 된다고 자신을 설득했다. 그러므로 급한 업무 때문에 파리에 있는 고객과 상담하기 위해 해외로 떠나야 했을 때, 셀던은 규칙적인 사무실의 일상을 벗어나는 게 내키지 않을 정도였다. 마침내 서둘러 업무를 마친 후 일주일 동안 시간을 내서 남쪽으로 내려오고 나니, 비로소 구경꾼의 열정이 되살아나는 것을 느낄 수 있었다. 구경이야말로 인생에 대해 객관적인 흥미를 가지는 사람들의 가장 커다란 위안거리가 아닐 수 없었다.

이곳의 그 다양한 매력들을 보라! 또한 유사함과 대조가 만들어내는 이 영원한 경이를 보라! 셀던이 카지노의 계단을 내려와서 그 대문 앞의 보도 위에 멈춰 섰을 때, 그 다채로운 쇼의 모든 교묘한 술수와 변화가 단숨에 그를 압도했다. 셀던은 7년 동안 해외에 나간 적이 없었다. 이 오랜만의 외출이 얼마나 엄청난 정신적인 변화를 가져오는지! 비록 마음 깊은 곳은 별다른 영향을 받지 않았을지 몰라도 표면적으로는 달라지지 않은 것이 단 하나도 없을 정도였다. 그리고 이곳이야말로 그 새로운 소생을 완성시키는 바로 그 장소였다. 이 숭고함과 불멸성은 그를 과거의 모습 그대로 남겨 둘지 모른다. 하지만 단 하루의 환락을 위해서 세운 이 텐트는 셀던 자신과 그의 고정된 하늘 사이에 망각이란 지붕을 드리웠다.

지금은 사월 중반이었다. 환락도 그 절정에 이르렀다는 것을 느낄 수 있었다. 광장과 정원에 있는 각양각색의 무리도 조만간 뿔뿔이 흩어졌다가 다른 곳에서 다시 무리를 형성할 것이다. 반면 이 공연의 마지막 순간은 당장이라도 커튼이 내려질 것 같은 아쉬움 속에 더욱 밝게 빛나는 것 같았다. 부드러운 공기와 사방에 만발한 꽃, 그리고 새파랗기가 이루 말할 수 없는 하늘과 바다는 마지막 대단원의 극적인 효과를 자아내고 있었다. 그때 모든 전등이 일제히 켜졌다. 이 인상적인 장면은 의식적으로 남들의 이목을 끄는 한 무리의 관광객이 앞쪽 한가운데로 등장함으로써 더욱 강렬한 인상을 불러일으켰다. 그들은 마지막 인사를 하기 위해서 무대 한가운데 모두 모인 주인공 같은 태도로 셀던 앞에 서 있었다. 그들의 옷차림을 보면, 이 쇼를 상연하기 위해 비용 따위는 전혀 상관하지 않음을 분명히 알 수 있었다. 그 모습은 흡사 '코스튬 플레이'와 대단히 유사해 보였는데, 그 공연에서는 주인공들이 의상을 벗지 않은 채 회랑을 걸어서 지나갔다. 부인들은 각자 독자적인 효과를 내기 위해 계산이라도 한 듯 전혀 서로 상관없는 자세로 서 있었고, 남자들은 프로그램에 전용 재단사의 이름이 실린 무대 주인공만큼이나 어울리지 않게 부인들 주위를 서성이고 있었다. 그런데 이들 중 한 명의 이목을 끌게 되면서 셀던 자신도 뜻하지 않게 이 무리 속에 끼게 되었다.

"어머나, 셀던 씨!"

피셔 부인이 깜짝 놀라 소리쳤다. 그리고 잭 스테프니 부인과 웰링턴 브리 부인을 향해 손짓을 하면서 하소연이라도 하듯 말을 이었다.

"우린 지금 굶어 죽을 지경이랍니다. 어디서 식사를 할지 정하지 못해서 말이죠."

뜨거운 환영을 받으며 이 무리에 합류한 셀던은 그들의 곤경에 대해 자세한 이야기를 들은 결과, 이곳에 반드시 식사를 하지 않으면 중요한 것을 놓치게 되는 식당과 식사를 하면 중요한 것을 잃게 되는 식당이 있다는 재미있는 사실을 알게 되었다. 결국 식사라는 신성한 제의에 바쳐진 바로 이곳에서는 먹는 것이 사실상 대단히 중요한 문제였다.

"물론 테라스[2]에 가면 가장 훌륭한 음식을 먹을 수 있지요. 하지만 그러면 마치 특별한 이유 없이 그냥 온 사람처럼 보이거든요. 언제나 아무것도 모르는 미국인들이 제일 좋은 음식을 찾아서 그곳으로 떼 지어 몰려오기 때문이죠. 그래서 최근에 벨트셔 공작부인께서는 베카생[3]에 가신답니다."

브리 부인이 열심히 상황을 요약해서 설명해 주었다.

피셔 부인으로서는 절망스럽게도, 브리 부인은 사람들 앞에서 자신이 사교계의 모델로 삼고 있는 인물들에 대해 떠들어대는 수준에서 단 한 발짝도 앞으로 나가지 못하고 있었다. 그녀는 단지 자신이 원하기 때문에 이렇게 행동한다는 식의, 그리고 자신이 선택한 것은 무엇이든 옳다는 식의 도도한 태도를 절대 몸에 익힐 수가 없었다.

한편 브리 씨는 키가 작고 얼굴이 창백한 남자였는데, 영락없는 사업가 같은 외모에 옷은 휴양지 차림을 하고 있었다. 그는 이 고민스러운 상황을 무척 즐기는 것 같았다.

"내 짐작에 공작부인은 아마 가장 값이 싼 곳으로 가실걸. 누군가 대신 식사비를 내줄 사람을 구하지 못하면 말이야. 이제라도 당신이 테라스에서 한턱 내겠다고 제안한다면 바람처럼 달려오시겠지만."

이때 잭 스테프니 부인이 끼어들었다.

"대공들께서는 원래 콩다민[4) 거리에 있는 작은 식당을 찾아가신대요. 휴버트 경이 그러시는데, 유럽에서 완두콩 요리를 제대로 할 수 있는 유일한 식당이라더군요."

빼빼 마르고 꾀죄죄한 휴버트 다세이 경은 입가에 매력적이지만 닳고 닳은 미소를 떠올리며, 마치 부자들을 제대로 된 식당으로 인도하느라 호시절을 다 보낸 사람 같은 태도로 그 말에 동의했다.

"그건 맞는 말이죠."

"완두콩이라고요?"

브리 씨가 한껏 경멸하는 어조로 되물었다.

"그럼 거북이 요리는 할 줄 안답니까? 그깟 완두콩 요리 하나로 명성을 얻을 수 있다니. 그거야말로 유럽 시장이 어떤 곳인지 단적으로 보여 주는군요."

잭 스테프니가 아는 척하며 한마디 거들고 나섰다.

"솔직히 저는 다세이의 말에 동의할 수 있을지 모르겠습니다. 파리에도 허름한 작은 식당 하나가 있거든요. 케볼테르[5)에서 좀 떨어진 곳에 말이죠. 하지만 어쨌든 저는 콩다민의 싸구려 음식점은 권해 드릴 수 없습니다. 적어도 숙녀 분들께는 그럴 수 없지요."

스테프니는 반 오스버그 집안의 남자들이 대개 그렇듯이 결혼한 이후로 점점 몸이 뚱뚱해지면서 날로 점잔을 떨었다. 하지만 그의 아내는 남편이 깜짝 놀라고 불편해할 정도로 점점 더 발걸음이 날쌔고 가벼워져서, 함께 걸을 때면 남편은 숨을 헐떡이며 그녀의 뒤를 간신히 따라가는 지경이었다.

"그렇다면 우리 거기로 가요!"

스테프니 부인이 모자에 달린 깃털을 휙 젖히면서 단호하게 말했다.

"테라스는 이제 지긋지긋해요. 엄마가 날마다 해주는 음식처럼 평범하기 짝이 없어요. 세다기 휴버트 경께서 다른 식당에 가면 거기 있는 유명인사들이 누군지 알려 주시기로 약속했단 말이에요. 그렇죠, 캐리? 자, 잭. 그렇게 엄숙한 표정 좀 짓지 말아요!"

"글쎄, 내가 알고 싶은 건 단지 그 사람들의 재단사가 누군가 하는 것뿐인데."

브리 부인이 말했다.

"물론 다세이라면 그것도 말해 줄 수 있을 겁니다."

스테프니가 조롱하는 뜻으로 이렇게 말했지만, 정작 당사자는 가볍게 받아넘겼다.

"제가 적어도 누군지 알아봐 드릴 수는 있을 겁니다, 친애하는 브리 부인."

브리 부인이 더 이상 단 한 발자국도 걷지 못하겠다고 선언했기 때문에, 이들 일행은 정원 주변을 얼씬거리고 있던 사륜마차 두세 대를 불렀다. 그리고 콩다민 거리를 향해서 줄지어 달려갔다.

그들의 최종 목적지는 몬테카를로부터 부두를 따라 형성된 저지대 거리까지 가파르게 이어지는 대로변에 줄지어 서 있는 작은 식당 중 하나였다. 그들이 자리를 잡고 앉은 창가에서는 둥근 항구의 새파란 바다가 한눈에 내려다보였는데, 그것을 사이에 두고 양쪽에는 똑같이 생긴 녹색 벼랑이 우뚝 솟아 있었다. 그리고 오른쪽 저편으로는 중세풍의 교회와 성당이 서 있는 모나코의 절벽이 보였고, 왼쪽으로는 도박장의 테라스와 뾰족탑들이 보였다. 그 사이에 있는 둥근 만에서는 유람선들이 드나들 때마다 파도가 일었다. 점심 식사가 거의 끝나 갈 무렵, 거대한 요트 한 채가 위풍당당하게 만으로 들어오는 광경이 콩 요리를 먹고 있던 사람들의 시선을 빼앗았다.

"이런, 도싯 부부가 돌아온 모양이로군요!"

스테프니가 소리쳤다. 그러자 휴버트 경이 외알 안경을 떨어뜨리며 맞장구를 쳤다.

"그렇군. 사브리나[6] 호가 틀림없어."

"이렇게 일찍? 시실리에서 한 달쯤 지낼 거라고 했는데?"

피셔 부인이 말했다.

"아마 이미 한 달은 족히 지난 것 같은 기분일 거야. 시실리 전체에 최신 호텔이라고는 딱 하나밖에 없으니까 말이지."

브리 씨가 빈정거렸다.

"그건 애초에 네드 실버턴의 생각이었어요. 하지만 가엾은 도싯과 릴리 바트는 틀림없이 지겨워 죽을 지경이었겠군."

피셔 부인이 셀던에게 소곤거렸다. 그러고는 한마디 덧붙였다.

"부디 무슨 소동이나 일어나지 않았어야 할 텐데."

"바트 양이 다시 돌아오다니 참으로 기쁜 일이군."

휴버트 경이 짐짓 꾸민 듯한 부드러운 목소리로 말했다. 그러자 브리 부인이 솔직하게 인정했다.

"이제 릴리가 왔으니 공작부인도 우리와 식사를 같이 하실 거예요."

"공작부인께서는 바트 양을 굉장히 좋아하시니까, 바트 양이라면 분명히 그런 자리를 주선할 수 있을 겁니다."

휴버트 경은 사교적 만남을 주선해 주고 이익을 챙기는 데 익숙한 사람답게 직업적인 기민함을 드러내며 부인의 말에 동의했다. 셀던은 순식간에 사업가적인 태도로 돌변하는 그를 보고 깜짝 놀랐다.

"릴리는 여기서 엄청난 성공을 거뒀어요."

피셔 부인은 여전히 셀던의 귀에만 들리도록 소곤거렸다.

"요즘 릴리는 정말 십 년은 더 젊어진 것 같아요. 그토록 아름다운 모습은 나도 처음 봤다니까. 칸[7]에 있을 때, 스키도 백작부인은 어딜 가든 릴리를 꼭 데리고 다녔죠. 심지어 마케도니아의 크라운 공주님은 시미에[8]에 릴리를 일주일 동안이나 머물게 했지 뭐예요. 버사가 황망히 요트를 몰고 시실리로 떠난 이유 중 하나가 바로 그거란 소문까지 돌았죠. 크라운 공주님은 버사를 거들떠보지도 않았거든요. 버사로서는 릴리의 승리를 눈뜨고 지켜볼 수가 없었겠죠."

셀던은 아무 대답도 하지 않았다. 바트 양이 도싯 부부와 함께 지중해로 크루즈 여행을 떠났다는 사실은 그도 막연히 들어서 알고 있었다. 하지만 리비에라[9]에서 우연히 그녀와 마주치리라고는 꿈에도 생각하지 않았다. 사실상 이곳의 시즌도 거의 막바지였기 때문이다. 셀던은 비스듬히 등을 기댄 채 터키 커피가 담긴, 섬세하게 세공된 잔을 말없이 응시하고 있었다. 그리고 머릿속으로는 릴리가 가까이 있다는 소식이 자신에게 어떤 영향을 미치는지 자문하면서 생각을 정리하려고 노력했다. 그는 격정이 몰아치는 순간에도 자신에게서 약간 떨어져 나와 자신의 감정을 말짱한 정신으로 바라볼 수 있는 능력이 있었다. 그러므로 사브리나 호를 보고 자신이 이토록 동요한다는 사실에 진심으로 깜짝 놀랐다. 그 충격적인 환멸의 순간을 겪고 난 후 지난 석 달 동안 오직 일에만 파묻혀 지내면서 감상적인 망상 따위는 마음속에서 말끔히 지워버렸다고 믿을 만한 충분한 이유가 있었기 때문이다. 그동안 줄곧 그가 주목하고 키워온 감정은 무사히 도망친 것에 대한 감사였다. 그는 마치 아슬아슬한 위기에서 벗어난 것만 너무 기뻐하다가 상처가 난 줄도 모르는 여행자와 같았다. 그런데 갑자기 잠재되어 있던 통증이 전해졌고, 결국 자신이 아무런 상처도 없이 빠져나온 것은 아니란 사실을 깨달은 것이다.

그로부터 한 시간 후 셀던은 카지노의 정원에 피셔 부인과 나란히 앉았다. 그리고 간신히 피해 나온 위험을 생각하다가 입은 상처를 잊게 해줄 새로운 이유를 찾아내려고 애썼다. 다른 일행은 뭘 할지 결정하지 못하고 빈둥거리다가 뿔뿔이 흩어졌는데, 그것은 몬테카를로의 특징적인 사회적 동향이기도 했다. 이곳에서는 모든 장소와 기나긴 한낮의 시간이 무한히 빈둥거리며 지낼 수 있는 길을 제시해 주고 있는 것 같았다. 휴버트 다세이 경은 결국 브리 부인한테서 어떻게든 저녁 식사 자리에 공작부인이 참석하도록 교섭해 보라는 임무를 받고 벨트서 공작부인을 찾아서 떠났다. 또한 스테프니 부부는 자동차를 타고 니스로 떠났으며, 브리 씨는 요즘 한창 열을 올리고 있는 비둘기 사냥에 참가하기 위해 가버렸다.

한편 점심 식사 후에는 얼굴이 빨개지면서 코를 고는 경향이 있는 브리 부인은 현명하게도 캐리 피셔의 조언을 받아들여서, 호텔로 돌아가 한 시간 정도 낮잠을 자기로 했다. 결국 단둘이 남은 셀던과 피셔 부인은 산책을 하면서 허심탄회하게 이야기를 나눌 수 있게 되었다. 이 정처 없는 산책은 곧 월계수와 장미 덩굴 아래에 놓인 조용한 벤치에 앉는 것으로 이어졌다. 그곳에서는 대리석 난간 사이로 눈이 부실 만큼 새파란 바다와 바위 위에 유성처럼 솟아난 새빨간 선인장 꽃들이 바라다보였다. 부드러운 그늘이 드리워진 오붓한 장소와 반짝이는 햇살은 느긋하게 담배나 피우면서 우유자적하고 싶은 마음을 절로 불러일으켰다. 셀던 역시 이런 분위기에 휩쓸려서 피셔 부인이 지난 사연을 털어놓는 동안 묵묵히 듣고 있었다. 피셔 부인은 사교계 사람들이 뉴욕의 혹독한 봄 날씨를 피해서 달아날 시기에 웰리 브리 부부와 함께 해외로 떠났다. 첫 번째 성공에 도취된 브리 부부는 벌써 새로운 왕국에 대한 갈망에 목말라했다. 피셔 부인은 런던 사교계만큼이나 리비에라 사교계도 진입하기가 쉬울 것이라고 예상하고 이들 부부를 그쪽으로 이끌었다. 피셔 부인은 전 세계 도시마다 인맥이 있었고, 오랫동안 연락이 끊겼다가도 다시 그 인맥을 찾아낼 수 있는 능력이 있었다. 게다가 브리 부부의 재력에 대한 소문을 조심스럽게 여기저기 뿌려 놓은 결과, 쾌락을 쫓는 수많은 코즈모폴리턴이 순식간에 그들 주위로 몰려들었다.

"하지만 내가 기대했던 것처럼 일이 잘 풀리지는 않았어요."

피셔 부인이 솔직히 인정했다.

"흔히들 돈 있는 사람은 모두 사교계에 들어갈 수 있다고 말하지만 사실 '거의' 모두 들어갈 수 있다고 말하는 게 더 정확한 표현일 거예요. 게다가 영국 시장은 이제 신출내기 미국인 갑부라면 넌더리를 내는 지경이어서 굉장히 영리하거나 엄청나게 특이하거나 둘 중 하나가 아니면 그곳에서 성공할 수 없게 되었죠. 그런데 브리 부부는 그 어느 쪽도 아니거든요. 만약 부인이 남편을 그냥 내버려 두었다면 남편은 그런대로 잘 해냈을지도 모르죠. 그 사람들은 브리 씨가 천박한 상소리를 해대고 허풍을 떨고 터무니없는 실수를 저지르는 걸 아주 재밌어했거든요. 하지만 루이자가 괜히 남편을 누르고 자기가 앞으로 나서려고 하는 바람에 모든 걸 다 망쳐놓았지 뭐예요. 혹시 루이자가 원래 자기 천성대로 행동했다면, 그러니까 뚱뚱하고 천박하고 시끄러운 그 모습 그대로 사람들을 대했다면 그나마 괜찮았을 거예요. 하지만 잘난 사람들 앞에 서기만 하면, 당장 자기가 굉장히 날씬하고 우아한 여왕이라도 되는 것처럼 굴더군요. 벨트셔 공작부인과 스키도 백작부인 앞에서도 그 짓을 하다가 결국 두 사람 모두 달아나 버리고 말았지요. 난 어떻게든 그녀의 실수를 깨닫게 해주려고 최선을 다했어요. '루이자, 제발 그냥 자연스럽게 굴어요.' 라고 몇 번이나 그녀에게 충고했는지 몰라요. 하지만 나중에는 심지어 나한테까지 계속 그런 사기를 치려고 하더라니까요! 내 장담하지만, 그 여자는 아마 방문을 닫고 혼자 방 안에 있을 때도 여전히 여왕처럼 거만을 떨고 있을 거예요."

피셔 부인이 계속 말을 이었다.

"설상가상으로 그 여자는 이 모든 게 내 탓이라고 생각하고 있어요. 6주 전에 도싯 부부가 여기 나타났을 때, 모든 사람이 릴리 바트 때문에 난리가 났었죠. 그랬더니 루이자는 만약 내가 아니라 릴리를 자기 앞에 내세웠더라면, 지금쯤이면 이 동네 모든 귀족과 친하게 지내는 사이가 됐을 거란 엉뚱한 생각을 하더군요. 그 여자는 그게 모두 릴리의 미모 때문이란 걸 전혀 깨닫지 못하는 거죠. 휴버트 경이 내게 그러더군요. 십 년 전에 엑상프로방스에서 보았을 때보다 지금의 릴리가 훨씬 더 아름다운 것 같다고 말이죠. 그때 거기서도 릴리는 열광적인 인기를 끌었던 모양이에요. 돈 많은 진짜 이탈리아 왕자가 그녀와 결혼하고 싶어 했으니까요. 그런데 결정적인 순간에 어떤 잘생긴 후레자식이 나타났지 뭐예요. 릴리는 왕자의 아버지와 혼전 계약서를 작성하는 동안 어리석게도 그 놈팡이랑 놀아났죠. 어떤 사람들은 그 청년이 일부러 그런 짓을 했다고 수군거렸어요. 얼마나 굉장한 스캔들이었을지 짐작이 가죠? 남자들 사이에서 한바탕 소동이 벌어지고, 사람들은 릴리를 이상한 눈으로 쳐다보기 시작했어요. 결국 페니스턴 부인은 짐을 싸가지고 다른 곳으로 가서 요양해야 했죠. 그런데도 릴리는 그 일을 절대로 이해하지 못해요. 지금까지도 릴리는 그저 엑상이 자기랑 맞지 않는 곳이라고 생각한다니까요. 그리고 자기를 그곳으로 보낸 걸 보면, 프랑스 의사들이 얼마나 무능한지 알 수 있단 말만 하지요. 정말 릴리다운 처사가 아닐 수 없어요. 그 아가씨는 평소에는 부지런히 땅을 갈고 씨를 뿌리며 노예처럼 죽도록 노력하지만, 정작 추수를 거두어들여야 할 때가 되면 늦잠을 자버리거나 소풍을 떠나 버리기 일쑤라니까요."

피셔 부인은 잠시 말을 멈추고 선인장 꽃들 사이로 희미하게 반짝거리는 깊은 바다를 골똘히 바라보았다.

"가끔 나는 그게 모두 도망치는 거란 생각이 들어요."

피셔 부인이 말을 덧붙였다.

"사실은 그녀의 마음속 깊은 곳에 자신이 애써 추구하고 있는 것들에 대한 뿌리 깊은 환멸이 있기 때문에 그러는 거란 생각이 종종 든다니까요. 릴리에게 자꾸만 관심이 쏠리고 주의 깊게 지켜보게 되는 것도, 사실 뭐라고 딱히 단정하기 어려운 그런 면 때문이죠."

피셔 부인은 아무 변화도 보이지 않는 셀던의 옆얼굴을 조심스레 쳐다보더니 살짝 한숨을 내쉬었다.

"글쎄, 내가 할 수 있는 말은 단지 이것뿐이에요. 릴리가 내 동댕이쳐 버린 그 숱한 기회가 차라리 나에게 있었다면 얼마나 좋았을까 하는 거죠. 지금도 릴리와 내 처지가 바뀌었으면 좋겠다니까요. 릴리가 브리 부부를 제대로 다룰 수만 있다면 엄청나게 많은 것을 그들한테서 얻어낼 수 있을 거예요. 게다가 나라면 버사가 네드 실버턴과 함께 베를렌[10]의 시 나부랭이나 읽고 앉아 있을 때, 조지 도싯을 어떻게 돌봐 줘야 할지 정확히 알았을 텐데 말이죠."

피셔 부인은 날카롭게 멸시하는 눈초리를 던지며 불만스러운 소리를 내는 셀던을 태연하게 마주 보았다.

"이런, 그렇게 점잔을 빼며 쉬쉬해서 뭐 하려고요? 버사가 뭐 때문에 이 먼 곳까지 굳이 릴리를 데려왔는지는 우리 모두 아는 거 아닌가요? 버사가 좋은 시간을 보내고 싶을 때, 릴리더러 대신 조지를 상대해 주라는 거죠. 처음에 나는 릴리가 자기 손에 든 패를 잘 이용하고 있다고 생각했어요. 지금까지는 말이죠. 하지만 그녀가 칸과 이곳에서 엄청난 성공을 거두자, 버사가 질투심에 불타고 있다는 소문이 돌고 있어요. 그러니 언젠가 절교를 선언한다 해도 난 전혀 놀라지 않을 거예요. 버사에게 릴리는 단지 안전장치 같은 거죠. 버사는 릴리를 지독하게 필요로 해요. 그래요. 아주 지독하게 말이죠. 실버턴과의 연애는 지금 한창 심각한 상태거든요. 그러니 조지의 관심을 계속 다른 쪽으로 돌려야 할 필요가 있죠. 그리고 릴리는 확실히 그의 관심을 끌고 있다는 말을 하지 않을 수가 없군요. 솔직히 나는 그 남자가 버사에게서 뭔가 한 가지 잘못이라도 발견하기만 하면, 내일이라도 당장 릴리와 결혼할 거라고 생각해요. 하지만 당신도 그 남자가 어떤 사람인지 알잖아요. 그 남자는 질투심에 불타서 완전히 눈이 멀었어요. 물론 현재 릴리의 임무는 그 사람의 눈을 계속 멀게 하는 것이고요. 영리한 여자라면 적절한 순간에 그런 구속에서 벗어나려고 하겠죠. 하지만 릴리는 정말이지 그런 방면에는 멍청하기 짝이 없다니까요. 설사 조지기 눈을 뜨게 되더라도, 아마 릴리는 어떻게든 그의 시야에서 벗어나려고 필사적으로 궁리할걸요?"

셀던이 담배를 휙 던졌다.

"이런, 기차 시간이 다 되었군요."

셀던이 시계를 힐끗 보며 큰 소리로 말했다.

"어머나, 난 당신이 당연히 몬테카를로에 머물 거라고 생각했는데!"

피셔 부인이 깜짝 놀라 외치는 소리에 셀던은 사실 사무실 본부가 있는 니스로 가는 중이라고 대답했다.

"더 심각한 사실은 요즘 릴리가 브리 부부를 냉대한다는 거지요."

이미 돌아서 걸어가는 셀던의 귀에 이런 말이 얼핏 들려왔다.

그로부터 십 분 후 셀던은 카지노 건물이 내려다보이는 높은 호텔 방에서 입을 딱 벌린 두 개의 가죽 여행 가방 속으로 소지품들을 툭툭 던져 넣고 있었다. 밖에서는 짐꾼이 호텔 문 앞에 서 있는 승합마차로 짐을 나르기 위해 기다리고 있었다. 마차는 한걸음에 가파른 하얀 도로를 지나서 역에 도착했다. 그리고 니스[11]로 향하는 오후 급행열차 앞에 안전하게 그를 내려주었다. 그때까지 아무 생각이 없던 셀던은 텅 빈 객차의 한쪽 구석에 자리를 잡고 앉자, 비로소 자신에 대해 한심한 생각이 들면서 탄식이 흘러나왔다.

"도대체 내가 뭘 피해서 달아나고 있는 거지?"

이 질문의 타당성은 기차가 출발하기 전에 셀던의 도망치고 싶은 충동을 제어했다. 그의 이성으로 충분히 이겨낼 수 있는 유혹을 피해서 비겁자처럼 이렇게 도망치는 것은 정말 웃기는 일이었다. 이미 그의 은행 직원들에게 중요한 서류들을 니스로 보내라고 지시해 놓았기 때문에 그는 니스에서 조용히 서류가 오기를 기다리기만 하면 되었다. 하지만 이렇게 몬테카를로를 떠나려고 하니 벌써부터 자신에 대해 짜증이 치밀었다. 원래는 배를 타기 전까지 남은 한 주일을 이곳에서 보낼 계획이었던 것이다. 그렇다고 이제 와서 발걸음을 돌리기도 어려웠다. 그의 자존심에 괜히 이랬다저랬다 변덕을 부리는 사람처럼 보이기 싫었기 때문이다. 게다가 그의 가슴 깊은 곳에는 바트 양을 만날 가능성이 아예 사라지는 것을 다행스럽게 여기는 마음도 적잖이 있었다. 아무리 그의 마음이 바트 양에게서 완벽하게 멀어졌다 하더라도 아직까지는 그녀를 단지 사교계의 한 사례로만 여길 수가 없었다. 그렇다고 좀 더 개인적인 관점에서 바라보면, 그녀는 안심할 수 있는 연구 대상이 아닌 것 같았다. 우연히 그녀를 만나거나 그녀의 이름이 몇 번 들려오기만 해도 셀던의 생각은 그가 단호히 떨쳐 버린 옛날 습성으로 되돌아가곤 했다. 그런 까닭에 만약 릴리만 그의 인생에서 완전히 제외시킬 수 있다면 그녀에 대한 생각과는 아무런 연관도 없는 새롭고 다양한 인상들이 이 분리 작업을 금방 완성시켜 줄 것이었다. 피셔 부인과의 대화도 그런 목적을 위한 것이었다. 하지만 그 치료법은 너무 고통스러워서 좀 더 쉬운 방법을 시도해 보지도 않은 채 선뜻 선택하기가 힘들었다. 바트 양을 직접 보지만 않는다면, 자신은 분명히 바트 양에 대해서 점차 이성적인 시각을 갖게 될 수 있을 것이라고 셀던은 생각했다.

기차역에 일찍 도착한 덕분에, 셀던은 많은 사람이 플랫폼으로 몰려들기 전에 이런 생각까지 할 수 있었다. 하지만 이제는 더 이상 조용한 시간을 기대할 수 없다는 것을 깨달았다. 그 순간 누군가 객차 문을 열었다. 문득 고개를 돌린 셀던은 그토록 피하고 싶었던 바로 그 얼굴과 딱 마주치고 말았다.

바트 양이 급히 열차에 오르느라 발그레해진 얼굴로 도싯 부부와 젊은 실버턴, 휴버트 다세이 경을 이끌고 들어오고 있었다. 휴버트 경은 미처 객차 안으로 뛰어들어 오지도 못했는데, 순식간에 놀라움의 탄성과 요란한 환영 인사가 셀던을 에워쌌다. 곧이어 열차의 출발을 알리는 호각 소리가 들렸다. 이들 일행은 벨트서 공작부인으로부터 급작스럽게 함께 식사를 하고 부두에서 열리는 수상 축제[12]를 구경하자는 부름을 받고서 서둘러 니스로 떠나는 중이었다. 공작부인의 환심을 사려는 브리 부인의 노력을 허사로 만들기 위해서 즉흥적으로 만든 계획이 분명했다. 비록 휴버트 경은 "오, 내가 말씀드렸지. 다들 알잖아."라고 부인했지만 말이다.

이런 계략에 대해 깔깔 웃으며 떠드는 동안 셀던은 재빨리 바트 양을 살펴볼 틈을 얻었다. 그녀는 황금빛 오후의 햇살을 가득 받으며 맞은편에 앉아 있었다. 브리 씨 저택의 온실 문턱에서 그녀와 헤어진 뒤로 석 달이 채 지나지 않았건만 바트 양의 아름다움에서는 미묘한 변화가 엿보였다. 예전에는 어떤 투명함 같은 것이 있어서 때때로 그녀의 영혼이 동요하는 모습이 애처로울 만큼 훤히 들여다보이곤 했는데, 지금은 그 투명함이 단단한 결정체로 굳어버린 듯 결코 꿰뚫을 수 없는 표면이 그녀를 완전히 뒤덮고 있어서 마치 그녀의 모든 존재가 딱딱하고 빛나는 보석으로 변해 버린 것 같았다. 피셔 부인의 눈에는 이런 변화가 마치 회춘처럼 느껴졌던 것이다. 하지만 셀던의 눈에는 따뜻한 피가 흐르던 젊음이 마지막 모습 그대로 싸늘하게 얼어붙은 채 영원히 정지해 버린 것 같았다.

그를 향해 미소짓는 릴리의 모습에서 셀던은 그걸 느낄 수 있었다. 뜻하지 않은 그의 출현에도 릴리는 마치 어떤 충격도 받지 않았다는 듯이—정작 셀던은 그 충격으로 인해 여전히 현기증을 느끼고 있었지만—신속하고 능란하게 대화의 실을 계속 이어 나가고 있었다. 릴리의 능숙함에 셀던은 구역질이 날 정도였다. 하지만 이런 반응은 회복에 앞서 나타나는 통증일 뿐이라고 스스로 위안했다. 마침내 그는 정말로 완쾌될 것이다. 그의 핏속에 스며든 마지막 독 한 방울까지도 빠져나갈 것이다. 이미 그는 그녀를 생각만 할 때보다 막상 그녀를 눈앞에서 보고 있을 때 더욱 냉정해지는 자신을 느꼈다. 어떻게든 지난 일에 대해 어떤 불편한 기색도 드러나지 않는 지점에서 그를 만나기 위해 릴리가 기를 쓰고 발휘하는 그 모든 위선과 묵살, 단축과 우회의 기술을 보니, 그들의 마지막 만남 이후로 릴리가 그런 기술을 연마할 수 있는 기회를 얼마나 많이 가졌는지 짐작이 갔다. 셀던은 드디어 그녀가 자기 자신을 이해하게 되었다고 생각했다. 자신의 반항적인 충동과 협상을 맺고 단일한 자아 통제의 체계를 확립한 것이다. 그리고 그 체계하에서 모든 불안정한 성향은 감옥에 갇히거나 혹은 체계의 이익을 위해 봉사하도록 굴복당한 것이다.

셀던은 그녀의 태도에서 다른 면도 발견할 수 있었다. 모든 걸 명료하게 밝혀 주는 피셔 부인의 설명이 있었음에도 셀던 자신은 여전히 어둠 속을 더듬고 있는 것 같은 기분이 들 만큼 보이지 않게 얽히고설킨 이 복잡한 상황 속에서 릴리는 너무나 잘 대응하고 있었다. 피셔 부인조차 더는 릴리가 손에 들어온 기회를 소홀히 한다고 비난할 수 없을 것이다! 지켜보는 셀던이 약이 오를 정도로 릴리는 아주 민감하고 세심하게 그들을 대했다. 한마디로 모든 사람에게 '완벽'했다. 지배욕이 강한 버사에게는 순종적이었고, 경계심 많은 도싯에게는 상냥했으며, 실버턴과 다세이에게는 명랑하고 유쾌한 친구가 되어주었다. 한편 다세이는 오랜 흠모의 감정을 분명히 드러내며 그녀를 대했고, 이상할 정도로 자기 감정에 빠져 있는 젊은 실버턴은 그녀를 단지 성가신 방해물 정도로만 인식하고 있는 것 같았다. 그때 문득 셀던은 주변 사람들과 완벽히 조화를 이루고 있는 릴리의 섬세한 태도에서 어떤 그늘 같은 것을 느꼈다. 동시에 이토록 빈틈없이 조절할 필요가 있는 상황이라면 틀림없이 아주 절박한 처지일 거라는 생각이 퍼뜩 떠올랐다. 뭔가 아슬아슬한 벼랑 끝에 서 있다. 그것이 릴리에 대한 인상이었다. 셀던은 땅이 무너지고 있다는 사실을 자신이 깨닫지 못하고 있음을 보여 주려는 듯 우아하게 한쪽 발을 앞으로 내민 채 갈라진 틈새 가장자리에 서 있는 그녀의 모습을 보고 있는 느낌이었다.

'영국인의 산책길'[13]에서 셀던은 식사가 나오기 전까지 30분 동안 네드 실버턴에게 붙잡혀 있었는데, 전반적으로 불안한 기운이 흐른다는 느낌이 점점 더 강해졌다. 실버턴은 완전한 비관주의에 빠져 있었다. 조금이라도 상상력이 있는 사람이라면 드넓은 리비에라 지역이, 아니 지중해 전체가 선택을 기다리고 있는데, 도대체 어느 누가 이런 한심한 구석을 찾아든단 말인가. 혹시 장소를 평가하는 기준이 봄 병아리 삶는 방식에 달려 있는 사람이라면 또 모를까! 제기랄! 위장의 폭정에 시달려서야 무슨 학문이 이루어지겠는가! 기능이 저하된 간이나 소화액의 부족 같은 것이 우주의 모든 과정에 영향을 미치고 주변의 모든 것에 그늘을 드리울 수도 있다니. 그러니까 만성 설사는 '법적 원인' 중 하나로 지정되어야 한다. 남자가 갓 구운 빵을 소화할 능력이 없어서 한 여자의 인생이 망가질 수도 있다니, 정말 이상하지 않은가? 그렇다. 그리고 부조리들이 대개 그렇듯이 비극적이다. 희극의 가면을 쓴 비극보다 더 처절한 것은 없다……. 그는 어디 있죠? 오, 그들이 시실리를 내버리고 황급히 되돌아온 까닭 말입니까? 글쎄, 물론 상당 부분은 바트 양이 다시 브리지 게임과 멋진 생활로 되돌아오고 싶어 했기 때문이죠. 시나 예술에 대해서는 돌처럼 둔감하면서 말입니다. 예술의 빛은 한 번도 그녀의 바다나 영토를 비춘 적이 없답니다! 당연히 그녀가 도싯을 설득했지요. 이탈리아 음식은 그에게 안 좋다고. 오, 그 남자는 그 여자 말이라면 뭐든지 믿을 겁니다, 뭐든지! 도싯 부인도 그 사실을 알고 있어요. 오, 확실하게 알고 있지요. 부인이 보지 못하는 건 아무것도 없으니까요. 하지만 부인은 입을 다물고 있어야 할 때를 안단 말입니다. 종종 있는 일이지만. 바트 양은 절친한 친구거든요. 그러니 친구에 대해서 험담하는 말은 단 한마디도 듣고 싶어 하지 않겠죠. 다만 여자의 자존심에 상처를 입을 뿐입니다. 세상에는 절대 익숙해질 수 없는 게 있는 법이거든요……. 이런 이야기는 물론 우리 두 사람만 알고 있는 겁니다, 아시겠죠? 아, 저기 부인들이 호텔 발코니에서 신호를 보내고 있군요……. 실버턴은 시가를 피우며 생각에 잠긴 셀던을 남겨 두고 산책로를 가로질러 가버렸다.

셀던이 내린 결론은 그날 오후 그것을 뒷받침해 주는 몇 마디 지나가는 말을 듣게 됨으로써 더욱 확실해졌다. 모호한 암시가 담긴 그 말은 의혹에 싸여 반신반의하던 사람에게는 한 줄기 빛을 던져주는 것이었다. 길에서 우연히 아는 사람을 만난 셀던은 그와 식사를 같이했다. 그리고 다시 환하게 불이 밝혀진 산책로로 나갔다. 그곳에서는 수많은 사람이 한 줄로 서서 빛을 반사하는 검은 바다를 바라보고 있었다. 밤은 부드럽고 유혹적이었다. 머리 위에 펼쳐진 여름 하늘에는 로켓이 지나간 뒤에 남은 하얀 흔적이 주름을 만들어놓았다. 동쪽에서 늦은 달이 해안 위로 서서히 올라오면서 만을 가로질러 하얀 빛을 던져주고 있었는데, 그 빛은 보트들의 눈부신 붉은 전등불빛 속에서 잿빛으로 희미해졌다. 한편 등불이 밝혀진 산책로에서는 사람들의 웅성거리는 소리와 어두운 정원에서 살랑살랑 흔들리는 나뭇가지들의 소리 위로 밴드가 연주하는 음악이 흐르고 있었다. 그리고 정원과 전망대 뒤편 사이로는 점점 나른해지는 계절의 유혹을 받은 듯 한껏 축제 분위기에 들뜬 사람들의 행렬이 흘러가고 있었다.

셀던과 그의 동반자는 만이 바라다보이는 전망대에 자리를 찾지 못하고 한동안 군중들 속에서 헤매고 돌아다녔다. 그러다가 결국 산책로 위쪽에 있는 높은 정원 난간에서 조망이 괜찮은 자리를 찾아냈다. 그곳에서는 삼각형의 바다와 그 위를 떠다니는 빛나는 보트들만이 살짝 보이는 정도였지만, 거리를 지나는 수많은 군중의 모습은 한눈에 내려다볼 수 있었다. 사실 셀던에게는 쇼보다 이 광경이 훨씬 더 흥미로웠다. 하지만 얼마 후에는 높은 곳에 서 있는 것도 그만 지겨워져서 혼자 보도로 내려와 버렸다. 그리고 무작정 첫 번째 모퉁이를 돌아서 달빛과 침묵만이 가득한 샛길로 접어들었다. 정원의 긴 담벼락 위로는 나무들이 무성한 가지를 드리우고 있어서 길 가장자리에 컴컴한 경계선을 만들고 있었다. 아무도 없는 도로에는 빈 승합마차 한 대가 굴러가고 있었는데, 그때 갑자기 반대편 어둠 속에서 두 사람이 불쑥 나타나더니 마차를 향해 손짓하는 모습이 보였다. 그들을 태운 마차는 시내 중심가를 향해 달려가 버렸다. 그들이 마차에 올라타려고 잠깐 서 있었을 때 달빛이 두 사람을 비추었는데, 순간 셀던은 도싯 부인과 젊은 실버턴의 얼굴을 알아보았다.

가장 가까이 있는 가로등 밑으로 다가간 셀던은 시계를 보았다. 열한 시가 가까워 오고 있었다. 셀던은 또다시 길을 건넌 다음, 산책로에 몰려든 군중 속으로 들어가지 않고 곧장 도로가 내려다보이는 유명한 클럽으로 향했다. 그리고 사람들로 붐비는 바카라[14] 테이블에서 셀던은 휴버트 다세이 경을 발견했다. 그는 빠르게 줄어들고 있는 금화 더미 뒤에서 여전히 그 닳아빠진 미소를 지으며 앉아 있었다. 결국 돈을 몽땅 잃은 휴버트 경은 어깨를 으쓱하며 자리에서 일어나서 셀던에게로 다가왔다. 그리고 함께 아무도 없는 테라스로 나갔다. 이제 자정이 지나고 있었다. 전망대 위에 몰려 있던 군중도 서서히 흩어지고 있었다. 한편 줄지어 떠 있던 보트의 붉은 불빛들도 여기저기로 흩어지고 하늘은 다시 고요한 달빛으로 가득 차게 되었다.

휴버트 경은 시계를 보았다.

"맙소사, 공작부인과 런던 하우스에서 저녁을 먹기로 약속했는데! 하지만 벌써 열두 시가 지났으니 사람들도 모두 가버렸겠군. 사실 나는 점심 식사 이후에 곧 사람들 속에서 일행을 놓쳐 버렸다네. 그래서 이리로 피신을 왔지. 처음에 그들은 전망대에 자리를 잡았는데, 물론 거기 가만히 앉아 있을 수는 없었어. 공작부인은 절대 가만히 있지 못하는 분이니까. 그래서 공작부인과 바트 양은 소위 모험이란 걸 한답시고 가버렸다네……. 제기랄, 설령 그들이 뭔가 재미있는 일을 못 만났다 해도 그건 그들 탓이 아니지."

잠시 담배를 찾느라 입을 다물었던 휴버트 경이 조심스럽게 말을 이었다.

"그런데 바트 양은 자네의 오랜 친구 아닌가, 그렇지? 바트 양이 그렇게 말하더군. 아, 고맙네. 내 담배는 다 떨어진 모양이야."

휴버트 경은 셀던이 내민 담배에 불을 붙였다. 그리고 높고 날카로운 목소리에 질질 끄는 말투로 이야기를 계속했다.

"물론 내가 상관할 일은 아니지만, 내가 바트 양을 공작부인에게 소개한 건 아니라네. 공작부인은 아주 매력적인 여인이지. 그리고 나의 아주 좋은 친구이기도 하고. 하지만 다소 자유분방한 교육을 받았거든."

셀던은 아무 말 없이 듣기만 했다. 담배 연기를 몇 번 내뿜은 뒤에 휴버트 경이 다시 불쑥 말을 꺼냈다.

"젊은 아가씨가 그런 것에 물들게 할 수는 없지 않나. 물론 요즘 아가씨들이야 스스로 판단할 수 있는 능력을 충분히 갖고 있지만 말이야. 그런데 이번 경우에는…… 자네도 알겠지만 나 역시 오랜 친구라네……. 달리 말해 줄 사람이 없는 것 같아. 내가 보기에는 모든 상황이 약간 꼬여 있거든. 예전에 어딘가 고모님이 한 분 계시지 않았나? 수다스럽고 순진한 분이었지만 릴리가 보지 못하는 수렁이 나타날 때마다 확실한 다리가 되어

주셨는데……. 이런, 지금 뉴욕에 계시다고? 그렇게 먼 뉴욕이라니 그거 참 안타깝구먼!"

2

다음 날 아침 늦게 선실에서 나온 바트 양은 사브리나 호의 갑판 위에 자기 혼자밖에 없다는 걸 발견했다.

넓은 차양 아래에서 손님을 기다리며 가지런히 방석이 놓여 있는 의자들은 최근에 여기 앉은 사람이 아무도 없음을 보여 주었다. 릴리는 곧 집사를 통해서 도싯 부인은 아직도 모습을 나타내지 않았고, 신사 분들은 제각기 아침 식사를 끝내자마자 해안으로 내려가 버렸다는 사실을 알았다. 이런 정보를 모두 얻은 릴리는 한동안 난간에 몸을 기댄 채 눈앞에 펼쳐지는 멋진 장관을 한가롭게 감상하는 즐거움에 푹 빠졌다. 구름 한 점 없는 하늘에서 쏟아지는 햇살은 순수한 광채로 바다와 해안을 완전히 감싸고 있었다. 자줏빛 파도는 해안가에 하얀 거품으로 날카로운 선을 그려내고 있었다. 한편 불규칙한 언덕을 배경으로 호텔과 빌라 들은 회색빛이 감도는 초록색의 올리브와 유칼립투스 나무 들 사이에서 번쩍거렸다. 저 멀리 연필로 가늘게 그려놓은 듯한 산맥들은 이 강렬한 빛 속에서 아른아른 떨고 있었다.

이 얼마나 아름다운 광경인가! 그리고 그녀는 이런 아름다움을 얼마나 사랑하는가! 릴리는 항상 아름다움에 대한 자신의 감수성이 스스로 부끄럽게 여기는 어떤 감정의 둔감함을 보충해 준다고 생각했다. 그리고 지난 석 달 동안, 릴리는 아름다움을 열정적으로 탐닉했다. 함께 외국으로 나가자는 도싯 부부의 초청은 절박한 궁지에서 거의 기적적으로 그녀를 탈출시켜 주었다. 게다가 새로운 환경에 놓이면 새롭게 자신을 변화시킬 수 있는 능력과, 주위 상황만큼이나 곤란한 문제들도 쉽게 내버릴 수 있는 능력 덕분에 릴리는 그저 한 장소에서 또 다른 장소로 이동하기만 했는데도 골치 아픈 문제들을 잠시 뒤로 유보한 것이 아니라 완전히 해결해 버린 것처럼 보였다. 릴리에게 윤리적 책임 같은 것은 단지 애초에 그 문제가 일어난 그 상황 안에서만 존재하는 것이었다. 물론 그것을 가볍게 여기거나 무시할 작정은 아니었다. 다만 주위 환경이 바뀌고 나니 그 문제의 현실감이 사라져버렸을 뿐이다. 가령 릴리는 트레너에게 진 빚을 갚지 않으면서 결코 뉴욕에 그냥 머물러 있을 수는 없었을 것이다. 어쩌면 그 끔찍한 빚에서 벗어나기 위해서 로즈데일과 결혼까지도 감수했을지 모른다. 하지만 우연한 기회에 그 의무와 그녀 사이에 드넓은 대서양이 가로놓이자, 그 문제는 점점 작아져서 더 이상 눈에 보이지도 않게 되었다. 마치 그 모든 문제가 길가에 서 있는 이정표에 불과했고, 그녀는 이미 그것들을 지나쳐 버린 것 같았다.

게다가 사브리나 호에서 보낸 두 달은 마치 이런 거리감의 환상을 키워주기 위해서 특별히 계산된 것인 듯싶었다. 새로운 배경 속으로 무조건 뛰어든 릴리는 오랜 희망과 야심이 되살아나는 것을 느꼈다. 크루즈 여행 자체가 그녀에게는 낭만적인 모험처럼 매혹적으로 다가왔다. 스쳐 지나가는 수많은 낯선 지명과 풍경 들은 그녀를 감동시켰으며, 요트가 시칠리아 해안을 순회하는 동안 달빛 속에서 네드 실버턴이 낭독하는 테오크리투스[15]를 듣고 있노라면 자신의 지적 우월성에 대한 자부심으로 온몸에 짜릿한 전율이 흐르곤 했다. 하지만 무엇보다 칸과 니스에서 보낸 몇 주야말로 그녀에게 커다란 기쁨을 안겨 주었다. 상류 계층 사람들에게 환영받는다는 희열감과 자신의 신분이 상승한 것 같은 만족감이 최고조에 달했다. 심지어 릴리의 국제적인 친구들의 일거수일투족을 기록하는 일에만 전념하는 한 대중신문에는 '아름다운 바트 양'이라는 언급이 한 번 이상 실리기도 했다. 이런 모든 경험은 그녀가 막 도망쳐 나온 삭막하고 지저분한 골칫거리들을 아득한 기억의 저편으로 내던져 버렸다.

그러므로 장차 다가올 새로운 어려움들이 어렴풋이 느껴질지라도 이제 릴리는 능히 그것과 맞설 능력이 있다고 자신했다. 자신이 해결할 수 없는 유일한 문제는 이미 익숙해져 있는 것들뿐이라고 생각하는 게 그녀의 특성이었다. 한편 릴리는 상당히 미묘하고 복잡한 상황에도 쉽게 적응하는 자신의 재주에 대해서 솔직히 자부심을 가질 만했다. 자신이야말로 파티를 주최하는 주인과 안주인 모두에게 꼭 필요한 존재라고 생각하는 데는 그만한 이유가 있었다. 그러므로 만약 릴리가 이 상황으로부터 금전적인 이익을 얻을 수 있는 완벽하게 떳떳한 방법만 찾을 수 있다면, 그녀의 앞길에는 단 한 점의 먹구름도 끼지 않을 것이다. 하지만 실상은 달랐다. 그녀의 수입은 늘 그렇듯이 지내기 불편할 정도로 형편없었다. 그렇지만 도싯에게나 그의 부인에게나 이런 저속한 금전적 문제를 안전하게 알릴 수 있는 방법이 없었다. 적어도 아직까지는 그렇게 절박한 상황은 아니었다. 여태껏 종종 그랬듯이 릴리는 뭔가 행복한 운명의 변화가 일어날 거라는 희망을 안은 채 걱정거리와 더불어 그럭저럭 살아갈 수 있었다. 게다가 지금은 인생이 즐겁고 아름답고 편안하기만 했고, 릴리는 이런 세계에서 두각을 나타내는 것이 전혀 무가치한 일은 아님을 알고 있었다.

릴리는 그날 아침 벨트서의 공작부인과 아침을 먹기로 되어 있었다. 그러므로 열두 시에 육지에 내려달라고 요청했다. 그 전에 하녀를 보내 도싯 부인을 잠깐 만나 보고 갈 수 있는지 물어보았지만 피곤해서 잠을 잘 거라는 대답만 돌아왔다. 릴리는 이 거절의 이유를 충분히 짐작할 수 있었다. 도싯 부인은 공작부인의 소내 명단에 포함되지 않았던 것이다. 물론 릴리는 친구에 대한 신의를 지키기 위해 모든 노력을 다 기울였다. 하지만 공작부인에게는 어떤 은근한 말도 통하지 않았고, 자신이 원하는 대로 손님을 초대하거나 혹은 제외했다. 만약 도싯 부인의 복잡한 성격이 느긋하고 유쾌한 공작부인과 잘 맞지 않았다면, 그것은 릴리의 잘못이 아니었다. 좀처럼 자신의 결정에 대해 해명하는 법이 없는 공작부인은 그저 이 말밖에는 하지 않았다.

"자네도 알겠지만, 그 여자는 좀 재미가 없어. 자네 친구 중 유일하게 내 마음에 드는 사람은 그 키 작은 브리 씨뿐이야. 그 사람은 꽤 재미있어."

이런 일에 밝은 릴리는 더 이상 조르지 않았다. 사실 친구는 무시당하고 자신만 돋보이게 된 것에 대해서도 별로 미안하지 않았다. 버사가 시와 네드 실버턴에게 푹 빠진 이후로 좀 지겹고 재미없는 사람이 된 것은 분명했다.

어쨌든 이따금 사브리나 호와 떨어져 지낼 수 있다는 것은 좋은 일이었다. 함께 여행하는 친구들이 동석하지 않았기 때문에 로버트 경이 평소의 고결한 취향을 모두 발휘해서 마련한 공작부인의 조촐한 아침 모임이 릴리에게는 더욱더 즐거운 자리가 되었다. 최근 들어 도싯은 보통 때보다 더욱 까다롭고 예측할 수 없는 성격으로 변해 갔다. 그리고 네드 실버턴은 마치 혼자 온 우주와 맞서 싸우기라도 하는 사람처럼 잔뜩 분위기를 잡고 다녔다. 공작부인과 나눈 자유롭고 가벼운 대화는 이런 복잡한 상황에 즐거운 변화를 가져다주었다. 그러므로 점심 식사를 마치고 나자, 릴리는 일행을 따라서 카지노의 환락적인 분위기에 합류하고 싶은 유혹이 들었다. 물론 도박을 할 생각은 전혀 없었다. 날로 비어가고 있는 그녀의 호주머니는 그런 모험을 할 만한 여유가 전혀 없었다. 하지만 공작부인이 옆 테이블에서 판돈을 걸고 있는 동안 공작부인의 후원이라는 든든한 보호 속에서 긴 의자에 앉아 있는 것만도 무척 즐거운 일이었다.

방마다 게임을 지켜보는 사람들로 가득 차 있었다. 그들은 마치 사자 공연장에 몰려든 일요일의 군중처럼 테이블 사이를 천천히 오가고 있었다. 이 정체된 사람들 속에서 누가 누군지를 알아보는 것은 거의 불가능했다. 하지만 릴리는 단호히 사람들을 헤치며 문으로 들어오는 브리 부인을 금방 알아보았다. 브리 부인이 한바탕 지나가고 난 자리에 호리호리한 피셔 부인의 모습이 나타났다. 부인은 마치 예인선의 고물에 매달린 쪽배처럼 출렁출렁 브리 부인의 뒤를 따라오고 있었다. 브리 부인은 방 안의 어느 지점에 반드시 도달하겠다는 결의에 가득 차서 계속 전진했다. 하지만 피셔 부인은 릴리를 보자, 즉시 뒤따라가던 발걸음을 멈추고 그녀의 곁으로 다가왔다.

"부인을 놓쳤느냐고?"

피셔 부인이 릴리의 질문을 다시 한 번 되풀이했다. 그러고는 뒤로 물러서고 있는 브리 부인을 무관심하게 힐끗 쳐다보았다.

"그래도 상관없어. 난 이미 그녀를 놓쳤으니까 말이야."

릴리가 놀라서 소리치자 피셔 부인이 덧붙여 말했다.

"우린 오늘 아침에 한바탕 싸웠어. 물론 너도 알고 있겠지만 어젯밤 공작부인이 저녁 식사 자리에 그녀를 제외했거든. 그런데 저 여자는 그게 모두 내 잘못이라고 생각하는 거야. 내 일 처리 능력이 부족하기 때문이라는 거지. 무엇보다 최악이었던 것은 던지 진화로 한마디 통보한 게 전부였는데 그 소식이 너무 늦게 전달되는 바람에 저녁 식사 값까지 저 여자가 내야 했지 뭐야. 게다가 베카생은 한껏 금액을 높게 불렀더군. 공작부인이 오신다는 얘기를 그에게 귀가 따갑게 했던 모양이야!"

피셔 부인은 그때 상황을 떠올리며 살짝 웃음을 터트렸다.

"정작 자신은 끼지도 못한 식사 비용까지 지불했으니 루이자는 분통이 터져 죽을 지경이었지. 이게 다 장차 당신이 지불하지 않은 것을 얻기 위한 전초 단계 중 하나라고 내가 아무리 달래도 소용이 없었어. 만약 내가 제일 가까이 있는 부서지는 물건이었다면, 그 여자는 당장 산산조각을 내버렸을 거야. 딱한 여자 같으니라고!"

릴리는 부인에게 위로의 말을 해주었다. 그녀의 마음속에서는 자연스럽게 동정심이 솟아났다. 그리고 본능적으로 피셔 부인에게 도와주겠다고 제안했다.

"혹시 제가 도와드릴 수 있는 일이 있다면…… 아니, 단지 공작부인을 만나 뵙는 게 문제라면 말씀하세요! 브리 씨더러 꽤 재미있는 사람이라고 공작부인께서 말씀하시는 걸 제가 분명히 들었는데……."

하지만 피셔 부인은 단호한 몸짓으로 그녀의 말문을 막았다.

"릴리, 내게도 자존심이 있어. 내 일에 대한 자존심 말이야. 내 힘으로는 공작부인을 어떻게 움직일 수 없었어. 그렇다고 네 재주를 마치 내 것인 양해서 루이자 브리를 속일 수는 없는 노릇이야. 난 최후의 방법을 쓸 거야. 샘 고머 부부와 함께 오늘 밤 파리로 가겠어. 그 사람들은 아직 초보 단계거든. 이탈리아 공작이 그들에게는 한 나라의 왕자보다 더 중요한 인물처럼 여겨진다니까. 게다가 그들은 항상 밀사를 고용하기 직전에 있었거든. 그 상황으로부터 그들을 구해 내는 게 지금 나의 임무야."

피셔 부인은 이 상황을 떠올리며 다시 웃음을 터트렸다.

"하지만 떠나기 전에 마지막 유언 하나를 남기고 싶어. 릴리, 네 손에 브리 부부를 맡길게."

"저에게 말인가요?"

바트 양도 피셔 부인처럼 깔깔 웃기 시작했다.

"저를 기억해 주시다니 고맙기 짝이 없지만 사실은……"

"벌써 그렇게 배가 부른 거야, 릴리?"

피셔 부인이 날카롭게 그녀를 쩨려보며 쏘아붙였다.

"내 제안을 거절할 정도로 그렇게?"

바트 양의 얼굴이 서서히 빨갛게 물었다.

"제 말뜻은 브리 부부가 일이 이렇게 처리되는 걸 혹시 싫어하지 않을까 하는 것이었어요."

피셔 부인은 전혀 누그러지지 않은 눈빛으로 당황한 릴리를 계속 살펴보았다.

"사실 진짜 네 말뜻은 여태껏 네가 브리 부부를 잔인하게 냉대했다는 것이겠지. 그리고 그들도 그 사실을 안다는 걸 너도 알고 있고 말이야."

"캐리!"

"오, 사실 어떤 면에서 루이자가 잔뜩 화가 나 있기는 하지. 만약 네가 그들 부부를 사브리나 호로 한 번만 초대해 주었어도. 특히 왕족들이 오기로 되어 있을 때 말이지! 하지만 지금도 늦지는 않았어."

피셔 부인이 열정적으로 말했다.

"두 사람 모두 아직은 그렇게 늦지 않았어."

릴리는 미소를 지었다.

"여기 그냥 머물도록 해요. 공작부인이 두 사람과 함께 저녁 식사를 하시도록 제가 힘써 볼게요."

"난 여기 머물러 있을 수 없어. 고머 부부가 내 침대칸 기차비까지 이미 냈는걸."

피셔 부인이 딱 잘라 말했다.

"그래도 두 사람이 공작부인과 저녁 식사를 할 수 있도록 알선해 주길 바라."

릴리의 미소가 다시 싸늘한 비웃음으로 변했다. 친구의 끈질긴 부탁이 다소 부적절하다는 생각이 들기 시작했기 때문이다.

"그동안 브리 부부에 대해서 소홀했던 건 미안해요. 하지만……."

릴리가 말을 시작했다.

"오, 그건 브리 부부 입장이지. 내가 지금 생각하고 있는 건 바로 너야."

피셔 부인이 뜬금없는 말을 던졌다. 그러고는 잠시 침묵을 지키더니 몸을 앞으로 숙이며 한껏 낮은 목소리로 말했다.

"어젯밤 공작부인에게 퇴짜를 맞고 나서 우리는 다 함께 니스에 갔어. 그건 루이자의 제안이었지. 난 그 제안에 대한 생각을 그녀에게 말해 주었고 말이야. 너도 알지?"

바트 양이 동의했다.

"그래요. 당신 일행이 돌아오는 걸 역에서 잠깐 보았어요."

"너와 조지 도싯과 함께 마차에 탔던 남자, 그러니까 '리비에라 사교계 단신'이란 지면을 맡고 있는, 정말 끔찍하게 키가 작은 더햄이란 남자가 니스에서 우리와 함께 저녁 식사를 했는데 말이야. 너와 도싯이 자정이 지난 시각에 단둘이 돌아왔다고 사람들에게 떠들어대더군."

"단둘이요? 도대체 그 남자가 언제 우리와 함께 있었다는 거죠?"

릴리가 웃음을 터트렸다. 하지만 그녀의 웃음은 계속해서 의미심장한 표정을 짓고 있는 피셔 부인을 보자, 심각하게 굳어져 버렸다.

"맞아요, 우린 단둘이 돌아왔어요! 그게 그렇게 끔찍한 일이라면 말이죠! 하지만 그게 다 누구 탓이었죠? 공작부인은 크라운 공주와 함께 그날 밤 시미에서 묵기로 했고, 버사는 쇼를 보다가 너무 지겨워하면서 일찍 나가 버리고 말았어요. 나중에 역에서 우리랑 만나기로 약속하고서 말이죠. 결국 우리는 제시간에 도착했지만 버사는…… 버사는 끝내 나타나지도 않았다고요!"

바트 양은 완벽한 증거를 내놓는다고 확신하는 사람처럼 당당한 어조로 선언하듯 말했다. 하지만 피셔 부인은 거의 귀담아들을 필요도 없다는 태도로 그 말을 받아들였다. 그녀는 이 사건에 관한 한 친구의 입장 같은 건 안중에도 없는 것 같았다. 그녀의 관심은 이미 다른 쪽으로 기울어져 있었다.

"버사가 끝내 나타나지 않았다고? 그럼 도대체 어떻게 돌아왔다는 거지?"

"글쎄요, 다음 열차를 탔겠죠. 축제 때문에 특별 열차 두 대가 더 운행되었으니까요. 어쨌든 버사는 무사히 배로 돌아왔어요. 비록 아직까지 얼굴은 못 봤지만 말이죠. 어쨌든 그 일이 내 탓이 아니라는 걸 이제 알겠죠?"

릴리가 결론을 내렸다.

"버사가 끝내 나타나지 않은 게 자기 탓이 아니라고? 이런 불쌍한 것 같으니. 그 일로 네가 괜한 대가를 치르지 말아야 할 텐데!"

피셔 부인이 자리에서 일어났다. 브리 부인이 이쪽으로 떠밀려 오고 있는 모습을 발견했기 때문이다.

"저기 루이자가 오고 있네. 난 그만 가야겠어. 오, 우린 아직도 겉으로는 절친한 사이야. 함께 점심도 먹었지. 하지만 저 여자는 나를 점심 삼아 씹어 먹고 싶은 심정이었을걸?"

피셔 부인이 마지막으로 그녀의 손을 꼭 잡고 두 눈을 똑바로 쳐다보며 당부했다.

"명심해. 난 저 여자를 너의 손에 맡겼어. 이제 저 여자는 너를 차지할 요량으로 네 주변을 맴돌 거야."

릴리는 피셔 부인의 작별 인사를 마음에 담은 채 카지노 문에서 돌아왔다. 그리고 그곳을 떠나기 전에 브리 부인의 환심을 되찾기 위한 첫 번째 작업을 실행했다. 단 한 번 사근사근하게 말을 건넨 것으로 어찌나 모든 일이 술술 풀리던지! 그저 앞으로는 좀 더 자주 만나자는 모호한 소리를 흘리면서 조만간 사브리나 호에는 물론, 공작부인과 만나는 자리에도 초대할 수 있을 것 같다는 은근한 암시를 슬쩍 던지기만 하면 그만이었다. 이런 일을 이렇게 능숙하게 해낼 수 있는 솜씨를 지닌 사람이 또 있을까! 릴리는 예전에도 종종 그랬지만, 또다시 어째서 자신은 이렇게 놀라운 기술을 갖고 있으면서 그 기술을 좀 더 꾸준하게 써먹지 못하는 걸까 하는 의구심이 들었다. 때때로 그녀는 그 기술을 잊어버리고 부주의해지곤 했다. 어쩌면 때로는 그녀가 너무 자존심이 센 것인지도 모른다. 그런데 오늘은 어쩐 일로 자신의 자존심이 고개를 숙였는지, 그 이유가 어렴풋이 짐작이 갈 듯했다. 실제로 릴리는 심지어 카지노 계단 위에서 우연히 마주친 휴버트 경에게 부탁을 할 정도로 자존심을 굽혔다. 만약 그녀가 브리 부부를 사브리나 호로 초청하는 일만 성사시킨다면, 휴버트 경은 분명히 공작부인과 브리 부부가 함께 식사를 하도록 주선해 줄 것이다. 물론 휴버트 경은 기꺼이 도와주겠다고 약속했다. 그는 릴리가 항상 믿고 기댈 수 있는 사람이었다. 그도 그럴 것이, 그것만이 자신이 한때는 그녀를 위해서 훨씬 더 많은 것을 해줄 준비가 되어 있었음을 릴리에게 다시금 상기시켜 줄 수 있는 유일한 방법이었기 때문이다. 한마디로 이제부터 릴리의 앞에는 평탄한 길이 저절로 펼쳐지고 있는 것 같았다. 하지만 뭔가 막연한 불안감이 아까부터 끈질기게 따라붙고 있었다. 혹시 셀던과 우연히 만날지도 모른다는 두려움 때문일까? 릴리는 곰곰이 생각했다. 하지만 그건 아니었다. 오랜 시간과 많은 변화는 셀던을 완벽하게 다시 적당한 거리로 떨어뜨려 놓은 것 같았다. 그녀에게 닥친 어려움들에 대한 갑작스럽고 격렬한 반작용은 불과 얼마 전의 일까지도 까마득히 먼 옛날처럼 느껴지게 하는 결과를 낳았다. 따라서 그 과거의 일부인 셀던조차 이제는 굉장히 비현실적인 존재처럼 여겨졌다. 게다가 셀던은 두 번 다시 그녀를 만나지 않을 것이며, 자신은 단지 하루 이틀 정도 니스에 잠깐 들렀을 뿐이고 다음번 배를 타고 떠날 거라는 뜻을 이미 분명히 밝혔다. 그렇다. 이 과거의 일부는 그저 흘러가는 사건들의 표면 위로 잠깐 떠올랐다가 다시 깊숙이 가라앉아 버린 것이 분명했다. 그러나 막연한 불안감과 알 수 없는 두려움은 여전히 사라지지 않았다.

그러다가 마침내 호텔 드 파리의 계단을 내려오고 있는 조지 도싯을 보았을 때, 그 불안감은 갑자기 극에 달했다. 도싯은 그녀를 향해서 광장을 가로질러 다가왔다. 릴리는 마차를 타고 부두로 가서 요트에 다시 승선할 작정이었다. 하지만 지금은 그보다 먼저 무슨 일이 터지겠구나 하는 예감이 들었다.

"어디로 가시는 중인가요? 우리 잠깐 이야기 좀 할까요?"

도싯은 첫 번째 질문에 대한 대답은 미처 듣지도 않고 두 번째 질문을 퍼부었다. 그리고 대답도 기다리지 않고서 말없이 그녀를 이끌고 비교적 한적한 정원 아래쪽으로 향했다.

릴리는 한눈에 도싯에게서 극심한 긴장의 징후들을 발견할 수 있었다. 퀭한 그의 두 눈 아래로 얼굴은 퉁퉁 부어 있었고, 하얗게 질린 얼굴은 창백하다 못해서 납빛으로 변했다. 그 바람에 그의 들쑥날쑥한 눈썹과 붉은 기가 감도는 긴 콧수염이 더욱 두드러져 보였다. 한마디로 치욕감과 격렬한 분노가 묘하게 뒤섞여 있는 모습이었다.

입을 꾹 다문 도싯은 빠르고 초조한 발걸음으로 그녀와 나란히 걸었다. 마침내 두 사람은 카지노 건물의 동쪽 편으로 이어지는, 나무가 무성한 언덕에 이르렀다. 도싯이 갑자기 걸음을 멈추더니 다짜고짜 질문을 던졌다.

"오늘 버사를 보셨나요?"

"아니요. 제가 요트에서 내릴 때 버사는 아직 일어나지 않았어요."

이 말을 듣자, 도싯은 마치 고장 난 시계가 마구 돌아가는 듯한 웃음소리를 냈다.

"아직 일어나지 않았다고요? 과연 그녀가 침대에 들어가기나 했을까요? 그 여자가 몇 시에 배로 돌아왔는지 아십니까? 오늘 아침 일곱 시였습니다!"

도싯이 버럭 소리를 질렀다.

"일곱 시라고요?"

릴리도 깜짝 놀랐다.

"도대체 무슨 일이 있었기에…… 기차가 사고라도 났었나요?"

도싯이 다시 껄껄 웃었다.

"그들이 기차를 놓쳤답니다. 기차를 전부 다요. 그래서 마차를 타고 돌아와야 했답니다."

"그런……?"

릴리는 뭐라고 대답할 말을 찾지 못해 망설였다. 그 치명적인 시간의 공백을 설명하기에는 이 핑계가 너무 빈약하다는 생각이 들었기 때문이다.

"게다가 즉시 마차를 잡을 수도 없었다더군요. 물론 당신도 알다시피 한밤중이었으니까요."

애써 변명하는 듯한 그의 말투는 마치 아내를 위해서 변호라도 하고 있는 것처럼 보였다.

"간신히 마차를 잡긴 했는데, 달랑 말 한 마리가 끄는 마차였다는군요. 그것도 절름발이 말이라나요!"

"그렇군요. 얼마나 곤란했을까!"

릴리는 지나치게 열심히 장단을 맞추었다. 혹시 동의하지 않은 것처럼 보일까 봐 몹시 불안했기 때문이다. 잠시 후 릴리는 한마디 덧붙였다.

"그것 참 안타까운 일이네요. 혹시 우리가 좀 더 기다려야 했던 건 아닐까요?"

"말 한 마리가 끄는 마차를 타려고 기다린다고요? 그 마차로는 우리 네 사람을 싣지도 못했을 겁니다. 안 그런가요?"

릴리는 이 말을 오직 긍정적인 쪽으로만 받아들였다. 그리고 이 질문을 재미있는 농담처럼 받아넘길 요량으로 살짝 웃으며 말했다.

"글쎄요. 좀 힘들기는 했겠죠. 아마 교대로 마차에서 내려 걸어와야 했을 거예요. 하지만 일출을 보는 것도 멋졌을 거예요."

"그건 맞습니다. 일출이 멋지긴 하더군요."

도싯이 동의했다.

"멋졌다고요? 그럼 해가 뜨는 걸 보셨단 말인가요?"

"봤습니다. 갑판 위에서 말이죠. 저는 안 자고 두 사람이 돌아오기를 기다렸거든요."

"물론 그러셨겠죠. 당연히 몹시 걱정이 되셨을 테니까요. 어째서 저를 부르지 않으셨어요? 함께 밤을 지새워 드렸을 텐데."

도싯은 가늘고 허약한 손가락으로 콧수염을 잡아당기며 가만히 서 있었다.

"당신은 이 '데뉴망'[16]을 보고 싶어 하지 않았을 겁니다."

도싯이 갑자기 냉혹한 어조로 내뱉듯이 말했다.

그의 말투가 갑작스럽게 변하자, 릴리는 또다시 마음이 불안해졌다. 그리고 뭔가 머리에서 번쩍하면서 그 순간의 위험성을, 그리고 계속 바싹 정신을 차려야 한다는 것을 직감했다.

"대단원이라니요? 이런 사소한 일에 너무 엄청난 표현을 쓰시는 거 아닌가요? 결국 가장 나쁜 일이라야 버사가 피곤하다는 것뿐인데, 아마 지금쯤 푹 자고 나서 괜찮아졌을 거예요."

릴리는 용감하게 이 논조를 끝까지 밀고 나갔다. 하지만 비참한 그의 두 눈이 분노로 번뜩이는 걸 보고 그래봐야 아무 소용이 없다는 걸 분명히 깨달았다.

"그만, 그만!"

도싯이 상처 입은 어린아이처럼 울부짖었다. 한편 릴리는 그에 대한 연민과 어떻게든 이 일을 모르는 척하겠다는 결심이 뒤엉켜 그저 모호하게 달래는 말만 몇 마디 중얼거렸다. 도싯은 두 사람이 서 있던 자리 옆에 놓인 벤치 위로 털썩 쓰러졌다. 그리고 그의 영혼에서 우러나오는 처절한 울음을 토해 내기 시작했다.

그것은 참으로 끔찍한 시간이었다. 릴리는 진짜로 뜨거운 불길에 그을린 사람처럼 마음속이 온통 새카맣게 타고 오그라든 채 간신히 그 시간을 견딜 수 있었다. 물론 그녀가 이런 엄청난 대사건의 전조를 결코 눈치채지 못하고 있었던 건 아니었다. 지난 3개월 동안 일견 평화로워 보이는 생활의 표면 위로 불길한 균열과 조짐들이 이곳저곳에서 나타나곤 했기 때문에 언제든 격변이 일어나지 않을까 하는 두려움 속에 바싹 긴장하며 지내왔다. 그런 상황은 특히 가정적인 모습이 연출될수록 더욱 생생하게 드러나곤 했다. 마치 튼튼한 말이 울퉁불퉁한 길을 힘차게 달려갈 때 마차가 더욱 흔들리는 것처럼 말이다. 그때마다 릴리는 이 마차가 정비를 받아야 한다는 사실을 다시금 깨달으며 조마조마한 심정으로 과연 어느 곳이 가장 먼저 망가질 것인지 걱정했다. 그런데 이제 마차 전체가 무너져 내리고 있었다. 이토록 심하게 망가진 마차가 지금까지 견뎌왔다는 사실이 오히려 놀라울 지경이었다. 게다가 릴리는 자신이 길가에서 이 붕괴를 단지 지켜보고만 있는 게 아니라 그 안에 직접 휘말려 들어 있다는 느낌을 받았다. 이런 생각은 도싯이 분노를 못 이기고 내뱉는 발언과 정신 나간 신세 한탄을 통해서 자신이 그녀를 간절히 필요로 하며 그의 인생에서 그녀가 차지하는 위치가 중요하다는 사실을 알려 주면서 더욱 강해졌다. 릴리가 아니라면, 이 세상에 어느 누가 도싯의 울부짖음에 귀 기울여 주겠는가? 그녀의 손길이 아니라면, 도대체 어느 누가 도싯이 이성과 자존심을 되찾을 수 있도록 이끌어줄 수 있단 말인가? 지금까지 도싯과 함께 그 모든 갈등의 압박을 견디어오는 동안, 릴리는 그를 올바로 이끌어주고 다시 일으켜주고 싶은 모성 본능 비슷한 것이 마음속에서 생겨나는 걸 의식하고 있었다. 하지만 지금 도싯이 그녀에게 매달리는 이유는 자신을 일으켜 세워달라고 하기 위해서가 아니라 그 고통의 심연 속에서 자신과 함께 뒹굴어줄 누군가가 필요했기 때문이다. 한마디로 그는 릴리가 자신과 함께 고통받기를 원하는 것이지 자신의 고통을 덜어주길 원하는 것이 아니었다.

두 사람 다에게 정말 다행스럽게도, 도싯에게는 절규와 몸부림을 계속할 만한 육체적인 기력이 거의 남아 있지 않았다. 한 차례 광풍이 지나고 나자, 도싯은 바닥에 쓰러진 채 숨만 헐떡거렸다. 이렇게 넋 나간 상태가 어찌나 오랫동안 계속되던지, 릴리는 혹시라도 행인들이 그가 기절한 줄 알고 도와주겠다며 멈춰 설까 봐 두려울 지경이었다. 하지만 몬테카를로는 이 세상 어느 곳보다도 인간적인 유대감이 희박한 곳이었고, 이런 이상한 광경쯤은 눈길조차 끌지 못하는 곳이었다. 설령 한두 번 그들을 유심히 쳐다보는 시선이 있었을지는 모르지만 괜한 동정심으로 그들 일에 끼어드는 사람은 아무도 없었다. 결국 도싯을 자리에서 일으켜 세우며 이 침묵을 깨뜨린 사람은 릴리였다. 이제 위험한 파고는 지나갔으며 도싯의 옆에 있어도 더 이상 위험하지 않다는 사실을 알아차렸기 때문이다.

"당신이 돌아가지 않겠다면, 저도 가지 않겠어요. 당신을 이대로 버려두고 갈 수는 없어요!"

릴리가 애원했다. 하지만 도싯은 말없이 고집을 부렸다. 릴리가 다시 말했다.

"어떻게 하려고 그래요? 밤새도록 여기 앉아 있을 수는 없잖아요."

"나는 호텔에 가면 됩니다. 그리고 변호사들에게 전보를 보내면 돼요."

도싯이 뭔가 새로운 생각이 떠오른 듯 몸을 일으키고 앉았다.

"맞아, 셀던이 니스에 있지요. 셀던을 부르면 되겠군요!"

이 말에 릴리는 깜짝 놀라 소리치며 다시 자리에 앉았다.

"안 돼요. 그건 안 돼요!"

릴리가 반대했다.

도싯이 의심스러운 표정으로 그녀를 휙 돌아보았다.

"왜 안 된다는 겁니까? 셀던은 변호사 아닙니까, 안 그래요? 다른 변호사들 못지않게 이런 일을 잘 처리해 줄 수 있을 겁니다."

"당신 말씀은 다른 변호사들 못지않게 형편없이 처리해 준다는 뜻이겠죠. 어쨌든 전 당신이 저를 믿고 저에게 도와달라고 하시는 줄 알았어요."

기쁨의 집 45

"물론입니다. 당신은 저의 하소연을 참고 들어주고 따뜻하게 대해 주었습니다. 만약 당신이 없었다면, 전 이미 오래전에 이 모든 걸 끝내 버렸을 겁니다. 하지만 결국 끝이 나고 말았군요."

도싯이 갑자기 자리에서 일어나더니 몸을 꼿꼿이 세우려고 애썼다.

"당신도 제가 우스꽝스러워 보이는 걸 원치 않으시겠지요."

릴리가 다정하게 그를 바라보았다.

"그럼요."

이 상황을 어떻게 풀어 나갈지 잠시 궁리하던 릴리는 자신도 깜짝 놀랄 만큼 훌륭한 묘안이 퍼뜩 떠올랐다.

"좋아요. 그럼 어서 가서 셀던 씨를 만나도록 하세요. 저녁 식사 전까지 그 일을 끝내실 수 있을 거예요."

"오, 저녁 식사 말이오?"

도싯은 그녀를 조롱하듯 말했다. 하지만 릴리는 빙그레 웃으며 대답했다.

"배에서 저녁 식사를 하시는 거예요. 꼭 기억하세요. 괜찮으시다면, 식사 시간을 아홉 시로 연기하도록 할게요."

결국 승합마차가 그녀를 부두에 내려놓았을 때, 시간은 벌써 네 시를 지나고 있었다. 릴리는 자신을 요트까지 실어다 줄 소형 보트를 기다리며 서서, 과연 요트에서 무슨 일이 벌어진 걸까 의아해했다. 실버턴의 소재에 대해서는 아무런 언급이 없었다. 실버턴도 버사와 함께 사브리나 호로 돌아왔을까? 아니면 혹시 버사가, 배에 혼자 남겨진 버사가 다시 그를 만나기 위해서 육지로 내려가지는 않았을까? 갑자기 두려운 생각이 릴리를 사로잡았다. 순간 릴리의 심장이 딱 멎는 것 같았다. 지금까지 그녀는 오직 철부지 실버턴의 안위만 걱정해 왔다. 그것은 여자들이 대개 이런 일에 본능적으로 남자 편을 들기 때문만은 아니었다. 그의 처지가 특별히 그녀의 동정심을 자극했기 때문이다. 실버턴은 정말 한심할 만큼 진지하고 불쌍한 청년이었다. 물론 버사 역시 무모할 만큼 진지하기는 했지만 그녀의 진지함은 실버턴의 진지함과는 질적으로 달랐다. 버사는 오직 자기 자신에 대해서 진지할 뿐이지만 실버턴은 버사에 대해 정말로 진지한 마음이었던 것이다. 그런데 막상 실제로 심각한 위기가 닥쳐오자, 이런 차이로 인해서 오히려 버사의 편에 더 커다란 피해가 미치는 것 같았다. 적어도 실버턴에게는 그녀를 위해 고통을 겪는다는 위안이라도 있겠지만 버사에게는 오직 자기 자신밖에 없었기 때문이다. 어쨌든 좀 더 현실적인 관점에서 보더라도, 이런 상황에서 모든 고통을 감수해야 하는 쪽은 여자였다. 그러므로 이제 릴리의 동정심은 버사에게로 쏠렸다. 물론 그녀는 버사 도싯을 좋아하지 않았다. 하지만 그렇다고 의무감조차 느끼지 않는 것은 아니었다. 아니, 버사에 대한 애정이 너무 없기 때문에 오히려 더 무거운 의무감을 느꼈다. 어쨌든 버사는 그녀에게 친절을 베풀어주었고, 그들은 지난 몇 달 동안 좋은 친구 사이로 함께 지내왔다. 하지만 최근 들어 두 사람 사이에 약간의 불화가 느껴지고 있었기 때문에 릴리는 더 시급하게 친구를 위해 무슨 일이든 해야 할 것 같은 생각이 들었다.

로렌스 셀던과 이 문제를 의논하도록 도싯을 먼저 보낸 것은 물론 버사를 위해서였다. 일단 이 기괴한 상황을 받아들이고 나자, 릴리는 그거야말로 도싯이 이성을 되찾을 수 있는 가장 안전한 방법이란 점을 즉시 깨달은 것이다. 셀던 말고 또 누가 버사를 이 곤경에서 구해 낼 수 있는 기술과, 그래야 한다는 의무감을 기적처럼 동시에 갖고 있을 수 있단 말인가? 이 일에 얼마나 엄청난 기술이 필요한지 알고 있기에 릴리는 셀던의 책임감이 크다는 사실이 그토록 고마울 수가 없었다. 셀던은 어떻게든 버사를 이 곤경에서 구해 내야 하기 때문에 반드시 방법을 찾아낼 거라고 릴리는 확신할 수 있었다. 그리고 부두로 가는 도중에 셀던에게 이런 믿음을 모두 담은 전보를 보냈다.

그때까지 릴리는 자신이 일을 아주 잘 처리했다고 생각했다. 이런 자신감은 그녀에게 남은 일을 마저 처리할 수 있는 힘을 주었다. 릴리와 버사는 단 한 번도 속을 터놓고 이야기를 나눠 본 적이 없었다. 하지만 이런 위기가 닥쳤으니, 경계하는 마음의 빗장도 분명히 열릴 것이었다. 오늘 아침 상황에 대해서 도싯이 횡설수설 늘어놓은 이야기를 종합해 보면, 릴리는 이미 마음의 벽이 무너졌을 것이라고 짐작했다. 그리고 지금 버사의 처지로는 그것을 다시 세우려는 어떤 시도도 할 수 없을 것이다. 릴리는 그 가엾은 친구가 무너진 벽 뒤에서 오들오들 떨고 있는 모습을 상상했다. 바짝 긴장한 채 도움의 손길이 오기만 기다리다가 누구든 가장 먼저 손을 뻗는 사람에게서 당장 피난처를 구하겠지! 어딘가 다른 곳에서 벌써 피난처를 찾은 것이 아니라면. 소형 보트가 만과 요트 사이의 짧은 거리를 이동하는 동안, 릴리는 자신이 오래 자리를 비운 동안 혹시 무슨 일이 났을지도 모른다는 두려움에 사로잡혔다. 혹시 불쌍한 버사가 이 오랜 시간 동안 아무도 의지할 사람이 없다고 생각하고……? 하지만 이때쯤에는 이미 성급한 릴리의 발이 사다리 난간을 밟고 올라서고 있었다. 그리고 사브리나 호에 올라서자마자, 릴리는 자신이 우려했던 최악의 사태는 전혀 벌어지지 않았음을 알았다. 왜냐하면 갑판 뒤편의 호화스러운 그늘 막 아래에서는 평소와 다름없는 우아하고 날씬한 모습을 완전히 되찾은 그 불쌍한 버사가 벨트셔 공작부인과 휴버트 경에게 차를 따라주고 앉아 있었기 때문이다.

이 광경을 보고 릴리가 어찌나 놀랐던지, 적어도 버사는 틀림없이 그녀의 표정에 나타난 의미를 알아차렸을 거란 생각이 들었다. 하지만 버사는 완전히 무표정한 얼굴로 릴리를 응대해서 릴리가 오히려 당황스러웠다. 하지만 다음 순간 버사로서는 다른 사람들이 있는 앞에서 당연히 태연한 표정을 지을 수밖에 없을 거란 사실을 깨달았다. 그리고 자신이 깜짝 놀란 이유를 둘러대기 위해서 당장 간단한 핑곗거리를 만들어야 한다는 생각이 들었다. 임기응변이 오랜 습관처럼 몸에 밴 릴리에겐 어려운 일이 아니었다. 그녀는 공작부인을 보며 탄성을 질렀다.

"어머, 전 부인께서 이미 공주님께로 돌아가신 줄 알았어요!"

물론 휴버트 경은 그렇지 않았겠지만, 어쨌든 이 변명으로 공작부인은 충분히 만족했다.

그리고 이 말을 빌미로 해서, 사실 잠시 후 공주에게로 돌아갈 것이며 그전에 먼저 도싯 부인과 내일 있을 만찬에 관해 몇 마디 이야기를 나누기 위해서 황급히 요트에 들렀다는 공작부인의 장황한 설명이 뒤따랐다. 그 만찬에는 브리 부부가 참석할 예정이었다. 휴버트 경이 결국 두 사람을 넣어주자고 주장한 것이다.

"목숨이라도 부지하려고 그랬죠!"

휴버트 경이 변명하듯 말했다. 그러고는 자신의 신속한 일처리 능력을 인정해 달라는 듯이 호소하는 눈빛으로 릴리를 쳐다보았다. 뒤이어 공작부인이 고결한 정직성을 발휘하여 진상을 폭로했다.

"브리 씨가 그에게 사례금을 주겠다고 약속했다는구려. 그리고 만약 우리가 참석하면 그 사례금을 우리에게 넘겨 주겠다고 말했다오."

이 말은 의례적인 마지막 인사로 이어졌다. 릴리가 보기에 도싯 부인은 놀랄 만큼 용감하게 자신의 역할을 잘 감당하고 있는 것 같았다. 심지어 뱃전에 걸린 사다리를 반쯤 내려가던 휴버트 경이 "물론 도싯 씨도 참석하시겠지요?"라고 손님 수를 확인하기 위해 다시 물었을 때, 부인은 너무나 아무렇지도 않게 쾌활한 목소리로 선뜻 대답했다.

"오, 당연하지요."

하지만 뱃전에서 떠나는 손님들을 향해 손을 흔들던 도싯 부인이 돌아섰을 때, 릴리는 드디어 그녀의 얼굴을 덮고 있던 가면이 벗겨지고 두려움이 모습을 나타낼 거라고 확신했다.

도싯 부인은 천천히 몸을 돌렸다. 어쩌면 얼굴 근육을 펴느라 시간이 필요한지도 몰랐다. 어쨌든 도싯 부인이 탁자 옆에 놓인 의자로 다시 돌아가서 앉았을 때도 그녀의 얼굴 표정은 여전히 완벽하게 통제되고 있었다. 그녀는 약간 비꼬는 어조로 바트 양에게 말했다.

"이제야 아침 인사를 하게 되는군."

만약 이것이 신호라면, 릴리는 기꺼이 받아들일 준비가 되어 있었다. 비록 그녀가 자신에게 어떤 대답을 기대하고 있는지 도통 감을 잡을 수 없었지만 말이다. 하지만 깊이 생각에 잠긴 듯한 도싯 부인의 태도에는 상대방의 용기를 꺾어놓는 뭔가가 있었다. 릴리는 일부러 가벼운 목소리로 대답하려고 애써야 했다.

"안 그래도 오늘 아침에 너를 보고 가려고 했는데, 아직 일어나지 않았더라고."

"맞아, 어젯밤 늦게 잠자리에 들었거든. 너를 기차역에서 놓치고 난 후에 난 마지막 열차가 떠날 때까지 널 기다려야 한다고 생각했었어."

도싯 부인은 아주 부드럽지만 힐난하는 기색이 분명한 듯한 어조로 말했다.

"네가 우리를 놓쳤다고? 네가 기차역에서 우리를 기다렸단 말이야?"

이번에야말로 정말로 놀라고 당황한 나머지 릴리는 상대방의 말뜻을 헤아려보거나 대답할 말을 조심스럽게 따져보거나 할 경황조차 없었다.

"하지만 마지막 열차가 출발할 때까지 역에 도착하지 않은 건 오히려 넌 줄 알았는데?"

도싯 부인은 눈을 밑으로 내리깐 채 릴리를 유심히 살펴보며 즉각 응수했다.

"도대체 누가 그런 소리를 했지?"

"조지가…… 방금 공원에서 조지를 만났어."

"아, 그게 조지의 주장이란 말이지? 가엾은 조지……. 그 사람은 내가 그에게 뭐라고 말했는지 제대로 기억도 하지 못할 걸. 오늘 아침에 최고로 지독한 복통을 겪었거든. 그래서 내가 그를 의사에게 보냈는데. 혹시 그이가 의사를 만났다고 하던?"

릴리는 여전히 영문을 알 수 없어서 아무 대답도 하지 못했다. 도싯 부인은 께느른하게 의자에 몸을 기대었다.

"그이는 기다렸다가 의사를 만나고 올 거야. 원래 자기 몸이라면 벌벌 떨거든. 뭔가 걱정거리가 있거나 하면 그 사람에게는 아주 치명적이라니까. 조금만 곤혹스러운 일이 생겨도 꼭 복통이 일어나지 뭐야."

릴리는 이번에야말로 이 말이 자신에게 보내는 신호라고 확신했다. 하지만 그 신호가 깜짝 놀랄 정도로 너무 갑작스럽게 튀어나왔을 뿐 아니라 그 결과에 대해서는 믿을 수 없을 정도로 완전히 무시하는 분위기였기 때문에 릴리는 그저 더듬거리기만 할 뿐이었다.

"조금 곤혹스러운 일이라고?"

"그래. 가령 오밤중에 너처럼 눈에 띄는 여자를 데리고 다녀야 하는 그런 거 말이지. 이봐, 릴리. 자정도 지난 시간에 그런 수상쩍은 장소에서 너랑 있는 건 사실 상당히 부담스러운 일이야."

전혀 예기치 못했던, 그리고 상상할 수도 없을 만큼 뻔뻔스러운 이 말에 릴리는 그만 기가 막혀 웃지 않을 수가 없었다.

"버사, 도싯에게 부담이 된 사람은 오히려 너였어!"

이 말에 도싯 부인은 알 수 없는 미소를 지었다.

"내가? 어째서? 기차를 타려고 정신없이 달려가는 너희 두 사람을 발견할 만큼 초인적인 지혜가 없었기 때문에? 아니면 우리가 간신히 너희를 찾아낼 때까지, 두 사람이 기차역에서 조용히 우릴 기다려줄 거라고 믿는 대신 설마 우리를 남겨 두고 너랑 도싯 둘이서만 그렇게 떠나 버릴 거라고는 미처 상상하지 못했기 때문에?"

릴리의 얼굴이 새빨갛게 달아올랐다. 이제 버사가 자기 혼자 짜놓은 각본에 따라서 뭘 노리고 있는지 분명히 알 수 있었기 때문이다. 하지만 무시무시한 파국이 임박한 이 마당에, 어쩌자고 그것을 피해 보겠다고 이런 유치한 수를 쓰며 시간을 낭비하고 있단 말인가? 버사의 철없는 시도에, 화가 났던 릴리의 마음은 그만 풀어져 버렸다. 이 가엾은 여자가 오죽 겁이 났으면 이런 잔꾀까지 부리고 있을까?

"그게 아니야. 그냥 니스에서 우리 모두 함께 다니는 것 자체가 부담스러운 일이었지."

릴리가 대답했다.

"모두 함께 다녔다고? 공작부인과 그분의 친구들이랑 달아날 수 있는 기회가 생기자마자 재빨리 가버린 사람이 누구였지? 릴리, 네가 다른 사람들 손에 억지로 끌려다닐 만큼 어린 나이는 아니잖아?"

"물론 아니지. 버사, 훈계를 들을 나이도 아니고 말이야. 지금 네가 나에게 하고 있는 게 그거라면 그만둬."

도싯 부인은 릴리를 향해 싸늘한 미소를 던졌다.

"너를 훈계한다고? 내가? 그럴 리가 있나! 난 단지 너에게 우정 어린 마음에서 귀띔을 해주려는 것뿐이야. 평소에는 정반대 입장이었지, 안 그래? 나는 항상 귀띔을 해주기보다 받아야 하는 쪽이었잖아. 지난 몇 달 동안 줄곧 그렇게 살아왔지."

"귀띔이라고? 내가 너에게?"

릴리가 더듬거리며 되물었다.

"그래, 그것도 죄다 하지 말라는 것뿐이었지. 이렇게 하지 마라, 저렇게 하지 마라, 이것도 보지 마라, 저것도 보지 마라. 난 정말이지 지금껏 놀랄 만큼 그런 잔소리를 잘 참고 받아들였다고 생각해. 다만 이런 말을 해도 좋을지 모르겠지만, 내가 하지 말아야 할 일 중에 네가 지나치게 주제넘은 것을 할 때 너에게 아무 경고도 하지 말아야 하는 의무까지 포함되어 있는지는 몰랐어."

 싸늘한 한기가 바트 양의 온몸을 타고 흘러내렸다. 어둠 속에서 번뜩이는 칼날처럼 섬뜩한 배신의 느낌이었다. 하지만 다음 순간, 릴리의 동정심이 본능적인 두려움을 이겼다. 이렇게 어처구니없는 비난을 마구 쏟아내는 것도 알고 보면 쫓기는 짐승이 자기가 도망치는 길을 감추려는 가엾은 노력이 아니고 또 무엇이겠는가? 릴리의 입에서는 이런 탄식이 흘러나왔.
 '이 가엾은 영혼 같으니, 그렇게 빙빙 돌며 우회하지 말고 곧장 내게로 와. 그리고 우리 함께 해결책을 찾아보자!'
 하지만 버사의 차갑고 거만한 미소 앞에서 이 말은 그만 사라져버렸다. 릴리는 잔뜩 부풀린 버사의 신랄한 거짓말을 마지막 한마디까지 묵묵히 다 듣고 앉아 있었다. 그리고 마침내 조용히 자리에서 일어나서 자신의 선실로 내려갔다.

3

 로렌스 셀던은 호텔의 현관 앞에서 바트 양의 전보를 받았다. 전보를 읽고 난 그는 다시 방으로 돌아가서 도씻을 기다렸다. 전보에 적힌 내용만 가지고 모든 상황을 짐작하기에는 빠진 대목이 너무 많았지만, 셀던도 최근에 듣고 보아온 사실들이 있었기에 쉽게 공백을 채울 수 있었다. 어쨌든 그는 놀라움을 금치 못했다. 물론 그 상황이 언제든 폭발할 수 있는 모든 요소를 다 갖추고 있다는 걸 진작부터 알고 있었지만, 그의 개인적인 경험을 통해 보면 그저 불발로 지나가 버리는 경우가 대부분이었던 것이다. 물론 가끔 발작을 일으키는 도씻의 성미와 주변 상황을 완전히 무시해 버리는 도싯 부인의 무모함이 특별히 더 위태로운 느낌을 주긴 했다. 어쨌든 셀던이 이 부부를 안전한 관계로 인도해야겠다고 마음먹은 것은 이 사건과 자신이 특별한 관련이 있다고 느꼈기 때문이라기보다는 순전히 직업적인 열정 때문이었다. 지금 이 경우에 과연 이토록 망가져 버린 부부 관계를 다시 회복시키는 것이 두 사람 모두에게 안전한 일인가 하는 것은 셀던이 고민할 문제가 아니었다. 셀던은 오직 일반적인 원칙에 따라서 어떻게든 추문이 일어나는 걸 막아야 한다고 생각할 뿐이었다. 하지만 어쩌면 이 일에 바트 양이 휘말릴지도 모른다는 두려움이 그의 그런 마음을 더욱 조급하게 했다. 그렇다고 어떤 특별한 감정이 있어서 바트 양을 걱정하는 건 아니었다. 다만 도싯 부부의 더러운 빨래를 세탁하는 일에 조금이라도 바트 양이 연루되는 난처한 상황을 막고 싶을 뿐이었다.

하지만 두 시간 동안 가엾은 도싯과 이야기를 나누고 난 셀던은 이 과정이 얼마나 불쾌하고 소모적인 일이 될지 더욱더 분명하게 알 수 있었다. 만약 뭔가 구체적인 이야기가 나왔다면, 쌓이고 쌓인 부도덕한 쓰레기들이 한꺼번에 쏟아져 나오는 사태가 벌어졌을지도 모른다. 실제로 손님이 떠나자마자 셀던은 당장 창문을 죄다 활짝 열고 방 안을 싹 치워야 할 것 같은 기분이 들었다. 하지만 결국 밝혀진 사실은 아무것도 없었다. 셀던의 입장에서는 다행스럽게도 이 더러운 넝마 조각을 아무리 애써 이어 붙여 보아도 일관성 있고 구체적인 비난을 조합해 내기란 거의 불가능했다. 너덜너덜해진 가장자리는 번번이 아귀가 맞지 않았고 항상 빠진 부분이 있었다. 게다가 색깔과 크기도 제각각이었다. 물론 이 조각들을 최대한 맞춰서 고객의 눈앞에 내놓는 것이 원래 셀던의 역할이었다. 하지만 도싯과 같은 그런 성격을 지닌 사람에게는 아무리 완벽한 증거도 분명한 확신을 줄 수 없었다. 결국 셀던은 그를 위로하고 마음을 진정시켜 주면서 신중하라고 조언하는 것밖에는 지금 자신이 할 수 있는 일이 없다는 사실을 깨달았다. 그리하여 다음번 상담 때까지 반드시 중립적인 태도를 유지해야 한다는 인식을 도싯의 머릿속 가득 심어준 후에 비로소 그를 떠나보냈다. 한마디로 현재 이 게임에서 셀던의 역할은 그저 지켜보는 것뿐이었다. 하지만 이렇게 위태로운 상황을 언제까지나 평형상태로 유지할 수는 없다는 걸 잘 알고 있었기에, 그는 내일 아침 몬테카를로에 있는 한 호텔에서 도싯과 다시 만나기로 약속했다. 도싯과 같은 성격을 지닌 사람은 비정상적으로 도덕적 힘을 소모할 때마다 반드시 뒤따르게 마련인 자기 불신과 나약함의 반작용 또한 전혀 믿을 수가 없었다. 바트 양에게 보내는 그의 전보에는 간단하게 한 가지 지시밖에 없었다. '모든 게 평소와 다름없는 척할 것.'

실제로 다음 날 오전의 풍경은 평소와 다름없는 것처럼 보였다. 전날 도싯은 릴리의 명령에 복종한 듯이 정말로 늦은 저녁 식사 시간에 맞추어 요트로 돌아왔다. 하지만 그 식사 시간은 그날 하루 중에서도 가장 괴로운 순간이었다. 도싯은 또다시 깊고 깊은 침묵 속에 빠져 있었는데, 그것은 그의 부인이 소위 '복통'이라고 부르는 것 다음에 뒤따르는 증세와 매우 흡사한 상태였기 때문에 하인들 앞에서 얼마든지 간단하게 핑계를 댈 수가 있었다. 하지만 버사는 버사대로 잔뜩 심술이 나서 남편을 보호해 줄 수 있는 그 사소한 행동도 할 마음이 전혀 없는 것 같았다. 마치 자기 불만에만 온통 정신이 팔려서 자신이 불만의 대상이 될 수 있다는 생각은 조금도 하지 못하는 것처럼, 그냥 이 위태위태한 상황을 남편의 손에 맡긴 채 내버려 두고 있었다. 릴리로서는 버사의 그런 태도가 가장 이해하기 어려웠기 때문에 지금 이 상황에서 가장 불길한 요소로 느껴졌다. 그녀는 어떻게든 대화의 불씨를 살리려고 애썼다. 그리고 계속 무너져 내리는 '겉모습'을 다시 일으켜 세우고 또 세웠다. 그러면서도 '도대체 버사가 어쩌려고 저러는 걸까?' 하는 의문이 계속해서 머릿속을 어지럽혔다. 홀로 고립되어 반항하는 듯한 버사의 태도에는 뭔가 짜증스러운 구석이 있었다. 궁지에 몰린 친구에게 그들이 아직도 함께 잘해 나갈 수 있다는 귀띔이라도 해줄 수 있다면 얼마나 좋겠는가? 하지만 그녀가 저렇게 완강하게 고집을 부리며 마음을 닫고 있는데, 릴리가 어떻게 도움이 될 수 있단 말인가? 친구에게 도움이 되는 것, 그것이야말로 릴리가 진심으로 원하는 바였다. 그것도 자기 자신을 위해서가 아니라 오직 도싯 부부를 위해서. 지금까지 릴리는 자신의 상황 따위는 안중에도 없었다. 오직 도싯 부부의 상황을 어떻게 하면 조금이라도 해결해 줄 수 있을까, 온통 그 생각뿐이었다. 하지만 그 끔찍한 짧은 저녁 식사가 끝나고 나자, 자신의 모든 노력이 괜한 헛수고처럼 느껴졌다. 릴리는 도싯과 단둘이 만나는 자리를 만들려고 애쓰지 않았다. 그가 다시 속내를 털어놓을까 봐 두려웠다. 지금 릴리가 솔직한 대화를 나누고 싶은 사람은 버사였다. 그리고 버사 역시 간절하게 그녀와 의논하고 싶어 해야 마땅했다. 하지만 버사는 마치 자기 파멸의 유혹에 빠진 사람처럼 릴리가 내미는 구원의 손길을 완강히 뿌리치고 있었다.

릴리는 그들 부부만 자리에 남겨 두고 일찍 잠자리에 들었다. 하지만 그 후로 다시 한 시간 이상 시간이 지난 후에야 버사가 침묵에 휩싸인 복도를 지나서 다시 자기 방으로 돌아가는 소리가 들려왔다는 사실이 릴리에게는 자신이 지금 겪고 있는 이 커다란 미스터리의 일부처럼 여겨졌다. 똑같은 상황이 계속해서 이어진 다음 날에도 서로 마주 앉은 두 부부 사이에서는 아무런 변화의 기미도 나타나지 않았다. 오직 딱 한 가지 사실만이 모든 사람이 공모하여 애써 무시하고 있는 변화를 증언해 줄 뿐이었다. 그것은 바로 네느 실버틴의 실종이었다. 아무도 이 사실을 입에 올리지 않았지만, 이렇게 암묵적으로 그와 관련된 화제를 피하려다 보니 오히려 계속해서 의식의 표면 위로 가장 먼저 떠올랐다. 그것 말고도 또 하나의 변화가 있었는데, 그것은 오직 릴리만이 알아차릴 수 있었다. 이제는 도싯이 거의 그의 부인만큼이나 노골적으로 릴리를 회피한다는 사실이었다. 어쩌면 도싯은 전날 그렇게 경솔하게 자기 감정을 쏟아냈던 것을 후회하고 있는지도 몰랐다. 아니, 어쩌면 '평소처럼' 행동하라는 셀던의 조언에 서툴게나마 나름대로 충실하려고 애쓰는 것인지도 몰랐다. 사실 그런 조언은 '표정을 자연스럽게 지으라'는 사진사의 명령만큼이나 되레 행동을 부자연스럽게 만들게 마련이다. 특히 가엾은 도싯처럼 자신이 평소에 어떤 표정을 지었는지 전혀 알지 못하는 사람은 애써 태연하게 굴려고 노력하다가 엉뚱한 결과만 가져오곤 했다.

어쨌든 결과적으로 릴리는 혼자 힘으로 이 곤란한 상황을 타개하지 않으면 안 될 이상한 처지가 되었다. 방을 나왔을 때, 도싯 부인은 아직도 나타나지 않은 데다 도싯마저 아침 일찍 요트를 떠났다는 소식을 전해 들은 그녀는 마음이 너무 불안해서 혼자 남아 있을 수 없었다. 그래서 그녀도 작은 배를 타고 육지로 올라갔다. 카지노 건물을 향해서 정처 없이 걸어가던 릴리는 니스에서 온 지인들을 만나서 함께 점심을 먹었다. 그리고 그들과 함께 호텔 방으로 돌아가던 길에 광장을 가로질러 가던 셀던과 우연히 마주쳤다. 하지만 릴리는 당장 일행에서 떨어져 나올 수 있는 형편이 아니었다. 그들은 릴리에게 기꺼이 환대를 베풀며 당연히 자신들이 떠날 때까지 릴리가 함께 다닐 거라고 믿고 있었기 때문이다. 릴리가 겨우 잠깐 틈을 내어 상황을 물어보자, 셀던은 즉시 대답했다.

"그를 다시 만났습니다. 방금 헤어졌지요."

릴리는 걱정스러운 표정으로 셀던의 다음 말을 기다렸다.

"그래서요? 무슨 일이 있었죠? 무슨 일이 일어날까요?"

"아직까지는 아무 일도 없습니다. 그리고 앞으로도 아마 없을 겁니다."

"그럼 다 끝난 건가요? 해결된 거죠? 확실한가요?"

셀던이 빙그레 미소를 지었다.

"제게 시간을 주십시오. 아직 확실한 건 아닙니다만 잘 해결되리라 확신하고 있습니다."

릴리는 이 대답으로 만족해야 했다. 그리고 계단 위에서 기다리고 있는 일행을 향해서 황급히 발걸음을 옮겼다.

사실 셀던은 그녀에게 최대한 확신에 찬 모습을 보여 준 것이었다. 심지어 릴리의 근심스러운 눈빛을 보자, 약간 과장한 면도 있었다. 이제 돌아서서 기차역을 향해 언덕을 천천히 내려가고 있는 셀던의 마음속에는 과연 자신의 판단이 옳은지에 대한 불안이 남아 있었다. 실제로 그가 걱정할 만한 특별한 일은 아무것도 없었다. 어떤 일도 일어날 것 같지 않다는 그의 단언은 말 그대로 진실이었다. 딱 한 가지 그를 괴롭히는 점은 도싯의 태도가 갑자기 눈에 띄게 달라졌는데, 그렇게 달라진 이유를 잘 모르겠다는 것이었다. 셀던의 조언이나 혹은 도싯 자신의 이성적인 판단에 의해서 달라진 것은 분명 아니었다. 5분만 대화해 봐도 뭔가 다른 요인이 영향을 미쳤다는 걸 충분히 알 수 있었다. 하지만 그 요인은 도싯의 의지를 완전히 꺾어놓을 만큼 그의 분노를 잠재우지는 못해서, 그는 마치 약에 취해 위험한 미치광이처럼 일종의 마비 상태에서 움직이고 있는 것 같았다. 물론 일시적으로는 이런 상태가 모든 사람의 안전에 도움이 되는 것은 확실했다. 문제는 이 상태가 얼마나 오래갈 것인지, 그리고 그 이후에는 어떤 반작용이 뒤따를 것인지 하는 것이었다. 이런 점에 대해서 셀던은 전혀 짐작할 수가 없었다. 왜냐하면 도싯의 태도가 달라지면서 동시에 자유로운 대화의 문도 닫혀 버렸기 때문이다. 사실 도싯은 여전히 자신이 당한 부당한 일에 대해서 토로하고 싶은 강렬한 욕망에 사로잡혀 있는 것이 분명했다. 하지만 지난번과 똑같이 끈질기게 그 화제의 주변을 맴돌기는 하면서도 번번이 뭔가에 가로막혀 할 말을 다 하지 못하고 있다는 걸 셀던은 느낄 수 있었다. 지금 그는 한마디로 처음에는 자기 이야기를 들어주는 상대방을 지치게 만들다가 그다음에는 완전히 짜증나게 하는 상태였다. 그러므로 마침내 대화가 끝났을 때, 셀던은 자신이 할 일은 다했으며 어떤 결과가 일어나든지 자신은 그만 이 일에서 손을 떼야겠다는 생각이 들기 시작했다.

기차역으로 돌아가던 길에 우연히 바트 양과 마주쳤을 때, 셀던은 바로 그런 심경이었던 것이다. 하지만 릴리와 잠깐 이야기를 나눈 후에 기계적으로 발걸음을 옮기던 셀던은 서서히 자신의 심경에 변화가 일어나고 있음을 깨달았다. 그것은 바로 릴리의 눈에 떠오르던 눈빛 때문이었다. 그 눈빛의 의미를 명확하게 파악하고 싶었던 셀던은 공원에 있는 의자에 잠깐 걸터앉았다. 그리고 이 문제를 곰곰이 생각해 보았다. 릴리가 걱정스러운 표정을 짓는 것은 사실 누가 봐도 자연스러운 일이었다. 젊은 아가씨가 요트라고 하는 좁고 한정된 공간에서 당장 파국을 목전에 둔 부부 사이에 끼어 있었으니, 친구들에 대한 걱정은 말할 것도 없고 자기 자신의 난처한 입장을 염려하지 않을 수 없을 것이다. 하지만 무엇보다 가장 최악인 것은 바트 양의 마음 상태를 파악하는 데 여러 가지 다른 해석이 가능하다는 점이었다. 그중에서 셀던의 혼란스러운 머릿속에 떠오른 해석 하나는 바로 피셔 부인이 넌지시 암시했던 추악한 상황이었다. 만약 바트 양이 뭔가를 두려워하고 있다면, 그것이 과연 그녀의 친구 때문일까? 아니면 자기 자신 때문일까? 자신이 이 일에 치명적으로 연루되었다는 생각 때문에 이 파국을 그토록 두려워하고 있는 것은 아닐까? 분명히 이번 사건에 대한 책임은 도싯 부인에게 있었고, 이런 추측은 표면상으로 아무 근거 없는 몰인정한 짓처럼 보였다. 하지만 아무리 일방적으로 보이는 부부 싸움이라도 대개 맞대응이 있게 마련이라는 걸 셀던은 잘 알고 있었다. 특히 애초 불화의 원인이 된 불만이 꽤 그럴듯할 때는 더욱더 뻔뻔스러운 대응이 있게 마련이었다. 피셔 부인은 '만약 무슨 일이 일어난다면' 도싯이 바트 양과 결혼할지도 모른다는 암시를 서슴없이 내비쳤다. 물론 피셔 부인은 성급하게 결론을 잘 내리기로 악명이 높기는 하지만, 그런 낌새를 읽어내는 데는 귀신같이 재빠른 사람이었다. 도싯이 릴리에게 유별난 관심을 보인 것은 분명한 사실이었고, 그의 아내는 자신의 명예를 회복하기 위한 투쟁에서 이 사실을 잔인하게 이용하려 들 것이다. 셀던은 버사가 전력을 다해 끝까지 싸울 것이라는 걸 잘 알고 있었다. 그녀의 무모한 행동은 부조리하게도, 그 행동에서 비롯된 결과들은 절대 책임지지 않겠다는 냉철한 결심과 결합되어 있었다. 그 여자는 위험을 자초하는 데 무모했던 만큼이나 자신을 위해 싸우는 데도 악랄하고 파렴치하게 굴고도 남을 위인이었다. 하지만 아직까지는 셀던도 과연 버사가 어떤 식으로 반격을 가할지 분명하게 짐작할 수가 없었다. 그리고 그렇기 때문에 마음이 더욱더 불안했다. 떠나기 전에 반드시 바트 양과 다시 한 번 이야기를 나누어야 할 것 같았다. 이 상황에서 그녀가 맡은 역할이 무엇이든 간에—셀던은 언제나 바트 양의 주변 상황에 의해서 그녀를 판단하지 않으려고 애써 왔다.— 혹은 설사 그녀가 이번 일과 아무런 개인적인 연관이 없다 하더라도, 어쨌든 장차 있을지도 모르는 파국으로부터 벗어나 있는 편이 그녀에게 더 좋을 것이다. 게다가 바트 양이 그에게 도움을 요청해 온 이상, 그녀에게 조언을 해주는 것은 그의 당연한 임무이기도 했다.

마침내 이런 결심이 서자, 셀던은 자리에서 벌떡 일어났다. 그리고 당장 도박장으로 돌아갔다. 바트 양이 그 건물의 어느 문인가로 들어가는 것을 힐끗 보았기 때문이다. 하지만 꽤 오랫동안 사람들 속을 돌아다녀 보아도 바트 양의 흔적을 찾을 수 없었다. 그 대신 놀랍게도 테이블 주변을 여봐란 듯이 당당하게 돌아다니고 있는 네드 실버턴을 발견했다. 이 사건의 주역인 그가 무대 뒤편에 숨어 있는 것이 아니라 오히려 각광을 받으려고 안달하고 있다는 사실은 어쩌면 모든 위험이 완전히 지나갔다는 의미일 수도 있다. 그런데도 셀던은 더욱더 불길한 예감이 들었다. 마침내 그는 혹시 바트 양을 우연히 만날지도 모른다는 희망을 가지고 광장으로 다시 나갔다. 몬테카를로에 있는 사람들은 누구나 이곳을 하루에도 최소한 열두어 번씩 지나치게 마련이기 때문이다. 하지만 이곳에서도 역시 바트 양은 찾을 수 없었다. 결국 셀던은 바트 양이 사브리나 호로 돌아갔다는 결론을 내릴 수밖에 없었다. 그곳까지 그녀를 뒤쫓아가는 일은 불가능했다. 설령 그렇게 한다 하더라도 단둘이 이야기를 주고받을 기회를 얻기는 더 어려울 것이다. 셀던은 못마땅하기는 하지만 이젠 어쩔 수 없이 차선책으로 편지라도 써야겠다고 생각하고 있었다. 그때 쉴새없이 돌아가던 광장의 장면이 갑자기 바뀌면서 휴버트 경과 브리 부인이 그의 눈앞에 나타났다.

큰 소리로 그들을 불러세운 셀던은 지체없이 바트 양에 관해 물었다. 그리고 휴버트 경에게서 바트 양이 방금 도싯과 함께 사브리나 호로 돌아갔다는 소식을 들었다. 이 소식에 셀던이 어찌나 노골적으로 당혹스러운 표정을 지었던지, 브리 부인은 옆에 있던 휴버트 경을 슬쩍 한 번 쳐다보더니 마치 압력을 받아 튕겨 오르는 스프링처럼 대뜸 셀던에게 그날 저녁 만찬에 함께 가자고 제안했다.

"베카생 식당에서 공작부인과 작은 만찬을 열 예정이에요."

브리 부인은 휴버트 경이 미처 제재할 틈도 없이 단숨에 내뱉듯이 말해 버렸다.

이런 모임 자리에 낀다는 것이 얼마나 대단한 특권인지 잘 알고 있는 셀던은 저녁 일찍부터 식당 문 앞에 가서 서 있었다. 그리고 환하게 불을 밝힌 테라스를 따라서 내려오고 있는 손님들을 살펴보았다. 브리 부부가 식당 안에서 마지막으로 메뉴를 고르느라 고심하고 있는 동안, 셀던은 사브리나 호에서 오는 손님들을 계속 기다렸다. 마침내 공작부인과 스키도 경 내외,

그리고 스테프니 부부를 동반한 일행이 모습을 나타냈고, 셀던은 테라스를 따라 문을 연 화려한 상점들을 잠깐 구경하자는 핑계로 바트 양을 손쉽게 따로 불러낼 수 있었다. 눈이 어질어질할 정도로 하얗게 빛나는 보석 가게의 창문 앞에 두 사람이 나란히 섰을 때, 셀던은 재빨리 바트 양에게 말했다.

"당신을 만나려고 잠깐 들렀습니다. 제발 그 요트를 떠나세요."

릴리는 다시 두려움에 가득 찬 눈빛으로 그를 바라보았다.

"떠나라고요? 그게 무슨 뜻이죠? 무슨 일이 일어났나요?"

"아무 일도 없습니다. 하지만 혹시 무슨 일이 일어날지도 모르는데, 왜 군이 그 가운데 있으려고 하십니까?"

번쩍거리는 보석 가게의 불빛을 받아서 하얀 그녀의 얼굴이 더욱 창백해 보였다. 그 바람에 섬세한 그녀의 얼굴 윤곽이 비극적인 가면처럼 더욱 날카롭게 도드라졌다.

"분명히 아무 일도 없을 거예요. 그렇지만 혹시 어떤 일이 일어날지도 모르는 이런 상황에서 제가 어떻게 버사의 곁을 떠날 거란 생각을 하실 수 있죠?"

그녀의 목소리에서 경멸하는 어조가 느껴졌다. 어쩌면 그가 자기 자신을 경멸하고 있는 것일까? 어쨌든 셀던은 지나치게 조르는 것처럼 보일 위험을 무릅쓰고라도 다시 한 번 간청할 각오가 되어 있었다. 점점 더 이 일에 흥미를 느끼고 가슴이 뛰는 것도 부인할 수 없었다.

"하지만 당신 자신도 생각하셔야죠. 아시지 않습니까?"

그러자 릴리는 이상하게 슬픔에 잠긴 목소리로 그의 눈을 똑바로 쳐다보며 대답했다.

"그래봐야 아무런 차이가 없다는 걸 당신은 모르시겠죠!"

"오, 그렇군요. 아무튼 별일은 없을 겁니다."

셀던은 릴리를 위해서라기보다는 자신을 안심시키기 위해서 이 말을 되풀이했다.

"물론 아무 일도 없을 거예요. 없고말고요!"

릴리도 씩씩하게 맞장구를 쳤다. 그리고 두 사람은 돌아서서 다른 일행을 따라잡았다.

사람들로 북적거리는 식당 안에서 그들 일행은 환하게 불이 밝혀진 브리 부인의 테이블 주위에 자리 잡았다. 평소와 다름없는 광경들은 아무 일도 없을 거라는 두 사람의 확신을 뒷받침해 주는 것 같았다. 도싯과 그의 부인은 또다시 세상을 향해 평소와 같은 표정을 지어 보이며 앉아 있었다. 도싯 부인은 새로 산 드레스에 익숙해지느라 온통 정신이 팔려 있었고, 도싯은 다채로운 메뉴의 유혹 앞에서 소화불량에 대한 두려움으로 잔뜩 긴장하고 있었다. 두 사람이 이토록 공개적인 장소에 함께 모습을 나타냈다는 사실 하나만으로도 그들 사이의 불화가 수습된 것은 확실해 보였다. 어떻게 그런 일이 일어났는지는 여전히 놀라운 수수께끼였지만, 어쨌든 지금은 바트 양도 이 결과에 대해 확신하고 있는 것이 분명했다. 그러므로 셀던 역시 바트 양이 자신보다 훨씬 더 이 상황을 옆에서 지켜볼 기회가 많았을 거란 점을 상기하며 똑같은 믿음을 가지려고 애썼다.

한편 저녁 식사는 미로처럼 복잡한 코스를 따라 진행되고 있었고, 브리 부인은 이따금씩 휴버트 경의 통제를 벗어나 제멋대로 굴곤 했다. 이 상황에서 셀던은 바트 양을 주의 깊게 관찰하는 데 정신이 팔려서 평소와 같은 조심성마저 잊어버리고 있었다. 오늘은 그녀가 정말 더할 나위 없이 아름답게 보이는 그런 날 중 하나였다. 그뿐 아니라 다른 모든 장점, 예컨대 우아함과 재치, 뛰어난 사교성까지 아낌없이 마음껏 발휘하고 있는 것 같았다. 하지만 특별히 셀던을 감동시킨 것은 그녀와 똑같은 스타일의 사람들로 가득 차 있는 그곳에서 그녀만 유독 돋보이게 만드는, 뭐라고 말할 수 없이 미묘한 수백 가지의 차이였다. 이런 차이들이 특히 더 뚜렷하게 드러나는 때가 바로 이렇게 멋진 일행과 아름다운 꽃들 속에서 그녀가 그토록 추구하는 상태가 완벽하게 실현되었을 때였다. 우아한 그녀의 모습 앞에서 한껏 멋을 부린 다른 여사들은 한낱 싸구려처럼 보였고, 그녀의 신중하고 분별 있는 침묵 앞에서 다른 여자들의 수다는 지루하게 느껴졌다. 지난 몇 시간 동안의 긴장 때문에 그녀의 얼굴은 최근 들어 셀던이 보지 못했던 심오하고 풍부한 표정을 다시 드러내고 있었다. 게다가 그녀가 그에게 버사 곁을 떠나지 않겠노라고 말했을 때 그 꿋꿋한 용기가 아직도 그녀의 목소리와 눈빛 속에서 일렁거리고 있었다. 과연 그녀는 어디에도 비길 데 없는, 독보적인 존재였다. 그녀에 대해서는 이 한마디밖에 할 말이 없었다. 셀던은 아무 거리낌 없이 무한한 찬사를 바칠 수 있었다. 왜냐하면 거기에는 개인적인 감정이라고는 눈곱만큼도 남아 있지 않았기 때문이다. 결국 바트 양에 대한 진정한 감정 정리는 끔찍한 환멸의 순간이 아니라 바로 지금 분별력이라는 냉철한 사후의 깨달음 속에서 이루어진 셈이었다. 그 속에서 셀던은 자신이 그녀에게서 느끼는 바로 그 차이들을 모두 부정하는 것 같은 조악한 선택을 함으로써 그로부터 완전히 분리되어 버린 바트 양을 보고 있었다. 그녀가 머무르겠다고 선택한 그 세계가 지금 또다시 그의 눈앞에 완벽하게 펼쳐져 있었다. 어리석게 느껴질 정도로 값비싼 음식들과 겉치레뿐인 공허한 대화들, 그리고 결코 날카로운 재치로 이어지지 못하는 자유분방한 발언과 진정한 모험이라고는 하나도 없는 대담한 행동 들로. 식당의 야단스러운 실내 장식과 그 자리에 함께한 《리비에라 통신》[17]의 땅딸막한 더햄 기자는 남들 눈에 띄는 것을 명성으로 여기고 신문의 사교계 소식란이 명사록을 대신하는 세계의 이상적 모습이 무엇인지 더욱 확실하게 보여 주고 있었다. 그 속에서도 그들이 둘러앉은 테이블은 더욱더 특별한 명성을 떨치고 있는 것 같았다.

문득 이런 모임에 불후의 명성을 부여하는 기록자로서 두 명의 저명인사 사이에 조심스럽게 끼어 앉은 땅딸막한 더햄의 존재가 셀던의 관심을 끌었다. 과연 저 남자는 지금 벌어지고 있는 이 상황에 대해서 얼마나 많은 것을 알고 있을까? 또한 저 남자가 알아내야 할 만한 가치가 있는 것이 얼마나 있을까? 그의 조그만 눈은 셀던이 느끼기에 숨이 막힐 정도로 빽빽하게 주변을 떠돌고 있는 암시들을 붙잡으려고 예민한 촉수를 길게 내뻗고 있는 듯하더니, 다음 순간 다시 평소와 같이 공허한 눈빛으로 돌아왔다. 그리고 셀던은 그의 눈 속에서 느긋하게 숙녀들의 우아한 드레스나 눈여겨보는 신문기자의 눈길 이외에는 아무것도 발견할 수 없었다. 특히 도싯 부인의 드레스는 더햄 씨의 풍부한 어휘력의 한계를 시험하려는 듯, 소위 '문학적 스타일'이라는 그의 표현에 걸맞을 만한 기발함과 섬세함을 뽐내고 있었다. 셀던도 알아차렸듯이, 처음에는 드레스가 지나치게 옷을 입은 사람의 정신을 쏙 빼놓는 것처럼 보이기도 했지만 이제 완전히 옷에 익숙해진 도싯 부인은 심지어 이례적으로 활달한 모습까지 보이고 있었다. 하지만 완벽하게 자연스럽다고 하기에는 정말이지 너무 자유분방하고 너무 거침없이 굴고 있는 것은 아닐까? 또한 자연스럽게 시선을 옮기다가 한 번씩 보게 되는 도싯 역시 너무 불안정하게 극단을 오가고 있는 것은 아닐까? 물론 그는 언제나 불안정했다. 하지만 셀던이 보기에 오늘 밤 도싯은 더욱 극단적으로 동요하고 있는 것 같았다.

반면 만찬은 성공적인 대단원을 향해서 치닫고 있었다. 시뻘겋게 달아오른 얼굴로 스키도 경과 휴버트 경 사이의 영예로운 자리를 당당히 차지하고 있던 브리 부인은 어쩌나 만족스러워 하는 표정이던지 당장이라도 피셔 부인을 불러다가 자신의 성공을 과시하고 싶은 심정인 것 같았다. 피셔 부인이 없다는 점을 제외하면, 지금 브리 부인의 관객들은 거의 완벽하다고 할 만했다. 왜냐하면 식당 안은 오직 유명 인사들을 구경하기 위해 그곳을 찾아온 사람들로 북적거렸기 때문이다. 그리고 그들은 눈에 띄는 유명 인사들의 이름과 얼굴을 정확히 알아맞혔다. 브리 부인은 모든 여자 손님이 고개를 이쪽으로 돌리며 경탄하는 눈길로 그녀를 바라보고 있다는 사실을 의식하고는 피셔 부인은 얻어낼 수 없었던, 그동안 참았던 모든 감사의 눈빛을 릴리에게 아낌없이 던졌다. 셀던은 그 눈빛을 알아채고서 도대체 이 연회를 성사시키는 데 바트 양이 어떤 역할을 했을까 의아해했다. 적어도 바트 양이 그 자리를 한껏 빛나게 만든 것은 사실이었다. 끝까지 눈부시고 편안한 자태를 잃지 않는 바트 양을 지켜보면서 셀던은 자신이 그녀를 도와줘야 한다는 괜한 근심을 했다는 생각에 빙그레 미소를 지었다.

사람들이 막 헤어지려고 하는 순간, 바트 양은 더욱더 그 상황의 진정한 주인공인 것처럼 보였다. 그녀는 테이블 주위에 있는 사람들로부터 약간 떨어져서 우아하게 어깨를 기울인 채 고개를 돌리고 미소를 지으며 도싯에게서 망토를 건네받고 있었다.

브리 부인이 내놓은 최고급 시가와 정신없이 이어지는 술 때문에 만찬은 상당히 지연되었고, 다른 테이블은 이미 대부분 비어 있었다. 그렇지만 브리 부인의 저명한 손님들이 떠나는 광경을 돋보이게 할 만큼의 사람들은 충분히 남아 있었다. 이 작별 의식은 특별히 공작부인과 스키도 부인이 마지막 인사를 고하고 파리에서 곧 만나자는 언약을 하느라 더욱 길고 복잡해졌다. 그들은 영국으로 돌아가는 길에 잠시 파리에 머물면서 새로운 의상을 장만할 계획이었다. 브리 부인의 극진한 접대와 브리 씨가 건네준 후한 사례금 덕분에, 이 영국 귀부인들의 태도는 너그럽기 그지없었고 브리 부인의 장래도 장밋빛으로 빛나기 시작했다. 게다가 그 장밋빛 후광 속에는 도싯 부부와 스테프니 부부까지 포함되어 있는 것이 분명해 보였기에, 그 장면의 훈훈한 분위기는 신중한 더햄 씨의 펜에도 황금처럼 귀중한 기삿거리가 될 정도였다.

마침내 시계를 슬쩍 내려다본 공작부인은 여동생에게 당장 기차를 터러 가지 않으면 안 된다고 소리를 질렀고, 한바탕 소동이 지나간 후에 스테프니 부부가 식당 앞에 세워놓은 그들의 자가용으로 도싯 부부와 바트 양을 부두까지 데려다 주겠다고 제안했다. 그 제안을 받아들인 도싯 부인은 기다리고 있던 남편에게로 다가갔다. 한편 바트 양은 휴버트 경과 마지막 인사를 나누느라 지체하고 있었는데, 브리 씨에게서 마지막 남은 그리고 훨씬 더 값비싼 시가를 권유받고 있던 스테프니가 큰 소리로 외쳤다.

"요트로 돌아갈 생각이면 어서 와, 릴리."

이 말을 들은 릴리가 얼른 돌아섰다. 하지만 바로 그 순간 출구 쪽에 서 있던 도싯 부인이 테이블 쪽으로 다시 몇 걸음 다가

오며 말했다.

"바트 양은 요트로 돌아가지 않을 거예요."

단호하고 분명한 어조였다.

사람들은 충격적인 시선을 재빨리 주고받았다. 브리 부인은 얼굴이 붉어지다 못해 졸도할 지경이었고, 스테프니 부인은 겁에 질려 남편 뒤로 몸을 숨겼다. 그리고 셀던은 온갖 혼란스러운 감정이 밀려들면서도 당장 더햄의 목덜미를 움켜쥐고 거리로 끌어내고 싶다는 충동에 사로잡혔다.

한편 도싯은 아내 옆으로 주춤거리며 물러나 있었다. 그는 송장처럼 하얗게 질린 채 위축되고 불안한 눈빛으로 주위를 두리번거렸다.

"버사! 바트 양은…… 이건 뭔가 오해요……. 오해……."

"바트 양은 여기 남을 거예요."

그의 부인은 딱 잘라 다시 한 번 선언했다.

"조지, 내 생각에는 더 이상 스테프니 부인을 기다리게 하지 않는 게 좋겠군요."

이 짧은 대화가 오고 가는 동안 바트 양은 감탄할 만큼 꼿꼿한 자세를 지키며 당황한 사람들로부터 약간 떨어져 있었다. 그녀의 얼굴은 이런 모욕을 당한 충격에 약간 창백해지기는 했지만 주변 사람들처럼 난처해서 어쩔 줄 모르는 표정은 전혀 내비치지 않았다. 오히려 약간 비웃는 듯 보이는 그녀의 미소는 감히 적의 손이 닿을 수 없는 고고한 자리에 그녀를 올려놓는 듯했다. 바트 양은 도싯 부인이 충분히 멀리 간 후에야 비로소 돌아서더니 오늘 연회의 주최자에게 손을 내밀었다.

"저는 내일 공작부인과 함께 떠날 예정이에요."

바트 양이 설명했다.

"그래서 오늘 밤은 육지에서 지내는 편이 더 나을 것 같아요."

이 말을 하는 내내, 바트 양은 동요하는 브리 부인의 두 눈을 똑바로 마주 보았다. 하지만 그 말이 끝나자마자 바트 양이 곧 조심스러운 눈길로 여자들의 얼굴을 하나하나 살펴보는 것을 셀던은 보았다. 은근히 시선을 돌리는 여자들의 표정과 그 뒤에 서 있는 남자들의 곤혹스러운 침묵에서 바트 양은 불신의 기미를 읽었다. 가슴 아픈 짧은 순간에, 셀던은 패배의 가장자리에서 파르르 떨고 있는 그녀의 모습을 떠올렸다. 바로 그때 바트 양이 태연하게 그를 향해 돌아서더니 꿋꿋하게 미소지으며 말했다.

"셀던 씨, 제가 마차를 잡는 동안 함께해 주실 거죠?"

바깥은 하늘에 구름이 잔뜩 껴 있고 바람이 휘몰아치고 있었다. 릴리와 셀던은 인적이 끊긴 정원을 향해서 식당 아래쪽으로 걸어가기 시작했다. 이따금씩 따뜻한 빗방울이 그들의 얼굴에 떨어지곤 했다. 마차를 잡겠다는 거짓말은 무언중에 사라졌고, 두 사람은 나란히 팔짱을 낀 채 말없이 걸었다. 마침내 점점 더 컴컴해지는 정원 속으로 들어간 두 사람은 어느 벤치 옆에서 걸음을 멈추었다. 이윽고 셀던이 입을 열었다.

"잠깐 앉지요."

릴리는 아무 대답도 하지 않고 벤치에 주저앉았다. 길모퉁이에 서 있는 가로등이 슬픔과 걱정에 가득 찬 그녀의 얼굴을 비추었다. 셀던은 그녀 옆에 앉아서 그녀가 먼저 입을 열기만 기다렸다. 자칫 아무 말이나 잘못 꺼냈다가 그녀의 상처를 더 건드릴까 봐 두려웠기 때문이다. 또한 그의 마음속에서 서서히 떠오르고 있는 그 무서운 의문들이 입 밖으로 튀어나오지 않도록 막아야 했다. 어쩌다가 그녀가 이런 길로 들어서게 된 것일까? 도대체 그녀가 어떤 약점을 잡혔기에 적의 손에 이토록 무자비하게 놀아난단 말인가? 어째서 버사 도싯은 어느 때보다 같은 여성의 도움이 절실해 보이는 순간에 등을 돌렸단 말인가? 그의 마음은 아내에게 꼼짝 못하는 남편들과, 같은 여성을 짓밟는 잔인한 여자들을 향한 격렬한 분노로 들끓고 있었지만 그의 이성은 끈질기게 굴뚝과 연기에 관한 오랜 속담을 되뇌고 있었다. 피셔 부인이 은근히 흘리던 말에 대한 기억과 더불어 자신이 직접 보고 느낀 것들이 뒷받침되어서 그의 연민이 깊어지는 만큼 거리끼고 망설이는 마음 또한 커져 갔다. 그가 릴리에 대한 안타까운 마음을 솔직히 드러내려고 할 때마다 어쩌면 커다란 실수를 저지르는 것인지도 모른다는 두려움이 앞을 가로막았던 것이다.

그때 갑자기 자신의 침묵 또한 릴리를 모른 척했던 그 한심한 남자들의 침묵처럼 비난 어린 것으로 받아들여질지도 모른다는 생각이 들었다. 하지만 셀던이 뭐라고 말해야 할지 적당한 말을 찾기 전에 릴리가 먼저 질문을 던졌다.

"혹시 조용한 호텔을 아시나요? 아침이 되면 제 하녀를 불러올 수 있어요."

"당신이 혼자 갈 수 있는 호텔이라고요? 이곳에서요? 그건 불가능한 일입니다."

그러자 릴리는 옛날 같은 장난기가 살짝 되살아난 듯 농담으로 응수했다.

"그럼 어쩌죠? 정원에서 자기에는 너무 축축한데."

"누군가 있을 겁니다."

"제가 찾아갈 수 있는 사람 말인가요? 물론 많죠. 하지만 이 시간에 말인가요? 당신도 아시겠지만 제 계획이 워낙 급작스럽게 바뀐 거라서……."

"오, 하느님! 당신이 제 말을 들었더라면!"

셀던이 갑자기 무능력한 자신에 대해 분통을 터뜨리며 소리쳤다.

하지만 릴리는 여전히 약간 조롱하는 것 같은 미소를 지으며 그와 거리를 유지하고 있었다.

"하지만 결국 그렇게 된 거 아닌가요? 당신은 저더러 요트를 떠나라고 충고했고, 전 떠났잖아요."

그 순간 셀던은 통렬한 자책감과 더불어 진실을 깨달았다. 그녀는 결코 자신의 상황을 해명하거나 변명하지도 않을 작정이라는 것을, 그 또한 한심하게 침묵을 지킴으로써 그녀를 도와줄 수 있는 모든 기회를 놓쳐 버렸다는 것을, 그리고 결정적인 순간이 이미 지나가 버렸다는 것을 말이다.

마침내 릴리가 자리에서 일어나더니 마치 의연하게 유배지로 떠나는, 쫓겨난 공주처럼 비탄에 잠긴 위엄을 보이며 그의 앞에 우뚝 섰다.

"릴리!"

셀던은 애타게 호소하는 목소리로 부르짖었다.

"오, 지금은 안 돼요."

릴리는 부드럽게 그를 타일렀다. 그러더니 최대한 다정한 어조로 말을 이었다.

"지금 저는 어딘가 안전한 숙소를 찾아야 하기 때문이에요. 그리고 당신이 친절하게도 여기 남아서 저를 도와주고 있기 때문이고요."

셀던은 가까스로 자제력을 되찾았다.

"그렇다면 제가 시키는 대로 할 건가요? 이제 딱 한 가지 방법밖에는 없습니다. 사촌인 스테프니 부부의 집으로 곧장 가야 해요."

"오, 하지만……."

릴리가 본능적으로 거부하는 몸짓을 보였다. 하지만 셀던은 물러서지 않았다.

"어서요. 이미 늦었어요. 그리고 당신은 사람들 눈에 곧장 그곳으로 간 것처럼 보여야 해요."

셀던은 그녀의 손을 끌어당겨 팔짱을 꼈다. 하지만 릴리는 마지막으로 항의하는 몸짓으로 셀던의 팔을 잡아당겼다.

"그럴 수 없어요. 안 돼요. 당신은 그웬을 잘 몰라요. 저에게 그런 요구는 하지 말아요!"

"전 요구해야 합니다. 당신은 제 말에 따라야 하고요."

릴리의 두려움이 그의 마음에까지 전해졌지만 셀던은 끝까지 고집을 부렸다.

결국 릴리의 목소리가 낮아지더니 조용히 속삭였다.

"만약 그웬이 거부한다면요?"

"오, 저를 믿어요. 저만 믿으라니까요!"

셀던은 이 말만 되풀이할 수 있을 뿐이었다. 그의 손에 이끌린 릴리는 광장의 끄트머리까지 조용히 따라왔다.

승합마차를 타고 스테프니 부부가 묵고 있는 호텔의 환하게 불 켜진 입구까지 달려가는 짧은 시간 동안 두 사람은 말이 없었다. 셀던은 호텔 바깥의 어두운 거리에 릴리를 세워놓고 스테프니에게 자신의 이름을 전하도록 했다. 그리고 그가 내려오기를 기다리며 화려한 호텔 복도를 서성거렸다. 십 분 후 두 사람은 황금 수를 놓은 제복을 입은 호텔 문지기들 사이를 함께 지나서 나왔다. 하지만 호텔 입구에 선 스테프니는 노골적으로 망설이는 기색을 보였다.

"그럼 이해하겠나?"

스테프니는 불안한 듯이 셀던의 팔 위에 손을 얹으며 다시 한 번 설명했다.

"릴리는 내일 아침 일찍 기차로 떠날 게 아닌가? 게다가 아내는 벌써 잠이 들었단 말일세. 그러니 아내를 피곤하게 할 수는 없다네."

4

페니스턴 부인의 거실 블라인드는 위압적인 6월의 태양에 맞서 굳게 내려져 있었다. 무더운 오후에 그 자리에 모인 릴리의 친척들은 상을 당한 가족들답게 자못 우울한 표정을 짓고 있었다.

모든 가족이 그곳에 모여 있었다. 반 알스타인 부부와 스테프니 부부 그리고 멜슨 부부, 심지어 거의 왕래가 없었던 페니스턴 집안 쪽 친척까지 한두 명 참석했다. 하지만 옷 입은 차림새나 태도로 보아서 이들이 훨씬 더 먼 친척이고 유산 상속에 대한 기대가 좀 더 확실하다는 걸 알 수 있었다. 사실 페니스턴 집안 쪽에서는 먼저 죽은 페니스턴 씨의 재산 중 상당 부분이 '다시 돌아올 것'임을 확실히 알고 있었다. 반면 페니스턴 부인의 직계가족들은 아직도 부인의 개인 재산이 얼마나 되고 어떻게 처분될 것인지에 대해서 모르고 있었다. 집안에서 제일 부유한 조카라는 새로운 지위를 얻은 잭 스테프니는 은연중에 가장 행세를 하면서 자신의 슬픔을 과장되게 드러내고 은근히 권위 있는 태도를 보임으로써 자신의 중요성을 부각시키려고 했다. 한편 그의 아내의 성의 없는 옷차림과 따분한 표정은 부유한 상속녀로서 이런 시시한 유산 따위에는 아무런 관심이 없음을 분명히 나타내고 있었다. 바로 그녀의 옆자리에 앉은 늙은 네드 반 알스타인은 슬픔조차 멋지게 보이도록 만들 만한 외투를 입고서 실룩거리는 입술을 감추기 위해 연방 하얀 콧수염을 비비 꼬고 있었다. 또한 코끝이 빨개진 채 크레이프 냄새를 풀풀 풍기는 그레이스 스테프니는 허버트 멜슨 부인에게 비장한 어조로 속삭이고 있었다.

"전 저 나이아가라 그림이 어디 다른 곳에 걸려 있는 걸 차마 볼 수 없을 것 같아요!"

그때 문이 열리자, 상복이 바스락거리는 소리와 함께 일제히 고개가 휙 돌아갔다. 그리고 검은 상복을 차려입은 릴리 바트 양이 우아하고 훤칠한 자태를 드러냈다. 그녀의 옆에는 거티 패리시가 서 있었다. 그녀가 뭔가 물으려는 듯이 잠시 문가에 멈춰 섰을 때 여자들의 얼굴에는 주저하는 표정이 떠올랐다. 한두 명은 살짝 고개를 끄덕이며 알은척을 했는데, 그것이 이 엄숙한 분위기에 압도당한 탓인지 혹은 다른 사람들이 어떻게 나올지 확신이 없기 때문인지 알 수 없었다. 한편 잭 스테프니 부인은 아무렇지도 않게 고개를 끄덕였고, 그레이스 스테프니는 무덤처럼 음침한 태도로 자기 옆자리를 가리켰다. 하지만 릴리는 그 권유를 무시하고 그녀의 자리를 지정해 주려는 잭 스테프니의 사무적인 지시 또한 무시한 채 자연스럽고 활달한 걸음걸이로 곧장 방을 가로질러 갔다. 그리고 다른 사람들과 자신을 일부러 따로 떼어놓으려는 듯 멀리 놓인 의자에 가서 앉았다.

릴리가 2주일 전에 유럽에서 돌아온 이후로 가족들과 대면하기는 이번이 처음이었다. 친척들이 그녀를 썩 반가워하지 않는 기색을 알아차렸지만, 살짝 냉소적인 분위기만 더해졌을 뿐 평소와 같이 평온하고 침착한 릴리의 태도에는 전혀 변함이 없었다. 항구에 내리자마자 거티 패리시에게서 페니스턴 부인이 급작스럽게 사망했다는 소식을 처음 들었을 때의 암울했던 충격은 드디어 빚을 갚을 수 있게 되었다는 생각이 밀려들면서 거의 순식간에 사라져버렸다. 사실 릴리는 너무나 괴로운 심정으로 고모님과 처음 대면하는 순간을 기다려왔다. 페니스턴 부인은 조카딸이 도싯 부부와 함께 떠나는 것을 격렬히 반대했고, 릴리가 떠나 있는 동안 편지 한 통 보내지 않음으로써 불편한 심기를 계속 드러내 보였다. 게다가 그녀가 도싯 부부와 결별했다는 소식까지 고모님 귀에 전해졌을 것이 뻔한 상황에서 고모님과 만나는 것은 더욱 두려운 일이었다. 그런데 이제 그동안 줄곧 걱정해 온 무서운 시련 대신 예전부터 약속된 유산을 받는 일만 기다리고 있다는 걸 알았을 때, 릴리가 어떻게 안도하며 기뻐하지 않을 수 있었겠는가? 페니스턴 부인이 자신의 조카딸에게 상당한 유산을 물려주리라는 추측은 '언제나 당연하게' 여겨져 왔고, 릴리 역시 오래전부터 그 예상을 분명한 사실로 간주해 왔던 것이다.

"당연히 그녀가 모든 걸 다 물려받겠죠. 전 도대체 우리가 여기 왜 왔는지 모르겠다니까요."

잭 스테프니 부인이 경솔하게도 큰 소리로 네드 반 알스타인에게 투덜거리자, 네드는 비난하듯이 중얼거렸다.

"줄리아는 항상 공평하게 처신하는 여인네였어."

그런데 이 말은 스테프니 부인의 불평을 인정하는 것으로도, 부인하는 것으로도 들릴 수 있었다.

"어쨌든 그래봐야 사십만 달러밖에는 안 된다고요."

스테프니 부인이 길게 하품을 하며 심드렁하게 말했다. 그때 변호사가 헛기침을 하며 목청을 가다듬자 방 안은 일순간 침묵에 휩싸였다. 오직 그레이스 스테프니의 흐느끼는 목소리만이 간간히 들릴 뿐이었다.

"사라진 수건 한 장은 끝내 못 찾을 거에요……. 바로 그날 제가 부인과 함께 수건들을 점검했는데……."

방금 장례식을 마친 방 안의 질식할 것 같은 냄새와 숨 막히는 분위기에 짓눌린 릴리는 페니스턴 부인의 변호사가 방 안 맨 끝에 놓인 탁자 뒤에 엄숙하게 서서 유언장의 전문을 읽기 시작하는 순간, 그만 정신이 몽롱해지는 것 같았다.

'마치 교회에 있는 기분이군.'

릴리는 도대체 그웬 스테프니는 어디서 저렇게 흉측한 모자를 샀을까 의아해하면서 속으로 중얼거렸다. 그리고 잭 스테프니가 그 사이에 얼마나 뚱뚱해졌는지 새삼 깨달았다. 머지않아 잭은 허버트 멜슨만큼이나 엄청난 거구가 될 것이다. 바로 그 근처에 앉아 있는 허버트 멜슨은 검은 장갑을 낀 두 손을 지팡이 위에 올려놓은 채 숨을 씩씩거리고 있었다.

'어째서 부자들은 항상 뚱뚱해지는지 신기하단 말이야. 아마 부자들에게는 걱정거리가 하나도 없기 때문일 거야. 만약 내가 유산을 받는다면 난 반드시 몸매에 신경을 쓰겠어.'

변호사가 암호처럼 복잡한 유언장을 중얼중얼 읊고 있는 동안 릴리는 이런 생각에 잠겨 있었다. 먼저 하인들에 대한 유언 내용이 나왔고, 몇 군데 자선 단체가 언급된 다음 멜슨 집안과 스테프니 집안의 먼 친척들에 관한 내용이 나왔다. 그들은 자신들의 이름이 호명되자, 움찔하고 놀라는 듯싶더니 얼른 이 엄숙한 상황에 걸맞게 애써 무덤덤한 표정을 지었다. 계속해서 네드 반 알스타인과 잭 스테프니 그리고 사촌 한두 명의 이름이 언급되었고, 각자에게 몇천 달러가 돌아갔다. 바로 그때 릴리의 귀에 자신의 이름이 들려왔다.

"내 조카딸 릴리 바트에게는 만 달러를 상속한다."

이 구절을 읽은 후에 변호사는 아주 잠깐 동안 혼란에 휩싸여 말을 잃었다. 덕분에 뒤이은 유언장의 마지막 구절이 깜짝 놀랄 만큼 더욱 똑똑하게 전해졌다.

"그리고 남은 내 재산은 모두 사랑하는 나의 사촌 그레이스 줄리아 스테프니에게 상속한다."

다들 재빨리 고개를 두리번거리며 숨죽인 탄성을 내질렀다. 그리고 검은 옷을 입은 사람들이 구석에 앉아 있는 스테프니 양에게로 우르르 몰려갔다. 그녀는 가장자리에 검은 수를 놓은 손수건을 돌돌 뭉쳐 입을 막은 채 부당한 유산을 받은 감격에 북받쳐 울부짖고 있었다.

릴리는 다른 사람들과 동떨어진 채 홀로 서 있었다. 난생처음으로 완전히 혼자라는 느낌이 들었다. 아무도 그녀를 쳐다보지 않았고, 다들 그녀가 있다는 사실조차 모르는 것 같았다. 모든 사람의 무관심에 대한 인식 뒤에는 짓밟힌 희망에 대한 날카로운 고통이 찾아왔다. 상속을 받지 못하다니. 그녀는 모든 유산을 빼앗겼다. 그것도 그레이스 스테프니에게! 그녀의 시선이 비탄에 잠긴 거티의 눈과 마주쳤다. 거티는 어떻게든 위로해 주고 싶은 마음에 줄곧 그녀만 쳐다보고 있었던 것이다. 그 표정을 보자, 릴리는 문득 정신이 들었다. 이 집을 떠나기 전에 반드시 해야 할 일이 있었다. 그것도 자신이 알고 있는 모든 방법을 다 동원하여 최대한 우아하고 고상한 자세로. 릴리는 스테프니 양 주변에 모여든 사람들 틈으로 다가갔다. 그리고 손을 내밀며 간단히 말했다.

"그레이스, 정말 잘됐어요."

그녀가 가까이 다가오자, 다른 여자들은 뒤로 물러났다. 그 바람에 릴리 주변에 빈 공간이 생겼다. 그녀가 몸을 돌려 걸어가자, 그 빈 공간은 더욱 넓어졌다. 어느 누구도 그 자리를 메우기 위해 앞으로 나서지 않았다. 릴리는 잠시 걸음을 멈추고 주위를 돌아보았다. 그리고 냉정하게 자신의 상황을 파악했다. 누군가 유언장의 날짜를 물었다. 그리고 변호사의 대답이 띄엄띄엄 들려왔다. 갑작스러운 호출 그리고 '이전 유언장'에 대해 무슨 이야기를 하는 것 같았다. 이윽고 하나둘씩 흩어지는 사람들의 물결이 그녀를 스쳐 지나가기 시작했다. 잭 스테프니 부인과 허버트 멜슨 부인은 현관 계단에 서서 자동차가 오기를 기다렸다. 한편 그녀의 집은 여기서 불과 한두 거리 떨어진 곳에 있었음에도 불구하고 동정심에 가득 찬 사람들이 그레이스 스테프니를 부축하여 이제는 당연히 그녀가 타야 할 것처럼 여겨지는 마차로 모셔 갔다. 이제 붉은색 응접실에는 바트 양과 거티 단둘이 남았다. 페니스턴 부인의 시신이 얼마 전까지도 정중하게 안치되어 있던 그곳은 케케묵은 음침한 분위기와 더불어 그 어느 때보다 잘 관리된 가족 납골당처럼 보였다.

친구와 함께 승합마차를 타고 돌아온 릴리는 거티 패리시의 거실에 들어서자마자 의자에 털썩 주저앉으며 피식 웃음을 터트렸다. 고모님이 남긴 유산이 그녀가 트레너에게 진 빚의 액

수와 거의 같다는 사실이 묘한 우연의 일치처럼 여겨졌기 때문이다. 그녀가 미국으로 돌아온 이후로 그 빚을 반드시 갚아야 할 필요성은 점점 더 커져 가고 있었다. 릴리는 불안하게 서성이고 있는 거티에게 가장 먼저 떠오른 자신의 생각을 말했다.

"유산으로 받은 돈이 언제 나올지 궁금해."

하지만 패리시 양은 그 유산에 대해 느긋하게 논의하고 있을 수 없었다. 그녀는 갑자기 분통을 터트렸다.

"오, 릴리, 이건 너무 부당해. 잔인한 처사라고. 그레이스 스테프니도 틀림없이 자기가 그 모든 재산에 대해서 아무런 권리도 없다고 생각할 거야!"

"누구든 줄리아 고모를 기쁘게 해줄 수 있는 방법을 아는 사람이 그녀의 재산을 물려받을 권리가 있는 법이야."

바트 양은 철학자처럼 대답했다.

"하지만 그분은 너에게 헌신적이었어. 모든 사람이 생각하기를……"

거티는 갑자기 당황하며 말꼬리를 흐렸다. 바트 양은 고개를 돌려 그녀를 똑바로 쳐다보았다.

"거티, 솔직히 말해 봐. 유언장이 작성된 건 불과 6주 전이야. 고모님이 내가 도싯 부부와 절교했단 소식을 들은 거니?"

"물론 모든 사람이 다 들었지. 거기서 어떤 불화가 있었다고…… 어떤 오해가……"

"버사가 나를 요트에서 쫓아냈다는 이야기도 들었니?"

"릴리!"

"실제로 그런 일이 있었어. 버사는 내가 조지 도싯과 결혼할 기회를 노렸다고 말했어. 순전히 남편 눈에 자기가 마치 질투하는 것처럼 보이려고 그런 짓을 한 거야. 물론 버사가 그웬 스

기쁨의 집 81

테프니에게 그렇게 말하지는 않았겠지?'

"난 아무것도 몰라. 난 그런 끔찍한 이야기는 듣지 못했어."

"난 그 이야기를 꼭 들어야겠어. 지금 내가 처한 상황을 알아야 해."

릴리는 잠시 입을 다물었다가 약간 비웃는 어조로 다시 말을 이었다.

"너도 그 여자들 태도 봤니? 내가 유산을 물려받을 거라고 생각했을 때는 혹시라도 내 비위를 건드릴까 봐 전전긍긍하더니, 그 이후에는 내가 무슨 전염병 환자라도 되는 듯이 피해 버리더라."

거티는 아무 대답도 하지 않았다. 릴리가 계속 말했다.

"난 무슨 일이 벌어지는지 두고 보려고 남아 있었어. 그들은 그웬 스테프니와 룰루 멜슨의 행동만 열심히 따라하더군. 그웬이 뭘 하려는지, 그걸 지켜보느라 정신이 없더라니까. 거티, 어쨌든 나는 나에 관해서 무슨 소문이 떠돌고 있는지 꼭 알아야겠어."

"말했잖아. 난 못 들었다고……."

"그런 소문은 일부러 듣는 게 아니라 그냥 들려오는 거야."

릴리는 자리에서 일어나더니 패리시 양의 어깨 위에 단호하게 한 손을 올려놓았다.

"거티, 사람들이 나에 관해 뭐라고 험담하고 다니는 거지?"

"릴리, 그들은 바로 네 친구들이야! 그런데 어떻게 그런 생각을 할 수 있어?"

"이런 때에 누가 내 친구라는 거지? 너, 진실하고 가엾은 너 말고 또 누가 있어? 물론 너 또한 나에 대해 어떤 의심을 품고 있는지는 하늘이 아실 거야!'

릴리는 정신없이 중얼거리며 거티에게 입맞춤을 했다.

"물론 너라면 그런 일로 마음이 달라지거나 하지는 않겠지. 거티, 넌 죄인을 좋아하잖아! 하지만 완전 구제불능인 죄인은 어때? 왜냐하면 너도 알다시피 난 절대로 뉘우치거나 하는 사람이 아니거든."

릴리는 허리를 최대한 곧추세우고 날씬한 몸을 당당하게 쫙 폈다. 그 모습이 마치 겁에 질린 거티를 위압하고 있는 검은 천사 같았다. 거티는 더듬거리며 겨우 이 말만 할 수 있었다.

"오, 릴리, 넌 어쩜 그런 일을 당하고도 웃을 수 있니?"

"울지 않기 위해서겠지, 아마도. 아니, 난 눈물이나 질질 흘리는 그런 사람이 아니야. 울면 내 코가 빨개진다는 걸 예전에 깨달았어. 그리고 그 후로 몇 번이나 고통스러운 일이 있을 때마다 그 깨달음의 도움을 받았지."

릴리는 초조하게 방 안을 돌아다니다가 결국 다시 자리에 앉았다. 그러고는 냉소적으로 빛나는 눈을 들어서 수심 가득한 거티의 얼굴을 바라보았다.

"만약 내가 그 돈을 물려받았다면 난 소문 따위는 전혀 개의치 않아도 되었을 거야."

패리시 양이 그 말에 항의하듯이 "오!" 하고 소리치자, 릴리는 냉정한 목소리로 다시 한 번 말했다.

"눈곱만큼도 개의치 않았겠지. 왜냐하면 우선 그 사람들이 감히 날 무시하지 못했을 테니까. 설사 무시한다고 해도 전혀 문제가 되지 않았을 거야. 왜냐하면 난 그 사람들 없이도 혼자 독립할 수 있었을 테니까. 하지만 지금은!"

순간 그녀의 눈에서 냉소적인 빛이 사라졌다. 그녀는 근심으로 어두워진 얼굴을 친구에게 돌렸다.

"릴리, 어떻게 그런 말을 할 수 있어? 물론 그 돈은 마땅히 네가 물려받았어야 했어. 하지만 그랬다 하더라도 아무것도 달라지지 않았을 거야. 중요한 건……."

거티는 잠시 머뭇거리다가 단호하게 말을 이었다.

"중요한 건 네가 오명을 씻어야 한다는 거야. 네 친구들에게 가서 모든 진실을 밝히도록 해."

"모든 진실이라고?"

릴리가 큰 소리로 웃었다.

"도대체 뭐가 진실이지? 여자에 관해서는 이게 가장 믿기 쉬운 이야기잖아. 게다가 이번 경우에는 내 이야기보다 버사 도싯의 이야기를 훨씬 더 쉽게 믿을 거야. 왜냐하면 그 여자는 커다란 저택에다 전용 오페라 관람석까지 갖고 있으니 그 여자와 친하게 지내는 게 훨씬 더 이득이 되겠지."

패리시 양은 여전히 불안한 눈길로 계속 그녀를 쳐다보고 있었다.

"하지만 네 이야기는 뭐지, 릴리? 아직까지 어느 누구도 그 이야기는 모르고 있는 것 같던데?"

"내 이야기? 사실 나 자신도 잘 몰라. 버사처럼 미리 이야기를 꾸며놓을 생각을 미처 하지 못했거든. 설령 그랬다 하더라도 이제 와서 그걸 힘들게 써먹을 필요는 없을 것 같아."

하지만 거티는 조용하고 논리적인 어조로 계속해서 따졌다.

"난 미리 꾸며놓은 이야기를 듣고 싶은 게 아니야. 다만 도대체 무슨 일이 일어났는지 처음부터 정확히 말해 주었으면 좋겠어."

"처음부터?"

릴리가 비꼬듯이 그녀의 말투를 흉내 냈다.

"우리 착한 거티! 너같이 착한 사람들은 왜 그렇게 상상력이 부족한지 몰라! 처음부터 말하라면 내 요람부터 시작해야겠지. 내가 길러진 방식에 대해서 말이야. 뭘 주의하라고 가르침을 받았는지. 아니, 내 잘못에 대해 어느 누구도 탓할 생각은 없어. 차라리 그런 혈통을 타고났다고 말하는 편이 낫겠다. 쾌락을 탐하는 어느 사악한 여자 조상한테서 물려받았다고 말이야. 그 조상은 소박한 뉴 암스테르담의 미덕을 거부하고 찰스 왕가의 궁전에 들어가고 싶어 했지!"

패리시 양이 근심스러운 눈빛으로 계속 그녀를 쳐다보고 있는 동안 릴리는 미친 듯이 떠들어댔다.

"방금 나더러 진실을 말하라고 했지? 글쎄, 진실은 바로 이런 거야. 어떤 아가씨든 일단 한 번 소문이 나면 그걸로 끝장이라는 거지. 진실을 해명하려고 하면 할수록 더 꼴만 우스워진다니까. 오, 우리 착한 거티. 근데 혹시 담배 한 대 가진 거 있니?"

그날 저녁 릴리 바트는 최근에 정착한 비좁은 호텔 방에서 자신의 상황을 곰곰이 돌이켜보았다. 벌써 6월의 마지막 주가 지나가고 있었고, 그녀의 친구들은 아무도 도시에 남아 있지 않았다. 페니스턴 부인의 유언장 공개와 관련해서 잠시 이곳에 머물렀거나 혹은 되돌아온 몇몇 친척도 그날 오후 뉴포트나 롱아일랜드로 곧장 도망쳐 버렸다. 릴리에게 그 어떤 식의 호의적인 제안을 내놓는 친척은 단 한 명도 없었다. 릴리는 난생처음으로 거티 패리시를 제외하고는 완전히 혼자라는 걸 깨달았다. 도싯 부부와 극적으로 결별했던 그 순간에도 릴리는 그 결과를 그렇게까지 뼈저리게 실감하지 못했다. 왜냐하면 휴버트 경에게서 그 비극적인 소식을 들은 벨트셔의 공작부인이 당장 그녀를 보호해 주었기 때문이다. 릴리는 공작부인의 든든한 후원을 받으며 거의 의기양양하게 런던으로 향했다. 그곳에서 그녀는 오직 유쾌하고 매력적인 것 이외에 아무것도 요구하지 않는 런던 사교계에 계속 머물고 싶은 강렬한 유혹을 느꼈다. 런던에서는 그녀가 어떻게 그런 매력적인 재주를 얻었는지 따위는 전혀 캐묻지도 않았다. 하지만 셀던은 그녀에게 당장 고모님께 돌아가야 한다고 강력히 주장했다. 그리고 휴버트 경 역시 다시 런던에 나타났을 때 똑같은 충고를 했다. 물론 공작부인의 후원이 사교계로 복귀하기 위한 최선의 길은 아니라는 사실을 릴리에게 굳이 깨우쳐 줄 필요는 없었다. 그녀의 고귀한 보호자께서 새로운 후견 대상이 생기면 언제 어느 순간에 그녀를 던져버릴지 모른다는 걸 릴리도 알고 있었다. 그러므로 마지못해 미국으로 돌아가기로 결정했던 것이다. 하지만 미국 땅에 발을 올려놓자마자 이 세계를 다시 되찾기에는 너무 오래 떠나 있었다는 사실을 깨달았다. 이 비극적인 드라마의 목격자이자 배우였던 도싯 부부와 스테프니 부부 그리고 브리 부부가 그들식으로 각색한 이야기를 가지고 그녀보다 먼저 와 있었다. 게다가 설령 자신에 대한 소문을 바로잡을 수 있는 약간의 기회가 있었다고 할지라도 릴리는 왠지 알 수 없는 반감과 불쾌감 때문에 주저했을 것이다. 애써 해명을 하고 상대와 맞서 싸운다고 해서 잃어버린 자신의 위치를 되찾을 수 없다는 것을 그녀는 잘 알고 있었다. 설사 그런 노력이 효력이 있으리라고 믿는다 하더라도, 거티 패리시에게조차 구차한 변명을 늘어놓고 싶지 않았기 때문에 릴리는 여전히 행동하기를 주저했을 것이다. 그 마음의 절반은 자존심이었고 절반은 수치심이었다.

왜냐하면 비록 남편을 되찾겠다는 버사 도싯의 단호한 결의에 의해 자신이 무자비하게 희생당한 줄은 알지만, 또 도싯과 자신의 관계가 정말 단순한 우정이었다는 사실을 누구보다 잘 알지만, 캐리 피셔가 노골적으로 표현했듯이 어쨌든 외양적으로는 이 사건에서 자신의 역할이란 것이 도싯의 관심을 부인으로부터 유인해 내는 것이었음을 인정할 수밖에 없었기 때문이다. 바로 그 목적 때문에 그녀가 '거기 그 자리'에 있었던 것이다. 그것은 근심 걱정에서 벗어나 석 달 동안의 호화롭고 자유로운 생활을 누리기 위해서 그녀가 스스로 지불하기로 선택한 대가였다. 그리고 극히 드물게 자기반성을 하는 순간이면 철저하게 현실을 직시해 버리는 그녀의 습성 탓에 릴리는 이 상황에 대해 어떤 사소한 거짓도 용납할 수가 없었다. 결국 릴리는 암묵적인 계약에 의해 떠맡게 된 자신의 역할을 지나치게 충실히 이행했다는 바로 그 이유 때문에 고통을 당한 셈이다. 하지만 그 역할은 아무리 좋게 보아준다 해도 결코 자랑스러운 것이 아니었으며, 더구나 실패로 돌아간 지금은 추악하기 짝이 없었다.

릴리는 냉철한 시선으로 가차 없이 판단해 볼 때, 연이은 모든 결과는 그 실패에서 비롯된 것임을 깨달았다. 도심에서 고달픈 하루하루를 지내는 동안 이런 생각들은 더욱 분명해졌다. 릴리가 계속 도심에 머무는 이유는 한편으로는 거티 패리시의 곁에서 위안을 얻기 위해서였고, 다른 한편으로는 달리 어디로 가야 할지 몰랐기 때문이다. 하지만 이제부터 조금씩 조금씩 잃어버린 지위를 되찾기 위한 노력을 시작해야 했다. 그리고 이 험난한 작업의 첫 단계는 가능한 빨리 그녀가 믿고 의지할 수 있는 친구가 얼마나 되는지 파악하는 것이었다. 사실 릴리는 트레너 부인에게 커다란 희망을 걸고 있었다. 트레너 부인은 자신에게 유용하거나 즐거움을 주는 사람에 대해서는 한없이 관대해지는 장점을 지니고 있었다. 게다가 항상 시끄럽고 번잡한 생활을 즐기는 그녀에게 사소한 험담 따위는 좀처럼 귀에 들리지 않을 것 같았다. 하지만 주디는 분명 자신이 돌아왔다는 소식을 들었을 텐데도, 심지어 상을 당한 친구에게 응당 보내줘야 할 형식적인 조문조차 보내지 않고 있었다. 어떤 식으로든 릴리 쪽에서 먼저 접근하는 것은 대단히 위험한 짓이었다. 그러므로 남은 것은 오직 우연한 만남이라는 행운이 찾아오길 바라는 수밖에 없었다. 릴리는 비록 시즌의 막바지에 이르기는 했지만 그들이 자주 오가는 도심의 어딘가에서 우연히 친구들을 마주치게 될 거라는 걸 잘 알고 있었다.

이 목적을 이루기 위해서 릴리는 부지런히 그들이 종종 나타나는 식당들을 찾아다녔다. 그리고 난처해하는 거티를 데리고 값비싼 점심을 먹으며 잔뜩 기대에 차서 이렇게 말하곤 했다.

"거티, 설마 급사장에게 내가 줄리아 고모의 유산밖에는 아무것도 가진 게 없단 사실을 들통 낼 셈은 아니겠지? 만약 그레이스 스테프니가 이 식당에 왔다가 고작 차가운 양고기 한 조각에 차나 마시고 있는 우리를 발견한다고 생각해 봐! 얼마나 고소해하겠어? 아, 오늘은 어떤 후식이 준비되어 있죠? 쿠프 자크[18]인가요? 아니면 페셰 아 라 멜바[19]?"

그 순간 릴리는 메뉴판을 툭 떨어뜨리고 말았다. 그와 동시에 그녀의 얼굴이 급속도로 빨개졌다. 그녀의 시선을 따라서 고개를 돌린 거티는 식당 안쪽에서 트레너 부인과 캐리 피셔가 일행과 함께 걸어 나오고 있음을 알아차렸다. 그 두 부인과 다른 일행은 두 사람이 앉아 있는 테이블 옆을 지나치지 않고서는 도저히 밖으로 나갈 수 없는 상황이었다. 릴리는 그중에서 트레너와 로즈데일을 즉시 알아보았다. 거티는 어쩔 줄 모르고 덜덜 떨기 시작했다. 그와 정반대로 릴리는 경쾌하고 우아하게 앞으로 걸어 나갔다. 그리고 친구들 앞에서 기가 죽은 표정이나 혹은 그들을 애타게 기다린 것 같은 기색은 전혀 드러내지 않은 채 이 긴장된 상황에서 보일 수 있는 가장 자연스러운 태도로 인사를 건넸다. 당혹하며 어쩔 줄 모르는 모습을 보인 사람은 오히려 트레너 부인 쪽이었다. 그리고 그 당혹감은 지나치게 과장된 다정함과 눈치채기 힘들 정도로 미묘한 거리감이 뒤섞인 태도로 나타났다. 트레너 부인은 바트 양을 만나서 정말 기쁘다고 호들갑스럽게 떠들면서도 정작 하는 말은 일반적인 인사에 그쳤을 뿐 바트 양의 장차 계획을 묻는 말도, 언제 다시 만나자는 정확한 의사 표현도 하지 않았다. 이런 식으로 은근슬쩍 넘어가는 화법에 누구보다 정통한 릴리는 그 자리에 함께 있는 다른 사람들도 모두 그 점을 눈치채고 있음을 알았다. 심지어 이런 유명 인사들과 자리를 함께했다는 흥분에 한껏 고조되어 있던 로즈데일조차도 트레너 부인의 진심이 무엇인지 즉시 알아차리고는 바트 양을 향해 성의 없는 태도로 잠깐 손을 흔들고 말았다. 한편 얼굴이 시뻘게져서 안절부절못하던 트레너는 급사장에게 할 말이 있다는 핑계를 대고 인사조차 제대로 하지 않고 가버렸다. 그리고 다른 사람들도 곧 트레너 부인의 뒤를 따라 사라져버렸다.

모든 것이 한순간에 끝나 버렸다. 급사는 여전히 메뉴판을 손에 든 채 쿠프 자크와 페셰 아 라 멜바 중 어느 한쪽을 고르기를 기다리고 있었다. 그 짧은 사이에 바트 양은 자신의 운명을 판가름하고 만 것이다. 주디 트레너가 이끄는 쪽으로 온 세상이 따라가게 마련이었다. 릴리는 마치 빠르게 지나가는 선박을 향해 헛되이 구조 요청을 보낸 난파자처럼 참담한 심정이었다.

그때 문득 릴리는 트레너 부인이 캐리 피셔의 탐욕에 대해 비난하곤 했던 기억이 떠올랐다. 그리고 그것은 곧 트레너 부인이 뜻밖에도 남편의 사생활에 대해서 잘 알고 있다는 뜻이라는 것을 이제야 깨달았다. 벨로몬트에서 수많은 손님과 야단스럽고 혼란스러운 생활을 하는 동안, 릴리는 자신이 그렇게 깐깐하게 따지고 하는 성가신 구속에서 벗어나 있다는 착각에 빠져 있었다. 그곳에서는 누구 하나 다른 사람의 행동을 지켜보고 어쩌고 할 틈도 없는 것 같았고, 사적인 목적이나 개인적인 이익 같은 것은 집단행동의 물결에 휩쓸려 그냥 떠내려 가버리는 듯 보였던 것이다. 하지만 피셔 부인이 남편에게서 돈을 빌렸다는 사실을 알았는데, 과연 릴리가 똑같은 거래를 한 사실을 주디가 몰랐을까? 주디가 남편의 애정에 대해서 무관심하다 할지라도 남편의 호주머니에 대해서만큼은 질투심에 불타는 것이 분명했다. 릴리는 주디가 쌀쌀맞게 변한 이유를 거기서 찾을 수밖에 없었다. 이런 결론을 내리자마자 릴리는 트레너에게 진 빚을 한시라도 빨리 갚아야겠다는 결의에 더욱더 불타올랐다. 그 빚을 갚고 나면, 페니스턴 부인의 유산은 단돈 천 달러밖에 남지 않게 될 것이다. 결국 릴리는 거티 패리시의 형편없는 연금보다 훨씬 더 적은 수입에 의존해서 살 수밖에 없었다. 하지만 당장 상처받은 자존심을 회복하고 싶은 마음이 그런 걱정을 압도했다. 일단 트레너 부부와 일부터 정리해야 했다. 이후 일은 그다음에 생각할 것이다.

법적 절차의 느린 진행에 대해 전혀 몰랐던 릴리는 고모님의 유언장이 공개되고 며칠 후면 유산이 지급되는 줄 알았다. 그러므로 초초한 마음으로 얼마 동안 기다린 끝에, 결국 편지를 보내어 지연되는 사유를 물었다. 그리고 다시 한참 시간이 흐른 뒤에 유언 집행자 중 한 사람인 페니스턴 부인의 변호사가 답신을 보냈다. 집행위원회는 법으로 정한 12개월의 정리 기간이 다 끝날 때까지 유산을 지불할 수 있는 권한이 없다는 내용이었다. 당황하고 분개한 릴리는 직접 찾아가서 부탁해 봐야겠다고 결심했다. 하지만 야심찬 원정을 떠났던 그녀는 무정한 법적 절차 앞에서는 미모나 매력 따위가 아무런 위력을 발휘하지 못한다는 사실만 깨닫고 돌아와야 했다. 빚에 대한 부담을 안은 채 또다시 일 년을 보내는 것은 도저히 상상할 수도 없는 일이었다. 결국 궁지에 몰린 릴리는 스테프니 양을 찾아가기로 했다. 스테프니 양은 아직도 도심에 머물면서 은인의 재산을 '조사'하는 즐거운 임무에 푹 빠져 있었다. 그레이스 스테프니에게 호의를 베풀어달라고 비는 것은 릴리에게 몹시 굴욕적인 일이었지만, 그렇게 하지 않았을 때 취해야 할 대안은 훨씬 더 굴욕적이었다. 마침내 어느 날 아침 릴리는 페니스턴 부인의 저택을 찾아갔다. 요즘 그레이스는 자신의 신성한 의무를 수행하기 쉽도록 그곳을 자신의 거처로 삼고 있었다.

그토록 오랫동안 자기 집으로 지냈던 저택에 청탁하는 입장이 되어 들어가려니, 릴리는 한시라도 빨리 이 괴로운 순간을 끝내고 싶은 마음뿐이었다. 그러므로 스테프니 양이 제일 좋은 검은 천을 질질 끌면서 어두운 거실 안으로 들어왔을 때, 릴리는 곧장 찾아온 용건부터 꺼냈다. 혹시 앞으로 받게 될 유산만큼 미리 돈을 빌릴 수 없을까?

그레이스는 이 요구에 깜짝 놀라더니 곧 눈물을 흘리며 법의 냉혹한 처사를 한탄했다. 그리고 그들 두 사람이 지금 똑같은 입장에 처해 있음을 릴리가 깨닫지 못하는 게 놀라울 뿐이라고 말했다. 그녀의 유산 지불만이 늦어지고 있다고 생각했단 말인가? 스테프니 양 자신도 아직 땡전 한 푼 지급받지 못하고 있었다. 심지어 그녀에게 상속된 이 저택에 머무르고 있다는 이유로 집세까지 내고 있는 판국이었다. 그렇다, 정말이다! 돌아가신 줄리아 사촌도 결코 이런 일을 원치 않으실 것이다. 그래서 직접 유언 집행인들을 찾아가서 따져보았지만 도통 말이 통하지 않는 사람들이었다. 그러니 그저 기다리는 수밖에 달리 방법이 없다. 릴리도 자신을 거울삼아서 인내심을 갖도록 해라. 줄리아 사촌이 평생토록 얼마나 훌륭한 인내심을 보여 주셨는지 기억하자.

하지만 릴리는 이 교훈을 달갑게 받아들이지 못하고 있음을 보여 주는 동작을 취했다.

"그레이스, 그래도 결국 당신은 이 모든 걸 다 갖게 될 거잖아요. 그러니 내가 지금 부탁하고 있는 그 정도 금액쯤은 쉽게 빌릴 수 있지 않겠어요?"

"빌린다고? 내가 쉽게 돈을 빌린다고?"

그레이스 스테프니는 격분하며 릴리 앞에 벌떡 일어섰다.

"어떻게 내가 감히 줄리아 사촌에게서 받을 유산을 담보로 돈을 빌릴 수 있을 거란 생각을 할 수 있지? 줄리아 사촌이 그런 종류의 거래에 대해서 얼마나 치를 떨며 혐오했는지 그토록 잘 알고 있는 내가? 이봐, 릴리, 진실을 꼭 알아야겠다면 내가 말해 주지. 줄리아 사촌이 병이 난 건 네가 빚을 졌다는 사실 때문이었어. 네가 여행을 떠나기 전에 사촌이 약한 발작을 한 번 일으켰던 걸 너도 기억하고 있을 거야. 오, 물론 난 자세한 내막을 몰라. 알고 싶지도 않고. 하지만 너에 대한 온갖 소문이 줄리아 사촌에게 커다란 상심을 안겨 주었던 건 분명해. 사촌과 함께 있었던 사람이면 누구나 그걸 알아챌 수 있었지. 내가 어떻게 해서든 네가 얼마나 어리석은 짓을 했는지 그리고 줄리아 사촌이 얼마나 그 일을 못마땅하게 여겼는지 너에게 깨우쳐 줄 수만 있다면, 그거야말로 돌아가신 사촌의 죽음에 대한 너의 책임을 보상하게 하는 가장 올바른 길이라고 생각해."

5

페니스턴 부인 저택의 대문이 굳게 닫혀 버렸을 때, 릴리는 옛날과 같은 생활과는 영영 작별이라고 생각했다. 이제 자신의 앞에는 인적이 드문 5번가처럼 쓸쓸하고 지루한 미래만이 놓여 있었고, 오지 않는 손님을 쫓아서 돌아다니는 승합마차처럼 아무 가능성도 보이지 않았다. 하지만 그녀가 인도에 이르렀을 때 빠르게 달려오던 사륜마차 한 대가 그녀를 보고 급히 정지했고, 동시에 그녀의 상상도 거기서 끝나고 말았다.

가방을 잔뜩 실은 마차 지붕 밑으로 마부에게 신호를 보내고 있는 손이 보였다. 다음 순간 피셔 부인이 거리로 훌쩍 뛰어내리더니 시위라도 하듯이 호들갑스럽게 그녀를 덥석 껴안았다.

"오, 이런, 설마 아직도 시내에 머무르고 있는 건 아니겠지? 일전에 세리즈에서 만났을 때는 제대로 물어볼 틈이 없었어."

피셔 부인이 말을 뚝 끊었다. 그러더니 갑자기 솔직한 태도로 이렇게 덧붙였다.

"사실 그날은 내가 너무 잘못했어, 릴리. 그때 이후로 얼마나 이야기를 나누고 싶었는지 몰라."

"아니, 그게……."

바트 양은 속죄하듯 그녀를 꼭 껴안은 피셔 부인의 품 안에서 몸을 빼며 뭔가 반박하려고 했다. 하지만 피셔 부인은 늘 그렇듯이 직설적으로 자신의 생각을 털어놓기 시작했다.

"릴리, 괜히 말을 빙빙 돌릴 필요 없어. 인생에서 겪는 괴로움의 절반은 아무 일도 없는 척하는 데서 비롯되는 법이야. 하지만 그건 내 방식이 아니지. 내가 지금 할 수 있는 말은 오직 이것뿐이야. 다른 여자들이 하는 대로 따라 행동한 내 자신이 부끄러워 죽을 지경이라고 말이지. 하지만 그런 이야기는 나중에 천천히 하도록 하고, 지금 어디서 지내고 있는지, 그리고 앞으로 계획은 무엇인지 어서 말해 줘. 설마 그레이스 스테프니와 그 집에서 계속 지낼 생각은 아니겠지, 안 그래? 어쩌면 아무런 계획도 없이 떠돌고 있을지도 모른다는 생각이 들어서 그래."

지금 릴리의 상태로서는 이토록 솔직한 친구의 호의를 거부할 수 없었다. 그녀는 싱긋 웃으며 대답했다.

"지금 당장은 아무런 계획도 없어요. 하지만 거티 패리시가 아직 시내에 머물고 있어서 친절하게도 시간이 날 때마다 저와 함께 지내주곤 해요."

피셔 부인이 살짝 얼굴을 찡그렸다.

"흠…… 그것도 잠깐 위안은 되겠지. 오, 물론 나도 알아. 거티야말로 진국이지. 우리를 죄다 합친다 해도 그녀 한 사람을 못 따라갈 거야. 하지만 릴리는 그보다는 좀 더 세련된 것에 길들여 있잖아, 안 그래? 게다가 거티도 머지않아 도시를 떠날 거라고 들었는데, 8월 1일이라고 했던가? 릴리, 도심에서 혼자 여름을 날 수는 없어. 어쨌든 그 문제도 나중에 다시 의논하도록 해. 우선은 당장 가방에 몇 가지 물건을 싸가지고 나와 함께 오늘 밤 샘 고머 부부 댁으로 내려가지 않겠어?"

릴리는 숨 가쁘게 퍼붓는 이 갑작스러운 제안에 그만 얼이 빠졌다. 하지만 피셔 부인은 태연하게 깔깔 웃었다.

"물론 릴리는 그 사람들을 모를 거야. 그 사람들도 릴리를 모르고 말이야. 그래도 그건 아무 문제가 안 돼. 그 사람들이 로슬린에 있는 반 알스타인 가문의 저택을 빌렸는데, 내 친구면 누구든 그곳에 데려와도 좋다는 허락을 받았거든. 손님이 많으면 많을수록 좋다는 거야. 그 사람들은 그런 일을 깜짝 놀랄 만큼 잘 처리한다니까. 이번 주에는 그곳에서 아주 신나는 파티가 열릴 예정이야."

순간 릴리의 안색이 살짝 변하는 것을 보고, 피셔 부인이 말을 딱 멈추었다.

"오, 그렇다고 릴리의 그 특별한 친구들이 온다는 뜻은 아니야. 그들과는 좀 다른 부류의 사람들이 올 거야. 하지만 아주 재미있는 사람들이지. 사실 고머 부부는 자신들의 계층과 동등한 수준에 올라서는 데는 실패했어. 지금 그 부부가 원하는 건 그저 즐거운 시간을 보내는 것뿐이야. 그것도 자기들 방식대로 말이지. 물론 그 사람들도 나의 특별한 후원하에, 몇 달 동안 다른 방식을 시도해 보기도 했지. 그리고 정말 끝내주게 잘했어. 브리 부부보다 훨씬 더 빨리 진도를 나갔다니까. 고머 부부는 그런 일에 그다지 신경을 쓰지 않았기 때문에 오히려 더 잘할 수 있었던 것 같아. 하지만 어느 날 문득 이 모든 일이 자기들에게는 너무 지겹다는 판단을 내리게 되었지. 그들이 원하는 건 정말로 마음 편하게 어울릴 수 있는 사람들이란 사실을 깨달은 거야. 어때? 이 사람들 좀 색다르지 않아? 그래도 매티 고머는 여전히 사교계에 대한 야심을 품고 있어. 세상 여자들이 늘 그렇듯이 말이야. 하지만 부인은 게으르기 짝이 없고, 남편인 샘 역시 성가신 일을 세상에서 가장 싫어하거든. 그런데도 둘 다 남들 눈에 제일 중요한 인물처럼 보이는 걸 좋아해서 자기들 나름대로 일종의 지속적인 행사를 시작했어. 글쎄…… 코니아일랜드 사교 클럽이라고 할까? 그곳에서는 괜히 거드름을 피우지 않고 떠들썩하게 놀 수만 있으면 누구든 환영이야. 사실 나도 굉장히 재미있는 곳이라고 생각해. 일종의 예술가 집단 같다고나 할까……. 릴리도 알잖아? 예쁜 여배우들은 모두 한 번씩 얼굴을 내미는, 뭐 그런 데 말이야. 이번 주에는 오드리 앤스텔이 초대되었어. 작년 봄에 「위니의 승리」에서 굉장히 히트 친 그 여배우 말이야. 그 외에도 매티 고머의 초상화를 그려주고 있는 폴 모페스와 딕 벨링거 부부 그리고 케이트 코비 등 릴리가 재미있고 엉뚱하다고 생각하는 사람들은 전부 다 참석해. 그러니까 릴리도 거만하게 그러고 서 있지 마. 절절 끓는 도시에서 주말을 보내는 것보다 훨씬 더 나을 테니까. 시끄럽고 요란한 사람들뿐 아니라 똑똑한 사람들도 만나게 될 거야. 매티를 열렬히 찬미하는 모페스가 언제나 자기 부류의 사람들을 한두 명씩은 꼭 데려오거든."

피셔 부인은 다정하면서도 단호하게 릴리를 마차 쪽으로 끌어당겼다.

"어서 마차에 올라타. 옳지, 그래야 착하지. 지금 바로 네가 묵는 호텔로 가서 짐을 싸도록 하자. 그런 다음 둘이서 차를 마시는 거야. 하녀 두 사람은 기차에서 다시 만나면 돼."

분명 절절 끓는 도시에서 주말을 보내는 것보다는 훨씬 더 나았다. 릴리는 서늘한 나무 그늘이 드리워진 베란다에 몸을 기댄 채 드넓게 펼쳐진 잔디밭 너머로 바다 쪽을 바라보고 있었다. 잔디밭 위에는 테니스 복을 입은 남자들과 레이스 옷을 입은 숙녀들이 그림처럼 점점이 흩어져 있었다. 거대한 반 알스타인 저택과 무질서하게 딸려 있는 부속 건물들은 최대 수용 인원에 육박하는 고머 부부의 주말 손님들로 북적대고 있었다. 지금 그들 부부는 일요일 오전의 환한 햇살을 만끽하며 그곳에서 제공하는 다양한 여흥 거리를 쫓아서 이리저리 돌아다니는 중이었다. 테니스장부터 사격 연습장에 이르기까지, 또한 브리지 게임과 위스키부터 자동차와 소형 증기선에 이르기까지 여흥 거리는 무궁무진했다. 릴리는 마치 급행열차에 올라탄 승객처럼 무심하게 군중 속으로 섞여 들어가자니 기분이 묘했다. 금발 머리의 상냥한 고머 부인은 몰려든 승객들에게 침착하게 좌석을 배정해 주는 승무원 같은 분위기였고, 캐리 피셔는 그들의 짐을 실어다 주고 식당 칸의 지정 번호를 알려 주고 그들이 내릴 기차역이 가까워졌음을 알려 주는 사환 같았다. 반면 이 열차는 속력을 늦추는 법이 거의 없었다. 귀가 멀 것 같은 소음과 함성과 더불어 정신없이 팽팽 돌아가는 생활이었다. 그러므로 이곳에서는 적어도 자신의 내면에서 들려오는 소리를 피해 달아날 피난처를 찾을 수 있었다.

한마디로 고머 부부의 세계는 릴리가 항상 결벽증적으로 피해 왔던 사교계의 변두리를 대표했다. 하지만 정작 그 세계 안에 들어와 보니, 그녀가 원래 속했던 세계의 좀 더 현란한 모방일 뿐이란 생각이 들었다. '사교계 놀이'가 응접실 예법을 거의 비슷하게 구현하듯이, 이것 역시 실물과 대단히 흡사한 풍

자화였다. 지금 주변에 있는 사람들은 트레너 부부나 반 오스버그 부부, 도싯 부부와 똑같이 행동했다. 다만 남자들의 조끼 무늬부터 여자들의 목소리 억양에 이르기까지 대단히 미묘한 수백 가지의 예절과 태도에서만 약간의 차이를 보일 뿐이었다. 모든 것이 한 음조 더 높았으며, 모든 것이 조금 더 과했다. 더 시끄러운 소음, 더 요란한 색깔, 더 풍성한 샴페인, 더 과도한 친근함⋯⋯. 하지만 반면에 성품은 더 너그러웠으며 경쟁심은 더 적었고 즐길 줄 아는 능력은 더 팔팔했다.

  이곳 사람들은 허물없이 친근한 태도로 바트 양의 방문을 환영했다. 처음에 릴리는 그런 태도에 자존심이 상했다. 하지만 곧 자신의 처지를 뼈저리게 실감하고 체념했다. 그것이 인생에서 그녀가 놓인 위치였다. 지금은 그것을 받아들이고 최선을 다해야 했다. 이 사람들은 다들 그녀의 사연을 알고 있었다. 그녀가 캐리 피셔와 긴 이야기를 나누던 첫날부터 이렇게 되리라는 것은 이미 예견된 사실이었다. 릴리는 '기묘한' 사연을 지닌 여주인공으로 공공연하게 낙인찍혀 버렸다. 하지만 이 사람들은 릴리의 친구들처럼 그녀를 피하며 몸을 사리는 대신 아무것도 묻지 않고 그녀를 자신들의 태평스럽고 난잡한 삶 속으로 받아들여 주었다. 그들은 앤스텔 양의 과거를 받아들인 것처럼 너무나 쉽게 그녀의 과거 역시 꿀꺽 삼켜버렸다. 입에 들어오는 먹이가 얼마나 다른지에 대해서는 아무런 의식도 하지 못하는 게 분명했다. 그들이 요구하는 것은 오직 저 우아한 여배우만큼 그녀도 대중적인 즐거움에 지대한 공헌을 해야 한다는 것뿐이었다. 물론 릴리 나름의 방식대로. 왜냐하면 그들도 재능의 다양성은 인식하고 있었기 때문이다. 이 여배우의 재능은 일단 무대 밖으로 내려오면 가장 다채로운 차원에 속했다. 릴리는 조금이라도 거드름을 피운다든지, 남과 다르고 유별나다는 느낌을 주는 경향을 보이면 고머 부부의 집단 내에서 계속 존속하는 데 치명적이라는 걸 곧 깨달았다. 그런 관계를 받아들이는 것, 그리고 그런 세계로 들어가는 것은 아직도 자존심이 남아 있는 릴리에게 무척 힘든 일이었다. 하지만 고통스러운 자기 모멸감과 더불어, 만약 여기서나마 내쫓긴다면 훨씬 더 괴로울 거란 사실을 인정하지 않을 수 없었다. 왜냐하면 모든 물질적인 어려움이 자연스럽게 사라져버리는 그런 삶으로 다시 돌아가는 것에 대해 거부하기 힘든 매력을 느꼈기 때문이다. 갑자기 더럽고 황량한 도시의 숨 막힐 듯 답답한 호텔 방을 벗어나서 시원한 바닷바람이 솔솔 부는 호화로운 시골 저택에 오자 일종의 도덕적 나태 상태가 찾아왔는데, 몇 주 동안이나 물질적 고통과 정신적 긴장을 겪고 난 후에 맛보는 그것은 너무나 달콤했다. 그러므로 당장은 그녀의 모든 감각이 애타게 갈망하는 즐거움에 몸을 맡기는 수밖에 없었다. 그런 다음에 자신의 처지를 다시 돌아보고 체면을 따져볼 작정이었다. 사실 다른 상황에서라면 그냥 경멸해 버렸을 사람들의 환대를 받아들이고 심지어 그들의 호의를 얻으려고 애쓰는 걸 생각하면, 몹시 불쾌해서 즐거운 마음이 싹 달아날 지경이었다. 하지만 릴리는 그런 점에서 점점 둔감해지고 있었다. 무관심이란 투명한 껍질이 그녀의 예민한 감각과 감수성을 빠르게 뒤덮기 시작했다. 그리고 편의주의에 굴복할 때마다 매번 그 껍질은 조금씩 더 단단해졌다.

마침내 월요일이 되어 떠들썩한 작별 인사와 더불어 파티에 모였던 사람들이 해산하고 다시 도시로 돌아오자, 릴리는 방금 떠나온 삶의 매력이 더욱 강하게 느껴졌다. 다른 손님들은 저마다 다른 배경 속에서 똑같은 생활을 계속 영위하기 위해 뿔뿔이 흩어졌다. 어떤 사람은 뉴포트로, 어떤 사람은 바 하버로, 또 어떤 사람은 애디론댁 캠프의 정교한 전원생활로 돌아갔다. 심지어 다정한 염려 속에 릴리의 귀환을 맞아주었던 거티 패리시마저 머지않아 조지 호수에서 늘 여름을 함께 보내는 친척 아주머니를 만나러 갈 채비를 하고 있을 때, 오직 릴리 자신만이 아무런 계획도, 목적도 없이 이 거대한 유희의 물결 뒤편에 시 시성이고 있었다. 하지만 정작 자신은 하루 이틀만 집에 머물렀다가 곧 브리 부부의 야영지로 떠날 예정이었음에도 릴리에게 당장 자기 집으로 들어오라고 끈질기게 졸랐던 캐리 피셔가 그녀를 구원해 줄 새로운 제안을 가지고 찾아왔다.

"릴리. 솔직히 사정을 털어놓자면 말이지. 이번 여름에 매티 고머와 함께 지내면서 내 역할을 대신해 주었으면 좋겠어. 그 부부는 다음 달에 사람들을 모아서 자가용을 타고 알래스카로 갈 예정이야. 그런데 세상에서 가장 게으른 여자인 매티는 나를 꼭 데려가고 싶어 해. 성가신 집안일을 나에게 떠넘기려는 속셈이지. 하지만 브리 부부도 나를 원한단 말이야. 오, 그래, 우리 다시 화해했어. 내가 아직 말 안 했나? 어쨌든 솔직히 말해서, 고머 부부를 제일 좋아하긴 하지만 내게 훨씬 이득이 되는 쪽은 브리 부부거든. 실은 브리 부부가 이번 여름에 뉴포트를 공략해 보려고 하고 있어. 만약 내가 그 일을 성공적으로 성사시켜 준다면 그 사람들은, 그래, 내게 커다란 성공을 안겨 줄 거야."

피셔 부인이 흥분해서 두 손을 움켜쥐었다.

"알겠지, 릴리? 정말이지 내 계획은 생각할수록 점점 더 마음에 든다니까. 나를 위해서뿐 아니라 릴리를 위해서도 말이야. 지금 고머 부부는 릴리에게 홀딱 빠져 있어. 게다가 알래스카 여행은…… 글쎄…… 그거야말로 지금 너에게 꼭 필요한 거잖아."

바트 양이 날카로운 눈빛으로 눈을 치켜떴다.

"제 친구들 눈앞에서 사라지라고요? 그 뜻인가요?"

그녀가 조용히 말했다. 그러자 피셔 부인은 달래듯이 입맞춤을 하며 대답했다.

"자기들이 릴리를 얼마나 그리워하는지 깨달을 때까지 그 사람들 눈앞에서 잠시 벗어나 있으라는 거야."

바트 양은 고머 부부와 함께 알래스카로 떠났다. 이 원정은 비록 피셔 부인이 예상했던 것 같은 효과를 낳지는 못했지만 적어도 격렬한 비판과 논쟁의 한가운데에서 릴리를 구해 내는 약간의 이득은 있었다. 거티 패리시는 그녀의 유순한 성품이 허락하는 한 최대한 격렬하게 이 계획을 반대했다. 심지어 바트 양이 이번 여행을 취소한다면, 자신도 조지 호수로 가는 여행을 포기하고 함께 도심에 머물러 있겠다는 제안까지 했다. 릴리는 이 제안이 끔찍하게 싫었지만 충분히 그럴듯한 이유를 들어서 속마음을 감출 수 있었다.

"이 순진하고 착한 친구 같으니. 너는 캐리의 생각이 옳다는 걸 모르겠니? 난 어떻게든 평소와 같은 생활을 유지하면서 되도록 사람들과 어울리며 돌아다녀야 해. 만약 내 옛날 친구들이 나에 관한 거짓말을 믿기로 작정했다면, 난 이제 새로운 친구들을 사귀어야 하는 거야. 그게 전부라고. 그리고 거지에게는 선택권이 없다는 걸 너도 잘 알잖아. 그렇다고 내가 매티 고머를 싫어하는 건 아니야. 오히려 난 그녀가 좋아. 그 여자는 친절하고 솔직하고 가식이 없어. 게다가 내 일가친척들마저 하나같이 나를 외면하는 이런 때에 나를 기꺼이 환영해 주는 그 사람이 나로서는 얼마나 고마운지 몰라. 그걸 모르겠니?'

거티는 입을 꾹 다문 채 여전히 못 미더운 표정으로 고개를 저었다. 그녀는 지금 릴리가 선택이 가능한 상황이었다면 절대 사귀지 않았을 사람들의 친분을 이용함으로써 스스로 가치를 떨어뜨리고 있다고 생각했을 뿐 아니라 예전과 같은 생활 방식으로 다시 들어감으로써 그런 삶으로부터 영원히 벗어날 수 있는 마지막 기회를 놓치고 있다고 생각했다. 거티는 실제로 릴리가 어떤 일을 겪었는지 잘 몰랐다. 하지만 극단적인 궁지에 몰린 친구를 위해서 자신의 은밀한 희망을 포기해야 했던, 영원히 잊지 못할 그날 밤 이후 거티의 연민은 완전히 릴리를 향하게 되었다. 거티와 같은 성품을 지닌 사람에게 그런 희생은 그 희생을 받은 사람의 일부에 대해 도덕적인 권리를 갖는 것을 의미했다. 일단 한 번 릴리를 도와준 이상, 그녀는 계속해서 릴리를 도와야만 했다. 그리고 릴리를 도와주려면 반드시 릴리를 믿어야 했다. 왜냐하면 믿음은 그런 일의 원천이었기 때문이다. 하지만 설사 안락한 생활에 대한 취향이 되살아난 후 삶의 위안이라고는 불쌍한 거티밖에 없는 황량한 8월의 뉴욕으로 다시 돌아오게 된다 하더라도, 바트 양의 세속적인 지혜는 거절과 같은 건 하지 말라고 충고하고 있었다. 바트 양은 캐리 피셔의 말이 옳다는 걸 알고 있었다. 시기적절한 때 모습을 감추는 것은 사교계의 복귀를 향한 첫걸음이 될 것이다. 어쨌든 계절이 지난 도심에서 어슬렁거리는 것은 자신의 패배를 인정하는 치명적인 행위였다.

고머 부부의 일행과 함께 미국 땅을 가로지르는 떠들썩한 여행을 마치고 돌아온 릴리는 자신의 상황을 바라보는 시각이 달라졌다. 아무 걱정거리도, 물질적인 부족함도 없을 거라는 확신 속에 날마다 잠에서 깨어나는 것과 같은 사치스러운 생활 습관을 되찾고 나자, 그런 생활을 소중히 여기고 고마워했던 마음이 점차 무뎌졌다. 그리고 그 사람들이 채워줄 수 없는 빈 자리가 더욱 크게 느껴졌다. 누구도 차별하지 않는 매티 고머의 너그러움이나 그들이 서로를 대하는 것과 똑같이 릴리를 대해 주었음에도 그녀가 인식하는 그들의 경박한 사교성, 이런 모든 성격적인 차이가 이제는 점점 견딜 수 없었다. 게다가 함께 어울리는 사람들을 비판적으로 볼수록 그들을 이용하고 있는 자신을 정당화하기가 점점 힘들었다. 그러므로 예전과 같은 환경으로 다시 돌아가고 싶다는 바람은 더욱더 굳어져서 완전히 하나의 고정된 생각이 되었다. 하지만 목적의식이 강해진 만큼 그 목적을 이루기 위해서는 자신의 자존심을 또다시 양보해야 한다는 필연적인 깨달음이 뒤따랐다. 그리고 그 양보는 알래스카에서 돌아온 후에도 계속해서 여주인들에게 꼭 들러붙어 있어야 하는 불쾌한 방식으로 이루어졌다. 그들 생활의 중심에서 릴리는 아무것도 아니었지만 그녀의 무한한 사교적 능력, 자신의 개성을 손상시키지 않으면서 다른 사람에게 자신을 맞출 수 있는 오랜 습관, 그리고 갈고 닦은 자신의 모든 재주를 교묘하게 발휘하는 기술 덕분에 릴리는 고머 부부의 무리 내에서 중요한 자리를 차지할 수 있었다. 비록 릴리는 그들의 떠들썩한 유희를 결코 따라할 수는 없었지만 자연스러운 우아함을 선사했고, 매티 고머에게는 그것이 요란한 밴드의 행진보다 훨씬 더 귀중했다. 샘 고머와 그의 특별한 친구들은 실제로 그녀를 약간 경외하기까지 했다. 하지만 폴 모페스가 유도한 매티의 열렬한 추종은 왠지 그들이 가장 결여하고 있는 바로 그 자질 때문에 릴리를 소중히 여기고 있다는 생각이 들게 했다. 한편 모페스는 왕성한 예술적 활동력만큼이나 지독한 사교적 게으름 때문에 고머 씨 부부의 무사안일한 세계에 자신을 맡겨 버렸다. 고머 씨 부부가 쌓아 올린 그 세계에서는 사소한 예의범절의 정확성 따위는 완전히 무시되거나 혹은 아예 무지했으며, 자신이 한 약속도 얼마든지 깨뜨리거나 작업복과 슬리퍼 속에 처박아 둘 수 있었다. 그래도 모페스에게는 여전히 남다른 감각과 우아함에 대한 감식력이 있었다. 브리 부부의 파티를 위해 타블로를 준비하는 동안, 모페스는 릴리의 조형예술적 가능성에 깊은 인상을 받았다. '얼굴이 그렇다는 게 아니야! 그건 뭔가를 표현하기에는 너무 작위적이야. 하지만 그녀의 나머지 부분은…… 아, 정말이지, 그 여자는 얼마나 대단한 모델이 될 수 있을지!' 비록 그가 릴리를 처음 발견했던 그 세계에 대한 혐오감이 너무 큰 나머지 그곳에서 그녀를 계속 찾아볼 생각은 하지 못했지만, 이제 모페스는 매티 고머의 자유분방한 응접실을 어슬렁거리면서 마음껏 그녀의 얼굴을 보고 그녀의 말에 귀 기울일 수 있는 특권을 만끽했다.

결국 릴리는 소란스러운 주변 환경 속에서도 소수의 핵심적인 친분 관계를 형성할 수 있었고, 그 덕분에 그들이 돌아간 후에 고머 부부와 함께 지내는 조악한 시간을 다소 견딜 수 있었다. 게다가 원래 그녀가 속했던 세계를 전혀 보지 못하는 것도 아니었다. 특히 뉴포트 시즌이 와해되면서 사교계의 흐름이 다시 한 번 롱아일랜드 쪽으로 쏠리기 시작했다. 캐리 피셔만큼이나 취향이 유별나기로 유명한 케이트 코비는 자신의 필요에 따라 그곳에 왔다가 이따금 고머 부부 저택으로 내려왔다. 그리고 처음에는 그곳에서 릴리를 보고 깜짝 놀라더니, 그다음부터는 릴리의 존재를 당연하게 여겼다. 피셔 부인 또한 부근에 종종 나타났는데, 그때마다 릴리에게 소위 '기상청의 최신 보도'라고 부르는 것을 알려 주고 자신의 경험담을 들려주기 위해서 마차를 몰고 찾아왔다. 릴리는 단 한 번도 피셔 부인에게 속내를 이야기해 달라고 직접적으로 요청한 적은 없지만, 거티 패리시보다 그녀와 더 허심탄회하게 이야기를 나눌 수 있었다. 사실 피셔 부인이라면 너무나 당연하게 여길 많은 것에 대해서 거티에게는 말조차 꺼낼 수 없을 때가 많았다.

더구나 피셔 부인은 상대방을 곤혹스럽게 하는 괜한 호기심이 없었다. 그녀는 릴리가 처한 상황의 내면을 굳이 들여다보고 싶어 하지 않았다. 그저 바깥에서만 바라보고 그 관점에서 결론을 이끌어낼 뿐이었다. 그리고 이 결론을 서로 속내를 털어놓고 대화한 후 아주 간결한 몇 마디 말로 친구에게 통보할 뿐이었다.

"릴리, 넌 되도록 빨리 결혼해야 해."

릴리는 살짝 웃음을 터뜨렸다. 처음으로 피셔 부인이 남들 다 하는 진부한 말을 했기 때문이다.

"당신도 거티 패리시처럼 '착한 남자의 사랑'이라는 만병통치약을 추천하는 건가요?"

"그건 아니야. 내가 생각하는 후보자 중 어느 쪽도 '착한 남자'라는 표현에는 적합하지 않으니까."

잠깐 생각하고 나서 피셔 부인이 대답했다.

"어느 쪽이라고요? 그럼 후보자가 두 명이나 있단 말인가요?"

"글쎄, 어쩌면 한 명하고 절반이라고 말해야 할지도 몰라.

적어도 지금은 말이야."

바트 양은 점점 이 대화가 재미있어졌다.

"다른 조건들이 똑같다면, 저는 반쪽짜리 남편이 더 좋을 것 같아요. 그 사람이 누구죠?"

"일단 내 이유를 들어보기 전까지는 나한테 뭐라고 소리치지 마. 바로 조지 도싯이야."

"오, 이런……."

릴리는 비난하듯이 중얼거렸다. 하지만 피셔 부인은 전혀 당황하지 않고 계속 자신의 주장을 밀고 나갔다.

"그게 어때서? 그들 부부는 유럽에서 돌아와서 처음 몇 주 동안은 신혼을 즐기는 듯했지만 지금은 다시 사이가 나빠졌어. 버사는 그 어느 때보다도 정신 나간 여자처럼 굴고 있고, 부인을 믿어주는 조지의 능력도 거의 한계에 이르렀지. 그 부부는 지금 여기 자기들 집에 머무르고 있어. 지난 일요일에 그들과 함께 보냈는데, 정말 썰렁하기 짝이 없는 파티였지. 가엾은 네드 실버턴 말고는 아무도 없더라니까! 그 녀석은 꼭 갤리선[20]의 노예 같았어.(그런데도 예전에 그들 부부는 내가 그 가엾은 녀석을 불행하게 만든다고 쑥덕거리곤 했지!) 점심을 먹고 나서 조지가 나를 끌고 나가서 오랫동안 산책을 했는데, 머지않아 끝날 거라고 털어놓더군."

바트 양은 믿지 못하겠다는 태도를 보였다.

"그 부부 사이에 끝이란 건 결코 오지 않아요. 버사는 자기가 원할 때면 언제든 남편을 되찾을 수 있는 방법을 알고 있으니까요."

피셔 부인은 릴리를 조심스럽게 살펴보았다.

"조지에게 부인 말고 달리 돌아갈 사람이 없다면 그렇겠지!

그래, 바로 그거 때문이야. 그 불쌍한 인간은 자기 혼자 서질 못해. 하지만 내가 기억하는 조지는 한때 활기와 열정으로 가득 찬, 꽤 괜찮은 남자였단 말이지."

피셔 부인은 잠시 말을 멈추었다. 그러더니 은근히 릴리의 시선을 피해 고개를 떨어뜨리며 말을 이었다.

"조지는 단 십 분도 그 여자 곁에 머물러 있으려고 하지 않을 거야. 만약 그가 알게 된다면……."

"뭘 안다는 거죠?"

바트 양이 물었다.

"가령…… 릴리, 네가 예전에 손에 넣은 그 기회를 이용하기만 한다면! 그러니까 확실한 증거가 그 남자의 손에 들어가기만 한다면 말이지……."

릴리는 불쾌감을 이기지 못하고 얼굴을 붉히며 피셔 부인의 말을 가로막았다.

"우리 이런 이야기는 그만해요, 캐리. 더 이상 듣고 있을 수가 없어요."

릴리는 상대의 관심을 다른 곳으로 돌리기 위해서 한마디 덧붙였다.

"당신이 말하는 두 번째 후보자는 누구죠? 그 사람도 잊으면 안 되지요."

피셔 부인이 깔깔 웃었다.

"혹시 이번에도 소리를 지르는 거 아니야? 만약 내가 '심 로즈데일'이라고 말한다면?"

하지만 바트 양은 소리를 지르지 않았다. 오히려 말없이 앉아서 뭔가 생각하는 눈빛으로 친구를 골똘히 바라보았다. 사실 이 제안은 지난 몇 주일 동안 그녀의 머릿속에도 몇 번이나 떠올랐던 가능성을 대변해 주었다. 이윽고 릴리는 무심한 어조로 말했다.

"하지만 로즈데일 씨는 자신을 반 오스버그 집안과 트레너 집안에 넣어줄 수 있는 아내를 원해요."

피셔 부인이 열심히 그녀를 격려했다.

"릴리는 충분히 그럴 수 있잖아. 그 남자의 돈으로 말이야! 두 사람을 위해서 그 돈이 얼마나 멋지게 쓰일지 릴리는 모르겠어?"

"사실은 로즈데일 씨에게 그걸 깨닫게 해줄 방법을 모르겠어요."

릴리는 그 화제를 그만 벗어날 생각으로 깔깔 웃으며 가볍게 받아쳤다.

하지만 실제로는 피셔 부인이 떠난 후에도 오랫동안 이 대화가 릴리의 귓가에 맴돌았다. 고머 부부와 어울려 다니게 된 이후로 릴리는 로즈데일을 거의 보지 못했다. 왜냐하면 그는 아직도 릴리가 추방당한 그 내밀한 낙원으로 침투하기 위해서 꾸준히 노력하는 중이었기 때문이다. 하지만 이따금씩 딱히 약속이 없을 때면 불쑥 나타나서 일요일을 보내곤 했다. 그럴 때마다 로즈데일은 그녀의 현재 상황에 대한 자신의 견해를 확실하게 드러냈다. 그가 여전히 그녀를 좋아한다는 것은 그 어느 때보다도 분명했다. 왜냐하면 고머 부부의 그룹 내에서는 그가 자신의 감정을 노골적으로 표현하는 것을 막을 만한 어떤 까다로운 규범도 없었기 때문이다. 따라서 이곳에서 로즈데일은 타고난 천성대로 마음껏 활개를 쳤다. 하지만 릴리는 그의 찬사 속에서도 그녀의 처지에 대한 빈틈없는 평가를 읽어낼 수 있었다. 로즈데일은 고머 부부가 사교계에 발을 들여놓기 훨씬 전부터 자신이 '릴리 양'을 잘 알고 있다는 사실을 그들에게 과시하길 좋아했다. 이제 릴리는 그에게 '바트 양'이 아니라 '릴리 양'으로 불리고 있었다. 특히 폴 모페스에게 두 사람의 친분이 아주 먼 옛날부터 시작된 것이라는 인상을 심어 주는 걸 좋아했다. 그렇지만 이 친분이 단지 밀려왔다 밀려가는 사교계의 거대한 물결 위에서 찰랑거리는 파도에 불과하다는 인상을 심어주는 것 또한 잊지 않았다. 그것은 그저 취미가 다양하고 관심의 폭이 넓은 남자가 한가한 시간에 잠시 몰두하는 일종의 기분 전환 같은 관계였다.

그들의 예전 관계에 대한 이런 식의 발언을 그대로 받아들일 수밖에 없다는 것, 그리고 그 관계가 그녀의 새로운 친구들 사이에서 널리 알려진 농담 거리가 되는 것을 두고 볼 수밖에 없다는 사실은 릴리에게 깊은 굴욕감을 안겨 주었다. 하지만 지금은 그 어느 때보다도 로즈데일과 맞서 싸울 자신이 없었다. 릴리는 혹시나 그가 지금껏 당한 숱한 거절 중에서 그녀의 퇴짜가 가장 잊을 수 없는 거절로 그의 마음에 사무치고 있는 것은 아닐까 의심했다. 그가 그녀와 트레너 사이에 있었던 비열한 거래에 대해서 뭔가 알고 있으며, 심지어 그 거래의 기반을 제공한 사람이란 사실 때문에 릴리는 완전히 그의 손아귀에 붙잡혀 있는 느낌이었다. 하지만 캐리 피셔의 제안으로 새로운 희망이 그녀의 마음속에 싹트기 시작했다. 릴리는 여전히 로즈데일을 싫어했지만 더 이상 그를 완전히 무시하지는 않았다. 왜냐하면 그는 조금씩 인생에서 자신의 목적을 이루어 나가고 있었으며, 릴리에게 그런 능력은 부러워하면 했지 경멸할 것이 아니었기 때문이다. 릴리가 언제나 그에게서 느꼈던, 그 변함없는 끈기를 가지고 로즈데일은 천천히 사교계의 촘촘한 방어

망을 헤쳐 나가고 있었다. 그는 이미 엄청난 재력과 그것을 적절히 이용할 줄 아는 능력 덕분에 사업계에서 남들이 부러워하는 독보적인 위치에 올라 있었으며, 월가에 오직 5번가만이 갚을 수 있을 만한 커다란 은혜를 베풀고 있었다. 이에 상응하여 그의 이름이 시 의회와 자선 협회 위원의 후보로 거론되기 시작했으며, 저명한 외국인과 함께 각종 연회에 등장하기도 했다. 또한 사교 클럽 중 하나에서는 그의 입회 승인을 둘러싼 논의가 어느 정도 긍정적인 분위기 속에서 이루어지도 했다. 심지어 트레너 집안의 저녁 만찬에 한두 번 두각을 나타내기도 했고, 아주 적절한 암시로 반 오스버그 집안의 대연회를 비꼬는 방법을 터득하기도 했다. 이제 그에게 필요한 것은 오직 그의 신분 상승의 마지막 힘든 과정을 단축시킬 수 있을 만한 인맥을 가진 아내뿐이었다. 일 년 전만 해도 그는 바트 양에게 모든 애정을 다 기울였다. 하지만 시간이 흐르는 동안 그는 좀 더 목표에 가까이 다가간 반면, 릴리는 그 남은 단계를 단축시켜 줄 수 있는 힘을 잃어버린 것이다.

이 모든 사실이 너무나 명료하게 눈에 보였기에, 릴리는 잠시 낙심하고 말았다. 그녀의 눈을 멀게 한 것은 바로 눈부신 성공이었다. 이제 그녀는 실패의 희미한 빛 속에서 모든 사실을 분명하게 판별할 수 있었다. 그리고 그녀가 한창 꿰뚫어 보려고 애쓰고 있는 그 희미한 빛은 작은 확신의 불꽃으로 서서히 밝아지고 있었다. 지극히 실용주의적 동기에서 비롯된 로즈데일의 구애에서 릴리는 너무나 뚜렷하게 개인적인 감정의 열기를 감지했던 것이다. 그가 감히 자신을 좋아할 수 있다는 사실을 그녀가 몰랐다면, 그렇게까지 진심으로 그를 싫어하지는 않았을지도 모른다. 이제 비록 다른 동기들은 모두 사라져버렸을

지라도 그 열정만은 남아 있다면 어떻게 되겠는가? 릴리는 한 번도 로즈데일의 비위를 맞추려고 노력해 본 적이 없었다. 하지만 로즈데일은 그녀의 노골적인 멸시에도 불구하고 그녀에게 매료당했다. 심지어 이렇게 전혀 노력하지 않는 상태에서도 로즈데일은 그녀에게서 강한 매력을 느꼈는데, 만약 그녀가 자신의 매력을 발휘하기로 마음먹는다면? 이제 그가 그녀와 결혼해야 할 다른 어떤 이유도 남지 않은 상황에서 오직 사랑 때문에 그가 자신과 결혼하도록 만든다면?

6

날로 사회적 지위가 높아감에 따라 고머 부부는 롱아일랜드에 시골 별장을 짓는 일에 열을 올렸다. 집 짓는 일을 살피기 위해 이 새로운 소유지를 종종 방문하는 고머 부인을 수행하는 것도 릴리의 임무 중 하나였다. 부인이 조명이며 하수구 설비와 같은 문제에 몰두하고 있는 동안, 릴리는 눈부신 가을 햇살을 받으며 나무들이 줄지어 서 있는 해안가를 한가롭게 거닐 수 있는 여유를 누렸다. 그녀는 결코 고독을 즐기지 않았지만 인생의 공허한 소음에서 잠시 벗어나는 것이 반갑게 느껴질 때가 가끔 있었다. 자신과 아무 상관이 없는 사업과 유희의 물결에 휩쓸려 이리저리 떠밀려 다니는 것도, 다른 사람들이 재미를 쫓고 돈을 펑펑 써대는 꼴을 지켜보는 것도 이젠 지겨웠다. 그들 사이에서 그녀의 존재란 버릇없이 자란 아이 손에 들린 값비싼 장난감과 별반 다를 것이 없어 보였다.

이런 생각에 빠져서 해안으로부터 되돌아오던 어느 날 아침,

낯선 오솔길로 접어든 릴리는 갑자기 조지 도싯과 맞닥뜨렸다. 도싯 부부의 소유지가 바로 고머 부부가 새로 사들인 영지와 나란히 붙어 있었던 것이다. 고머 부인과 함께 경비행기를 타고 오면서, 릴리는 이들 부부의 모습을 한두 번 힐끗 본 적도 있었다. 하지만 그들은 행동반경이 전혀 달랐기 때문에 이렇게 직접 맞닥뜨릴 것이라고는 꿈에도 생각하지 못했다.

고개를 푹 숙인 채 넋 나간 사람처럼 비틀비틀 걸어오던 도싯은 가까이 다가올 때까지 릴리를 보지 못했다. 하지만 일단 그녀를 발견하자, 릴리가 어느 정도 예상하고 있던 것처럼 우뚝 걸음을 멈추는 게 아니라 오히려 허둥지둥 그녀를 향해 다가왔다. 그리고 몹시 반갑게 말문을 열었다.

"바트 양! 악수라도 하실까요? 언젠가 당신을 만나게 되기를 바라고 있었습니다. 제게 용기가 있었다면 당신에게 편지라도 썼을 겁니다."

마구 흐트러진 붉은 머리카락과 헝클어진 콧수염 때문에 도싯의 얼굴은 마치 쫓기는 듯 불안해 보였다. 그에게 인생이란 자기 자신과 그를 바싹 쫓아오는 생각의 끊임없는 달리기 경주라도 되는 것 같았다.

그 얼굴을 보자, 릴리는 자신도 모르게 동정 어린 인사말을 한마디 던지고 말았다. 도싯은 그녀의 다정한 말투에 용기를 얻은 듯 심경을 토로하기 시작했다.

"저는 꼭 사과하고 싶었습니다. 제가 맡았던 그 유감스러운 역할에 대해서 당신에게 꼭 용서를 구하고 싶어서……"

릴리는 재빠른 손짓으로 그의 말을 막았다.

"그 일에 대해서는 더 이상 이야기하지 않기로 해요. 그저 당신이란 사람이 한없이 딱할 뿐이에요."

릴리는 경멸하는 어조를 한껏 담아서 쏘아붙였다. 그리고 그 공격이 빗나가지 않았음을 즉각 알아차렸다.

순간 도싯의 얼굴이 퀭한 눈 주위까지 새빨갛게 달아올랐다. 어찌나 심하게 붉어지던지 릴리가 후회스러운 마음이 들 정도였다.

"당연히 그러시겠죠. 하지만 당신은 모릅니다. 제게 설명할 기회를 주십시오. 전 속았어요. 끔찍한 속임수에 넘어가서······."

"그렇다면 더욱더 당신이 딱하다는 생각이 드는군요."

릴리는 단호하게 그의 말을 잘랐지만 빈정거리는 기색은 없었다.

"하지만 당신은 이걸 아셔야 해요. 저는 절대로 그런 문제를 의논하기에 적절한 상대가 아니라는 걸 말이죠."

도싯은 이 말을 듣고 진심으로 놀라는 표정을 지었다.

"어째서 아니란 말입니까? 세상의 모든 사람 중에서 제가 반드시 설명을 드려야 하는 사람은 바로 당신, 당신뿐인데?"

"어떤 설명도 필요 없어요. 제게는 너무나 훤히 들여다보이는 상황이었으니까요."

"아······."

도싯은 다시 고개를 푹 숙이며 뭐라고 중얼거렸다. 그의 손은 어쩔 줄 모르고 오솔길을 따라 자라난 덤불을 흔들고 있었다. 하지만 릴리가 그만 지나가려고 하자, 도싯은 새로운 열정에 사로잡혀 큰 소리로 외쳤다.

"바트 양, 제발 저에게 등을 돌리지 마십시오! 우리는 좋은 친구가 아니었습니까? 당신은 항상 저에게 친절하셨지요. 지금 저에게 친구가 얼마나 필요한지 당신은 모르실 겁니다."

이 비탄에 잠긴 하소연은 릴리의 마음에 연민을 불러일으켰다. 그녀 역시 친구가 필요했다. 그녀 역시 고독의 쓰라린 고통을 맛보았기 때문이다. 게다가 버사 도싯의 잔인한 처사에 대한 분노 또한 이 가엾은 인간에 대해 동정심을 느끼게 만들었다. 결국 이 남자야말로 버사의 가장 큰 희생자였다.

"전 아직도 친절하게 대해 드리고 싶어요. 당신에게 아무런 악의도 없는걸요."

릴리가 대답했다.

"하지만 그런 일이 있은 후에 우리 두 사람이 다시 친구가 될 수 없다는 걸 당신도 아셔야 해요. 우리는 서로 만나서도 안 돼요."

"오, 당신은 정말 친절하시군요. 너무나 자비로우십니다. 당신은 언제나 그러셨죠!"

도싯은 애처로운 눈빛으로 그녀를 뚫어져라 쳐다보았다.

"그런데 어째서 우리가 친구가 될 수 없단 말입니까? 친구가 되면 왜 안 되는 겁니까? 제가 흙과 잿더미 속에서 이토록 참회하고 있는데도 말입니까? 다른 사람의 배신과 거짓 때문에 고통받는 저를 비난하신다면 그건 너무 가혹한 처사가 아닐까요? 저는 이미 충분히 벌을 받았습니다. 그런데 저에게 일말의 여지도 주지 않으시겠단 말입니까?"

"저를 희생시킨 대가로 부인과 화해하셨으니 거기서 당신은 충분한 여지를 찾으셨을 텐데요."

릴리가 다시 짜증스러운 목소리로 쏘아붙였다. 하지만 도싯은 그녀의 말을 가로막으며 애원했다.

"제발 그런 식으로 말씀하지 마십시오. 그거야말로 제가 받는 벌 중에 가장 끔찍한 벌입니다. 오, 하느님! 제가 뭘 할 수 있었겠습니까? 제게는 아무 힘도 없는데! 당신은 이미 희생자로 낙인찍혀 있었습니다. 제가 무슨 말을 하든 오히려 당신에게 불리한 증언이 되었을······."

"그러니 전 당신을 비난하지 않는다고 이미 말씀드렸잖아요. 제가 당신께 이해해 달라고 부탁드리는 건 단지 버사가 저를 골라서 그렇게 이용해 버리고 난 마당에, 또 그녀의 행동이 그런 암시를 풍기고 다니는 마당에 당신과 제가 만나는 것은 절대 불가능한 일이라는 겁니다."

도싯은 여전히 애처로운 표정으로 그녀 앞에 서 있었다.

"반드시······ 반드시 그래야 하는 겁니까? 다른 상황이 벌어질 수도······?"

도싯은 뭔가 하려던 말을 자제하더니, 길옆에 자란 풀들을 휙휙 내려쳤다. 잠시 후 다시 입을 열었다.

"바트 양, 잠시 제 말 좀 들어보십시오. 몇 분만 시간을 주시면 됩니다. 설사 우리가 두 번 다시 만나지 못한다 하더라도 지금은 제 말에 잠깐 귀를 기울여 주십시오. 당신은 앞으로 우리는 결코 친구가 될 수 없다고 말씀하셨습니다. 그런 일이 있었기 때문에 말이죠. 하지만 적어도 당신의 동정심을 호소할 수는 있지 않습니까? 만약 저 자신이 죄수처럼 보이지 않느냐고 당신에게 묻는다면, 그래도 당신의 마음이 움직이지 않을까요? 이 세상에서 오직 당신만이 자유롭게 해줄 수 있는 죄수라면?"

릴리는 순식간에 얼굴이 새빨개지면서 자신의 속마음을 드러내고 말았다. 그렇다면 캐리 피셔의 예감이 맞았단 말인가?

"제가 당신을 어떻게 도와드릴 수 있다는 건지, 전 통 모르겠군요."

릴리는 점점 흥분하는 도싯의 표정을 보고 살짝 뒤로 물러서며 중얼거렸다.

이 말을 듣자, 도싯은 여태껏 가장 격정적인 순간에도 흔히 그랬듯이 금방 이성을 되찾은 것 같았다. 단단한 결의에 가득 차 있던 그의 얼굴 표정이 확 풀리면서 갑자기 매우 고분고분한 어조로 대답했다.

"만약 당신이 예전처럼 저에게 너그러우시다면 당장 아실 텐데요. 아마도 하늘은 아실 겁니다. 지금 제게 그보다 더 간절한 것은 없다는 사실을 말입니다."

릴리는 잠시 걸음을 멈추었다. 그에게 미치는 자신의 영향력을 새삼 일깨워 주는 이 말에 자신도 모르게 마음이 움직였기 때문이다. 이 고통은 그녀의 화를 누그러뜨렸다. 갑작스럽게 그의 망가지고 부서진 삶을 엿보고 나자, 그의 나약함을 경멸하던 마음도 사라졌다.

"저도 당신이 너무 안타까워요. 어떻게든 도와드리고 싶어요. 하지만 당신은 다른 친구들을 찾아가셔야 해요. 다른 조언자들을 말이죠."

"제게는 당신 같은 친구가 한 명도 없었습니다."

도싯은 한마디로 딱 잘라 대답했다.

"모르시겠습니까? 당신이 유일한 사람입니다."

갑자기 그의 목소리가 한껏 낮아지더니 속삭였다.

"그걸 아는 유일한 사람이란 말입니다."

또다시 릴리의 안색이 변했다. 장차 다가올 일을 예감하고 그녀의 심장이 점점 더 빠르게 고동치기 시작했다.

도싯은 눈을 들어 릴리를 간청하듯이 쳐다보았다.

"당신은 아시지 않습니까? 이해하시지요? 전 너무나 절망적입니다. 전 지금 궁지에 빠져 있습니다. 전 자유로워지길 원하고 당신은 저를 자유롭게 해주실 수 있습니다. 전 당신이 할 수 있다는 걸 알고 있습니다. 설마 저를 이 지옥 속에 계속 묶어두실 생각은 아니시겠죠? 당신은 그런 복수를 할 사람이 못 됩니다. 당신은 언제나 친절하셨죠. 지금도 당신의 두 눈은 참으로 다정하군요. 당신도 제가 안됐다고 말하지 않았습니까? 그 사실을 밝히는 건 모두 당신에게 달렸습니다. 당신을 가로막을 수 있는 것은 아무것도 없다는 걸 하늘은 알고 있습니다. 물론 당신은 이해하실 겁니다. 공공연한 소문 같은 것은 결코 없을 거란 사실을 말이죠. 그 일과 당신을 연관시키는 단 한마디의 말도, 그 어떤 소리도 나오지 않을 것입니다. 그런 일은 결코 일어나지 않을 겁니다. 제게 필요한 것은 오직 분명하게 말할 수 있는 능력뿐입니다. '난 이걸 알고, 이걸 알고, 또 이것도 안다.'라고 말할 수 있는……. 그러면 어떤 싸움도 없이 모든 문제가 깨끗이 해결될 것이며, 이 모든 끔찍한 일이 순식간에 눈앞에서 사라져버릴 것입니다."

도싯은 마치 지칠 대로 지친 달리기 선수처럼 숨이 차서 간간이 말을 멈추었다. 그리고 마치 이따금 짙은 안개가 걷히듯 그 짧은 침묵 사이로, 릴리는 평화롭고 안전한 황금의 낙원이 드넓게 펼쳐지는 것을 언뜻언뜻 볼 수 있었다. 도싯의 모호한 호소 뒤에 분명한 의도가 숨겨져 있는 것은 분명했다. 굳이 피셔 부인의 암시를 빌리지 않더라도, 릴리는 그 말 사이의 여백을 충분히 채울 수 있었다. 여기 지독한 외로움과 굴욕감을 안고서 그녀를 찾아온 남자가 있다. 만약 이런 순간에 그녀가 그에게 다가간다면, 그 남자는 배신당한 믿음의 힘을 다 쏟아서 그녀의 소유가 될 것이다. 그리고 그녀의 손에는 그를 그렇게 만들 힘이 있었다. 도싯이 막연하게나마 짐작도 할 수 없을 만큼 완벽한 힘이. 그러면 단 한 방으로 복수와 사교계의 복귀를 동시에 이룰 수 있을 것이다. 이 기회가 너무 완벽해서 눈이 부실 지경이었다.

릴리는 말없이 서서 도싯에게서 시선을 돌렸다. 그리고 인적이 끊긴 가을날의 오솔길을 멀리 내려다보았다. 불현듯 커다란 두려움이 엄습했다. 자기 자신에 대한, 그리고 치명적인 힘을 지닌 유혹에 대한 두려움이. 지나간 과거의 모든 약점이 마치 그들 발이 이미 순조롭게 닦아놓은 그 길로 그녀를 끌어넣으려고 기를 쓰는 수많은 공범자처럼 느껴졌다. 릴리는 재빨리 고개를 돌리며 도싯에게 손을 내밀었다.

"그럼 안녕히 가세요. 죄송해요. 이 세상에 제가 해드릴 수 있는 게 아무것도 없군요."

"아무것도 없다고요? 아, 그런 말씀하지 마십시오."

도싯이 부르짖었다.

"그냥 솔직히 말씀하세요. 다른 사람들과 마찬가지로 당신도 저를 버리신다고. 저를 구원해 줄 수 있는 유일한 한 사람인 당신이 말입니다."

"안녕히 가세요. 안녕히……."

릴리는 서둘러 인사를 했다. 그리고 돌아서 걸어가는 그녀의 귓가에 마지막으로 간청하는 그의 목소리가 들려왔다.

"그래도 한 번쯤은 다시 만나 뵐 수 있겠지요?"

고머 씨의 소유지 안으로 다시 들어온 릴리는 아직 완성되지 않은 저택을 향하여 오솔길을 가로질러 급하게 발걸음을 옮겼다. 그곳에서는 아마 고머 부인이 어째서 릴리가 아직 돌아오지 않는지 의심하고 있을 것이다. 시간을 잘 지키지 않는 사람들이 대개 그렇듯이, 고머 부인도 기다리는 걸 몹시 싫어했다.

하지만 바트 양이 저택 앞의 큰길에 도착했을 때, 걸음걸이가 의젓한 한 쌍의 말이 끄는 멋진 사륜마차가 관목 뒤에서 정문을 향하여 사라져버렸다. 현관 계단 위에는 고머 부인이 발그레해진 얼굴에 희색이 만면한 채 서 있었다. 그리고 릴리를 보자, 왠지 당황스러운 듯 얼굴의 홍조가 더욱 짙어졌다. 부인은 겸연쩍게 살짝 웃으며 말했다.

"방금 손님이 왔다 간 거 봤어? 오, 난 또 당신이 큰길로 들어온 줄 알았지. 조지 도싯 부인이 왔다 갔는데. 그냥 이웃 간에 인사나 하려고 잠깐 들렀다고 하더군."

릴리는 평소와 다름없는 표정으로 이 이야기를 들었다. 하지만 버사의 특이한 성격을 잘 알고 있는 릴리는 설마 그녀에게 이웃 간의 정 같은 본능이 있을 거란 생각이 들지 않았다. 한편 고머 부인은 릴리가 전혀 놀라는 기색을 보이지 않자 약간 안심하는 것 같았다. 그리고 비웃는 듯한 웃음을 지으며 말을 이었다.

"물론 그 여자가 여기 온 진짜 이유는 호기심 때문이었겠지. 나더러 집안 구석구석을 보여 달라고 하더라니까. 하지만 그렇게 상냥한 사람은 처음 보겠던걸. 거만한 기색도 없고 그렇게 성품이 좋을 수가 없네. 어째서 다들 그 부인더러 대단히 매력적이라고 하는지 그 이유를 이제야 알 것 같아."

우연의 일치라고 보기에는 릴리가 도싯을 만났던 것과 너무나 완벽하게 시간이 맞아떨어지는 이 놀라운 사건은 즉각 불길한 예감으로 다가왔다. 이웃과 인사를 나누는 일은 전혀 버사답지 않은 행동이었다. 게다가 자신과 아주 가까운 몇몇 사람을 제외한 다른 누군가에게 먼저 접근한다는 것은 더욱더 있을 수 없는 일이었다. 버사는 언제나 상류층에 끼고 싶어 하는 외부인들을 시종일관 무시했다. 그렇지 않으면 단지 자신의 사적 이익과 관련된 특별한 동기가 있을 때만 겨우 누군가를 무리가 아닌 한 개인으로 인식해 주었다. 이런 변덕스럽기 짝이 없는 그녀의 태도 때문에, 오히려 그녀가 알은척을 해준 사람의 입장에서는 그 인정이 더욱더 소중하고 귀하게 여겨진다는 것을 릴리는 알고 있었다. 그리고 지금 고머 부인에게서 바로 그런 숨길 수 없는 만족감을 발견할 수 있었다. 그녀의 타고난 게으름과 주변 사람들의 태도 때문에 잠자고 있던 숨은 야심들이 버사의 접근이라는 빛을 받자, 일제히 싹을 틔우기 시작한 것이다. 버사의 의도가 무엇이든 간에 그런 접근이 계속 이어진다면, 분명히 그녀의 장래에 나쁜 영향을 미치게 될 것임을 릴리는 알고 있었다.

릴리는 이 새로운 친구들과 함께 지내는 기간을 줄이기 위해서 다른 아는 사람들의 집을 한두 번 방문하기도 했다. 하지만 다소 우울한 이 원정을 마치고 다시 돌아와 보면, 어김없이 도싯 부인의 영향력이 아직도 떠돌고 있음을 느낄 수 있었다. 또 다른 답례 방문과 컨트리클럽에서의 차 약속, 사냥꾼들이 여는 무도회에서의 만남이 계속 이어졌다. 심지어 저녁 만찬이 있을 거라는 소문까지 돌았는데, 매티 고머는 그것에 대해 이상하리만큼 신중해져서 바트 양이 대화에 끼어들 때마다 은근히 화제를 돌리려고 애썼다.

사실 릴리는 일요일에 친구들과 작별 파티를 한 후 도시로 돌아갈 계획을 이미 세워놓고 있었다. 거티 패리시의 도움을 받아서 겨울 동안 지낼 만한 작은 호텔 방을 구해 놓았기 때문이다. 이 호텔은 상류층 지역의 가장 변두리에 위치하고 있었는데, 불과 몇 평밖에 안 되는 방의 요금이 그녀의 형편에는 상당히 과한 수준이었다. 하지만 릴리는 특히 지금이야말로 절대 가난한 티를 내지 않는 일이 무엇보다 중요하다는 이유를 내세워 하류층 지역에 대한 자신의 혐오감을 정당화했다. 하지만 실제로는 그녀에게 단 한 주일 치의 방세라도 지불할 수 있는 돈이 남아 있는 한 거티 패리시와 같은 생활수준으로 추락하는 것은 릴리에게 불가능한 일이었다. 릴리는 지금처럼 파산 직전까지 이른 적은 단 한 번도 없었다. 그렇지만 적어도 일주일 치호텔 방세는 어떻게든 낼 수 있었고, 예전에 진 빚 중에 트레너에게서 받은 돈을 제외한 큰 빚은 대충 가릴 수 있었기에 아직은 겨우겨우 신용을 유지할 수 있었다. 물론 상황은 그녀의 마음이 완전히 진정되어 더 이상 어려움을 의식하지 못할 정도로 그리 호의적이지 않았다. 붉은 벽돌담과 비상구만이 내다보이는 꽉 막힌 전망을 지닌 그녀의 방과, 천장까지 잡동사니가 잔뜩 쌓여 있고 커피 냄새가 떠도는 컴컴한 식당에서 혼자 먹는 쓸쓸한 식사 등 아직 조만간 빼앗기게 될 많은 특권을 포함하지 않은, 이 모든 물질적인 불편이 끊임없이 그녀가 처한 비참한 상태를 일깨워 주었기 때문이다. 그때마다 그녀의 마음은 즉시 피셔 부인의 충고 쪽으로 쏠렸다. 비록 그 문제를 에둘러 말하기는 했지만 그 충고의 결론은 그녀더러 로즈데일과 결혼하려고 애써 보라는 것이 분명했다. 그리고 이런 확신은 조지 도싯의 예기치 못한 방문으로 더욱 굳어졌다.

그녀는 도시로 돌아오고 나서 첫째 일요일에 도싯을 만났는데, 그가 어찌나 그녀의 비좁은 응접실 안을 서성이며 돌아다니던지 사방에 깔린 싸구려 천을 가려보려고 릴리가 달아놓은 자질구레한 장식품들이 당장이라도 떨어질 지경이었다. 하지만 그녀를 보자, 비로소 그의 마음이 진정되는 것 같았다. 도싯은 온순한 목소리로 그녀를 귀찮게 하려고 찾아온 건 아니라고 변명했다. 단지 삼십 분 정도 함께 앉아서 그녀가 원하는 어떤 주제로든 이야기를 나누게 해달라고 부탁하고 싶을 뿐이라는 것이었다. 하지만 실제로 그가 원하는 주제는 단 한 가지라는 걸 릴리도 알고 있었다. 자기 자신과 자신의 비참한 삶에 관해서였다. 그리고 그가 다시 돌아온 것은 단지 그녀의 연민이 필요했기 때문이다. 하지만 우선은 그녀의 근황에 대해 물어보는 척하며 대화를 시작했다. 그리고 릴리가 솔직히 자신이 상황을 이야기했을 때, 난생처음으로 그의 자기중심적인 단단한 벽이 갈라지면서 그녀의 고통이 어렴풋하게나마 전달되는 듯했다. 그 늙은 괴물 같은 고모가 정말로 그녀를 쫓아냈다니 과연 그게 말이 되는 소리란 말인가? 바트 양 같은 아가씨가 달리 갈 곳이 없어서 이런 곳에서 혼자 산다는 것이, 또 그 보잘것없는 유산이 지불될 때까지 그녀의 수중에 먹고살 만한 돈도 없다는 것이 정말로 있을 수 있는 일이란 말인가? 원래 도싯은 남에게 연민을 느낄 수 있는 감각기관이 거의 쇠퇴해 버렸다. 하지만 지금은 도싯 자신의 고통이 너무나 지독했기 때문에 다른 사람들의 고통이 어떤 것인지 막연하게나마 짐작할 수 있었다. 또한 거의 동시에 그녀의 이런 불행이 그에게 어떤 식으로 유리하게 작용할 수 있는지 얼핏 깨닫는 듯했다.

마침내 릴리가 저녁 식사를 위해 옷을 갈아입어야 한다는 구실로 간신히 그를 물리쳤을 때, 도싯은 뭔가 부탁이 있는 사람처럼 한동안 문가에서 머뭇거리다가 불쑥 소리쳤다.

"정말이지 제게 너무나 크나큰 위안이 되었습니다. 제발 다시 저를 만나겠다고 말씀해 주십시오."

하지만 이런 직설적인 호소에 동의하기는 불가능했다. 릴리는 상냥하지만 단호한 어조로 딱 잘라 말했다.

"죄송해요. 하지만 제가 어째서 그럴 수 없는지 당신도 잘 아시잖아요."

이 말에 도싯은 눈까지 새빨개졌다. 그는 닫힌 문을 다시 밀고 들어오더니 당황스러워하면서도 고집 센 태도로 그녀 앞에 우뚝 섰다.

"난 당신이 어떻게 할지 알고 있습니다. 만약 당신이 원하신다면…… 사정이 지금과 다르다면 말이죠. 그걸 그렇게 만드는 일 역시 모두 당신에게 달렸습니다. 그저 딱 한마디만 하십시오. 그럼 당신은 나를 이 불행에서 구해 주실 수 있습니다!"

두 사람의 시선이 마주쳤다. 순간 릴리는 다시 가까이 다가온 유혹을 느끼고 파르르 몸을 떨었다.

"당신이 잘못 아신 거예요. 전 아무것도 모릅니다. 아무것도 못 봤어요."

릴리는 이 말을 되풀이함으로써 자신과 그의 위험 사이에 장벽을 세우려고 애썼다. 마침내 도싯이 탄식하며 돌아섰다.

"당신은 우리 둘 다 희생시킨 겁니다."

하지만 릴리는 마치 주문이라도 외우듯이 똑같은 말만 계속해서 중얼거렸다.

"전 아무것도 몰라요. 정말 아무것도 몰라요."

피셔 부인과 선견지명으로 가득 찬 대화를 나눈 이후로, 릴리는 로즈데일을 좀처럼 보지 못했다. 단지 두세 번만 만날 수 있었는데, 그때마다 릴리는 그에 대한 호감이 눈에 띄게 커지는 것을 느낄 수 있었다. 그가 여전히 그녀를 좋아한다는 사실은 의심의 여지가 없었다. 하지만 과연 로즈데일이 타산적인 계산을 버리고 주저하는 마음을 극복할 수 있을 정도로 그의 열정을 키울 수 있을 것이냐 하는 문제는 전적으로 그녀 자신의 재량에 달려 있다고 믿었다. 물론 그렇게 만드는 것이 쉬운 일은 아니었다. 하지만 잠도 오지 않는 기나긴 밤 동안 조지 도싯이 기꺼이 내놓으려고 하는 제안에 대해서 갈등하며 몸을 뒤척이는 것도 쉬운 일은 아니었다. 자신이 생각하기에는 비열함에 비열함으로 맞서기보다 차라리 다른 방법을 선택하는 편이 훨씬 덜 혐오스러울 것 같았다. 심지어 로즈데일과 결혼하는 길만이 이 모든 어려움을 해결할 수 있는 단 하나의 명예로운 방법처럼 여겨지는 순간도 있었다. 하지만 일단 결혼을 약속하고 난 이후의 상황에 대해서는 더 이상 상상하지 않으려고 했다. 그 이후로는 그저 모든 것이 물질적 풍요라는 희미한 안개 속으로 사라져버렸고, 고맙게도 이 은혜를 베푼 사람의 성품까지 그 안개 속에 흐릿하게 남아 있었다. 오랜 불면의 밤을 겪어 온 결과, 세상에는 자꾸 생각해 봐야 좋을 게 하나 없는 일들도 있다는 사실을 릴리는 깨달았다. 한밤중에 불현듯 떠오르는 상상들 중에는 기필코 떨쳐 버려야 할 것도 있었는데, 로즈데일의 아내가 된 자신의 모습 또한 그중 하나였다.

그 자신도 솔직히 인정하듯이, 캐리 피셔는 브리 부부의 뉴포트에서의 성공 덕분에 가을 몇 달 동안 턱시도에 있는 작은 집을 차지할 수 있었다. 도싯의 방문 이후 첫째 일요일에 릴리는 그곳으로 가게 되었다. 마침내 그녀가 도착했을 때는 거의 저녁 식사 시간이 다 될 무렵이었지만, 안주인은 아직도 외출하고 없었다. 그 작고 고요한 집의 따뜻한 정적은 평화롭고 친근한 느낌으로 릴리의 영혼을 감쌌다. 여태껏 단 한 번이라도 캐리 피셔의 주변에서 이런 분위기가 느껴진 적이 있었는지 의

아스러울 정도였다. 하지만 릴리가 최근까지 살았던 그 세계와는 대조적으로 가구들의 배치에서나 위층에 준비한 방으로 그녀를 인도하는 하녀의 차분한 말투에서조차 안정감과 평온함이 배어 나왔다. 결국 피셔 부인의 인습에 얽매이지 않는 자유분방함은 단지 전통적인 사회적 규범의 피상적 일탈에 불과했던 것이다. 반면 고머 부부 패거리들의 행동은 그러한 규범 자체를 스스로 만들어내려는 첫 번째 시도의 표현이었다.

릴리가 유럽에서 돌아온 이후로, 그녀의 기분에 딱 맞는 쾌적한 곳에 들어온 것은 이번이 처음이었다. 어찌나 주변 분위기가 친숙하게 느껴지던지 저녁 식사를 위해 다시 아래층으로 내려가던 릴리는 당장이라도 옛 친구들을 다시 만나게 될 것 같은 착각에 빠졌다. 하지만 지금까지 우정을 지키는 친구들이라면 애당초 이런 만남을 하도록 내버려 두지 않았을 거라는 생각이 들자, 그런 기대감은 곧 사라졌다. 그리고 친구들 대신 로즈데일 씨를 발견했을 때도 별로 놀라지 않았다. 그는 피셔 부인의 어린 딸을 앞에 앉혀 놓고 거실의 벽난로 가에 다정한 아버지처럼 무릎을 꿇고 앉아 있었다.

아버지 역할을 하고 있는 로즈데일의 모습이 릴리에게 감동을 주거나 하지는 않았다. 하지만 아이에게 친근하게 다가가는 그에게서 가정적인 선량한 성품을 느끼지 않을 수 없었다. 적어도 그것은 집주인의 눈앞에서만 의도적으로 싹싹하게 구는 손님의 위선적인 행동은 아니었다. 그 방에는 로즈데일과 어린 소녀밖에 없었기 때문이다. 게다가 자신에게 깍듯이 경의를 표하는 상대방을 겨우 참고 받아주는 쌀쌀맞은 어린 소녀에 비해 그는 훨씬 솔직하고 다정해 보였다. 그렇다. 그는 친절한 사람인 것이다. 릴리는 문가에 서서 이런 생각을 했다. 마치 야수가 자기 짝을 대하듯 거칠고 뻔뻔스럽고 탐욕스러운 방식의 친절이기는 하지만. 그렇지만 불 가에 있는 그의 이런 모습을 살짝 엿본 것이 과연 그녀의 혐오감을 누그러뜨릴지, 아니면 오히려 더 구체적이고 직접적인 형태로 발전시킬지 제대로 생각할 수 있는 틈도 거의 없었다. 로즈데일이 그녀를 발견하고 즉시 자리에서 일어났기 때문이다. 그리고 다시 거만하고 번질번질한 얼굴을 하고서 매티 고머의 거실에 서 있던 본래의 로즈데일로 돌아갔다.

유일하게 초대된 또 다른 손님이 로즈데일이란 사실을 알고도 릴리는 별로 놀라지 않았다. 지난번에 그녀의 장래에 대해서 넌지시 의견을 주고받은 이후 피셔 부인과 릴리는 한 번도 조용히 만나지 못했다. 하지만 적대적인 세력으로 가득 찬 세계에서 안전하고 즐거운 길을 개척해 나가는 피셔 부인의 민첩함은 종종 그녀의 친구들을 위해서도 발휘되곤 했다. 실제로 캐리가 돈을 얻어내는 곳은 부자들의 세계였지만, 진심으로 공감하는 곳은 그 반대편 세계, 즉 불운하고 인기 없고 실패한 사람들, 성공을 빼앗긴 모든 굶주린 노동자 동지들의 세계였던 것이다.

한편 노련한 피셔 부인은 첫날 저녁부터 릴리가 아무런 완충 장치도 없이 곧장 로즈데일의 본성을 경험하게 하는 그런 실수를 저지르지 않았다. 그러므로 케이트 코비와 두세 명의 다른 손님이 저녁 식사를 함께하기 위해 잠깐 들렀다. 친구의 섬세한 배려를 속속들이 잘 알고 있는 릴리는 자신이 그 기회를 효과적으로 사용할 용기를 갖게 될 때까지 피셔 부인이 일부러 이런 기회를 뒤로 미루어왔다는 걸 알아차렸다. 그녀는 의사의 손길에 몸을 맡긴 환자처럼 체념하는 마음으로 순순히 이 계획을 따랐다. 이렇게 무기력하고 수동적인 기분은 손님들이 떠나고 피셔 부인이 그녀를 따라 위층으로 올라올 때까지 계속 이어졌다.

"잠깐 들어가서 불이나 쬐며 담배 한 대 피워도 될까? 내 방에서 이야기를 나누면 아기를 깨우게 될지도 몰라서 말이야."

피셔 부인이 걱정스러운 안주인의 눈빛으로 릴리를 살펴보며 물었다.

"여기서 부디 편안하게 지냈으면 좋겠는데, 어때? 아담하고 예쁜 집이지? 아이와 함께 조용히 몇 주를 보낼 수 있어서 어찌나 다행스러운지 몰라."

어쩌다 드물게 여유 있는 처지가 될 때면, 캐리는 어찌나 모성애가 철철 넘치고 다정다감한 사람이 되는지 바트 양은 가끔 만약 캐리에게 돈과 시간만 충분히 있었다면 아마도 그런 애정을 자신의 딸을 위해서만 모두 쏟지는 않았을 거라는 생각이 들곤 했다.

"하지만 이 정도 휴식은 나에게 당연한 거야. 나 자신에게도 그렇게 말하고 있어."

피셔 부인은 만족스러운 한숨을 내쉬며 벽난로 옆에 있는 푹신한 긴 의자 위에 털썩 주저앉았다.

"루이자 브리는 아주 혹독한 주인이거든. 종종 고머 씨 부부에게 돌아갈 수 있다면 얼마나 좋을까 후회하곤 했다니까. 흔히 사랑을 하면 의심과 질투심이 많아진다고들 하는데, 사회적 야심에 비하면 그건 아무것도 아니라니까! 루이자는 밤마다 잠자리에 누워서 이번에 우리를 방문한 그 여자들이 과연 내가 자기와 함께 있기 때문에 나를 방문한 것일까, 아니면 자기가 나와 함께 있기 때문에 자기를 방문한 것일까 따져보곤 했다니까! 그러고는 항상 내가 어떻게 생각하는지 알아내려고 온갖 술수를 다 부렸어. 나는 어쩔 수 없이 내 오랜 친구들과의 관계를 부인해야 했지. 루이자가 내 덕에 단 한 명의 인맥이라도 만들 수 있는 기회를 가질 수 있었던 걸까 의심하지 않도록 말이야. 어쨌든 그 때문에 루이자가 나를 그곳으로 데려갔던 것이고, 결국 시즌이 끝났을 때 내게 상당한 금액의 수표를 써주었지!"

피셔 부인은 아무 이유 없이 자기 이야기를 길게 늘어놓는 여자가 아니었다. 게다가 이렇게 솔직하고 직설적인 화법은 이따금 우회적인 화법에 의존할 기회를 아예 배제해 버리기는커녕 오히려 마술사가 소매 속에 감춘 것을 바꿔치기하는 동안 관객의 주의를 돌리기 위해 늘어놓는 수다와 같은 역할을 했다. 피셔 부인은 뽀얀 담배 연기 너머로 바트 양을 계속해서 골똘히 응시하고 있었다. 한편 바트 양은 하녀를 물러가게 한 후 화장대 앞에 앉아서 어깨 너머로 머리카락을 풀어 헤치고 있었다.

"릴리, 네 머리카락은 어쩜 그렇게 아름다울까? 점점 가늘어지고 있다고? 그게 무슨 상관이야. 이렇게 반짝반짝 윤이 나고 탄력이 있는데? 얼마나 많은 여자들이 무슨 근심만 했다 하면 그 영향이 모두 곧장 머리카락으로 가는지 몰라. 하지만 네 머리카락은 정말이지 근심이라고는 생전 구경도 못 해본 사람 같구나. 나는 오늘 저녁만큼 아름다운 네 모습을 본 적이 없는 것 같아. 매티 고머가 그러는데, 모페스가 너를 그리고 싶어 한다면서? 그런데 왜 그러라고 하지 않는 거야?"

이 질문에 대한 바트 양의 즉각적인 반응은 거울에 비친 자기 얼굴을 비판적인 시선으로 이리저리 살펴보는 것이었다. 그러더니 약간 짜증스러운 어조로 말했다.

"난 폴 모페스에게서 초상화를 받고 싶지 않아요."

피셔 부인이 뭔가 생각하는 표정을 지었다.

"싫단 말이지……. 그래, 특히 지금은 그렇겠지. 일단 결혼하고 나서, 그림은 그때 가서 그리라고 해도 되지."

피셔 부인은 잠시 뜸을 들였다.

"그건 그렇고, 일전에 매티가 나를 찾아왔어. 지난 일요일에 여기 불쑥 나타났지 뭐야. 그것도 하고많은 세상 사람 중에 하필이면 버사 도싯을 데리고 말이야!"

피셔 부인은 다시 말을 멈추고, 이 선언이 상대방에게 미친 영향을 살펴보았다. 하지만 바트 양이 높이 들어 올린 손에 쥐고 있는 머리빗은 조금도 흔들림 없이 이마에서 목덜미까지 단숨에 머리카락을 빗어 내려갔다.

"머리털 나고 그렇게 놀라긴 처음이었어."

피셔 부인이 말을 이었다.

"그 두 여자가 언젠가 친해질 거라고는 짐작도 못했거든. 그러니까 버사의 기준에서 보았을 때 말이지. 물론 불쌍한 매티야 자신이 선택된 것이 지극히 당연한 일이라고 생각하겠지만. 난 그 토끼가 항상 아나콘다를 꽤나 매력적으로 생각한다는 걸 알고 있었어. 너도 알다시피 내가 항상 말했잖아. 매티는 내심 진짜 사교계 인물들과 어울리고 싶어서 안달이라고 말이야. 이제 드디어 그 기회가 왔으니, 그 여자는 그걸 위해서 자기 옛 친구들을 모두 희생시키고도 남을 거야."

릴리는 머리빗을 한쪽 옆으로 내려놓고 돌아서서 친구의 두 눈을 뚫어질 듯 쳐다보았다.

"나를 포함해서 말인가요?"

릴리가 물었다.

"아, 릴리."

피셔 부인이 자리에서 일어나더니 벽난로 안에 통나무 하나를 끌어냈다.

"그게 바로 버사의 의도로군요, 그렇죠?"

바트 양이 침착하게 물었다.

"물론 그 여자야 항상 어떤 의도를 갖고 있지. 사실 롱아일랜드를 떠나기 전에, 난 그 여자가 매티에게 덫을 놓기 시작했다는 걸 알았어."

피셔 부인이 짐짓 한숨을 내쉬었다.

"어쨌든 지금은 버사가 그 여자를 꽉 쥐고 있어. 매티가 그토록 요란하게 떠들어대던 독자성은 단지 좀 더 교활한 형태의 속물주의였을 뿐이야! 버사는 이미 자기가 원하는 대로 브리 부인이 어떤 말이든 믿도록 할 수 있게 되었어. 아, 가엾은 릴리, 난 버사가 너에 관해 무슨 끔찍한 생각을 심어주고 있을지 걱정스러워."

늘어뜨린 머리카락 뒤로 감추어진 릴리의 얼굴이 빨갛게 달아올랐다.

"세상은 너무 사악해요."

릴리는 피셔 부인의 걱정스러운 눈길을 피하며 중얼거렸다.

"세상은 결코 아름다운 곳이 아니에요. 이 세상에 어떻게든 발을 딛고 서 있으려면, 세상의 방식대로 싸우는 수밖에 없어요. 게다가 혼자서는 안 돼요!"

피셔 부인은 릴리가 흘리는 말뜻을 단박에 알아챘다.

"네가 나에게 좀처럼 얘기해 주려고 하지 않으니, 나로서는 그저 무슨 일이 있었는지 짐작만 할 수 있을 뿐이야. 하지만 우리 모두 이렇게 바쁜 세상에 살고 있는데 아무 이유 없이 누군가를 미워하지는 않는 법이지. 만약 버사가 아직도 다른 사람들을 동원해서 너를 괴롭히고 싶어 한다면, 그건 틀림없이 그 여자가 아직도 너를 두려워하기 때문이야. 내 생각은 그래. 만약 네가 그 여자를 혼내 주고 싶다면, 네 손에 든 그 수단을 사용하도록 해. 너는 내일 당장이라도 조지 도싯과 결혼할 수 있을 거야. 하지만 굳이 그런 식으로 보복할 마음이 없다면, 네가 버사의 손에서 벗어나는 유일한 길은 누군가 다른 사람과 결혼하는 것뿐이야."

7

현재 상황에 대한 피셔 부인의 분석은 마치 한겨울의 새벽 햇살처럼 차갑고 명료했다. 그 빛은 그림자나 색깔 따위로 왜곡되는 부분 하나 없이 냉혹하고 정확하게 사실들을 드러냈다. 그리고 주변을 완전히 가로막고 있는 텅 빈 담에 부딪혀 반사되었다. 결국 릴리는 모든 창문을 활짝 열어젖혔지만 그곳은 손바닥만 한 하늘도 보이지 않는 곳이었던 셈이다. 세속적인 필요에 굴복해 버린 이상주의자는 자신이 도저히 굴복할 수 없는 추론을 이끌어내려면 세속적인 사고를 빌려야 하는 법이다. 릴리의 경우에도 스스로 솔직히 인정하기보다는 차라리 피셔 부인으로 하여금 자신의 상황을 정리하도록 내버려 두는 편이 훨씬 더 쉬웠다. 하지만 일단 현실에 직면하고 나자, 릴리는 그 결과들을 끝까지 감수했다. 그리고 다음 날 오후 그녀가 로즈데일과 함께 산책을 나갔던 그때만큼 현실이 더 분명하게 다가온 적은 한 번도 없었다.

이따금 여름 햇살이 느껴지기도 하는 11월의 조용한 어느 날이었다. 주변 풍경들과 그것을 흠뻑 적시고 있는 황금빛 아지랑이는 셀던과 함께 벨로몬트의 언덕을 오르던 그 9월의 오후를 떠올리게 했다. 좀처럼 잊히지 않는 그때의 기억은 그녀가 지금 처한 상황과 묘한 대조를 이루었다. 왜냐하면 셀던과 함께 했던 그날의 산책은 바로 오늘 산책이 도달하고자 하는 그런 결정적 순간으로부터 충동적으로 도망치는 행위였기 때문이다. 하지만 또 다른 기억도 계속 그녀를 쫓아다니고 있었다. 능숙한 솜씨로 교묘하게 상황을 유도했으나 어떤 운명의 장난 때문에 혹은 그녀 자신의 불확실한 목적의식 때문에 번번이 애초에 의도한 결과를 얻어내는 데는 실패하고 말았던, 유사한 경우들에 대한 기억이었다. 하지만 이제 그녀의 의지는 충분히 확고했다. 릴리는 자신의 명예를 회복하기 위한 그 고된 작업을 반드시 다시 시작해야 한다는 사실을 잘 알고 있었다. 만약 버사 도싯이 그녀와 고머 부부의 친분을 깨뜨리는 데 성공한다면, 닥쳐올 훨씬 더 커다란 불평등에 맞서야 했다. 안전하고 안락한 피난처에 대한 그녀의 갈망은 버사를 누르고 싶다는 거센 욕망이 더해져 더욱 커졌다. 오직 부와 위세만이 버사를 이길 수 있었다. 로즈데일의 아내로서, 그녀는 최소한 적이 함부로 공격할 수 없는 풍채를 갖추게 될 것이다. 릴리는 로즈데일 가문을 일궈낼 힘이 자신에게 있다고 느꼈다.

로즈데일이 지금 노골적으로 의도하고 있는 장면에서 도망치지 않고 자신의 역할을 다하기 위해서는 마치 강력한 흥분제에 의존하듯 이런 생각을 계속 붙들고 있어야 했다. 그와 나란히 걸어가는 동안에도, 릴리는 너무 허물없이 자신을 대하는 그의 표정이나 말투에 순간순간 모든 신경이 오그라드는 느낌이었다. 하지만 이 한순간의 인내야말로 그를 완전히 사로잡기 위해서 반드시 치러야 하는 대가라고 끊임없이 자신을 타일렀다. 그리고 순순한 태도를 저항으로 바꿔야 하는 정확한 때가 언제일까 열심히 궁리했다. 그런데 자기 확신에 가득 찬 로즈데일에게는 이런 은근한 암시가 전혀 통하지 않는 것 같았다. 겉으로 보이는 다정하고 따뜻한 태도와는 달리, 그의 마음속에는 단단하고 옹골진 뭔가가 들어 있는 게 느껴졌다.

두 사람은 호수 위쪽에 있는 바위 골짜기의 호젓한 장소에 한동안 앉아 있었다. 그때 갑자기 릴리가 심각하고 사랑스러운 눈길을 로즈데일에게 돌리더니, 이 감동적인 시간의 절정을 향해서 곧장 뛰어들었다.

"전 당신이 하신 말씀을 믿어요, 로즈데일 씨."

그녀가 조용히 말했다.

"그리고 당신이 원하시면 언제든지 당신과 결혼할 준비가 되어 있어요."

순간 번들거리는 머리카락의 뿌리 끝까지 시뻘게진 로즈데일은 이 선언에 움찔하며 자리에서 일어났다. 그리고 거의 우스꽝스러울 정도로 불편한 기색을 드러내며 그녀의 앞에 서 있었다.

"저는 그게 당신이 원하시는 일인 줄 알았는데요."

릴리는 변함없이 조용한 어조로 말을 이었다.

"비록 지난번 당신이 제게 이런 말씀을 하셨을 때는 제가 동의해 드리지 못했지만, 이제는 당신에 대해서 더 잘 알게 되었고, 당신의 손에 기꺼이 제 행복을 믿고 맡길 마음의 준비가 되었답니다."

릴리는 이런 상황에서 자신이 할 수 있는 한 가장 고상하고 솔직한 태도로 말했다. 그것은 마치 캄캄하고 혼란스러운 상황에 한 줄기 강한 빛이 쏟아져 내린 것과 같았다. 로즈데일은 괴롭게도 모든 도망칠 구멍이 백일하에 드러났다는 사실을 의식한 듯 이 불편한 광명 속에서 잠시 동요하는 것처럼 보였다.

잠시 후 로즈데일은 짧게 한 번 웃더니 금으로 만든 담뱃갑을 꺼냈다. 그리고 보석 반지를 낀 굵은 손가락으로 필터 끝에 금박을 입힌 담배를 더듬었다. 마침내 하나를 골라 든 그는 잠시 그 담배를 골똘히 바라보다가 천천히 입을 열었다.

"친애하는 릴리 양, 우리 사이에 약간의 오해가 있었다면 정말 죄송합니다. 하지만 일전에 당신이 제 청혼을 너무나 단호하게 거절하시는 바람에 저는 또다시 그 이야기를 꺼낼 생각이 전혀 없었습니다."

이 퉁명스러운 거절에 릴리는 피가 거꾸로 치솟는 것 같았다. 하지만 처음에 느낀 분노를 애써 가라앉히고 부드럽고 위엄 있는 어조로 말했다.

"만약 당신에게 제 결정이 그토록 확고부동하다는 인상을 심어드렸다면, 그 잘못은 당연히 저에게 있는 것이겠지요."

로즈데일은 언제나 릴리의 말장난을 도통 알아들을 수 없었다. 이번에도 그는 어리둥절해서 아무 대답도 못하고 있었다. 이때를 놓치지 않고 릴리는 손을 앞으로 내밀며 다시 한마디 덧붙였다. 그녀의 목소리에서는 애잔한 슬픔이 살짝 배어났다.

"그럼 이제 우리 두 사람이 작별 인사를 나누기 전에, 적어도 한때 당신이 저를 그토록 생각해 주신 것에 깊은 감사를 드리고 싶어요."

그녀의 부드러운 손길과 사람의 마음을 움직이는 사랑스러운 표정은 로즈데일의 가장 예민한 부분을 건드렸다. 그가 릴리를 쉽게 포기하지 못하는 이유 중 하나는 바로 이렇게 무시하거나 경멸하는 기색을 전혀 드러내지 않으면서도 결코 접근할 수 없을 것 같은 미묘한 거리감을 유지하기 때문이었다.

"어째서 당신은 작별 인사를 하시는 건가요? 우리는 앞으로도 변함없이 좋은 친구 사이가 될 수 없단 말인가요?"

로즈데일이 그녀의 손을 놓지 않고 붙잡은 채 애원하듯 말했다.

릴리는 조용히 손을 빼며 물러섰다.

"당신이 생각하시는 좋은 친구란 어떤 것인가요?"

릴리는 희미하게 미소를 지으며 물었다.

"저에게 정작 청혼은 하지 않으시면서 언제나 저를 사랑하기만 하는 건가요?"

로즈데일이 비로소 안심한 듯 껄껄 웃었다.

"글쎄요, 실상을 말하자면 그렇습니다. 전 도저히 당신을 사랑하지 않을 수가 없습니다. 아니, 어떤 남자라도 그럴 수는 없을 겁니다. 하지만 저는 제 능력이 닿는 한 끝까지 당신에게 청혼하는 일만은 피할 작정입니다."

릴리는 여전히 미소를 잃지 않았다.

"전 당신의 솔직함이 좋아요. 하지만 그런 상황에서 우리의 우정이 어떻게 지속될 수 있을지, 전 지극히 의심스럽군요."

이렇게 말하고 릴리는 사뿐히 돌아섰다. 사실상 마지막 결론에 도달했다고 암시하는 듯한 태도였다. 로즈데일은 언제나 결국에는 게임의 주도권을 자기 손에 쥐는 릴리에게 당혹감을 느끼며 조심스럽게 그 뒤를 따라갔다.

"릴리 양……."

로즈데일이 충동적으로 입을 열었다. 하지만 릴리는 못 들은

척 계속 걸어갔다.

 로즈데일은 재빨리 성큼성큼 걸음을 옮겨서 그녀를 따라잡았다. 그리고 간청하듯이 그녀의 팔 위에 손을 올려놓았다.

 "릴리 양, 그렇게 서둘러 떠나지는 마십시오. 당신은 정말이지 너무 매정하시군요. 만약 당신이 솔직히 말하는 걸 좋아하신다면, 어째서 저에게는 똑같은 행동을 허락해 주지 않으시는지 알 수 없군요."

 릴리는 눈썹을 치켜뜨며 걸음을 멈춰 섰다. 그리고 본능적으로 그의 손길을 피해서 몸을 뒤로 빼기는 했지만 그의 말을 회피하려는 시도는 하지 않았다.

 "글쎄요, 당신은 제 허락을 굳이 기다리지 않고 항상 그렇게 해오셨던 것 같은데요."

 "그렇다면 제가 그렇게 행동한 이유를 어째서 들어보려고 하지 않으십니까? 우리 두 사람 모두 조금 솔직한 대화를 나눈다고 해서 상처받을 만큼 그렇게 풋내기들은 아니지 않습니까? 전 당신에게 완전히 빠져 있습니다. 그건 전혀 새로운 사실이 아니지요. 저는 작년 이맘때보다도 당신을 더 사랑합니다. 그렇지만 상황이 변해 버렸다는 사실을 알게 되었지요."

 릴리는 여전히 냉소적인 태도로 그를 계속 마주 보고 서 있었다.

 "한때 당신이 생각했던 것만큼 제가 그렇게 바람직한 짝은 아니라는 뜻인가요?"

 "그렇습니다. 제 말은 바로 그 뜻입니다."

 로즈데일이 단호하게 대답했다.

 "전 무슨 일이 일어났는지 알고 싶지도 않습니다. 당신에 관해 떠도는 이야기들을 믿지도 않습니다. 아니, 믿고 싶지 않습니다. 하지만 분명히 소문은 떠돌고 있고, 제가 그걸 믿든 안 믿든 상황은 전혀 달라지지 않습니다."

릴리는 관자놀이까지 피가 솟구쳤다. 하지만 그녀의 지극히 절박한 처지는 날카로운 대꾸가 입안에서만 맴돌 뿐 밖으로 튀어나오지 못하게 막았다. 릴리는 계속해서 태연한 얼굴로 그를 바라보았다.

"만약 그 소문이 사실이 아니라면, 그런다고 상황이 달라질까요?"

로즈데일은 마치 재고 조사를 하듯이 그 작은 눈으로 날카롭게 그녀를 응시했다. 릴리는 자신이 무슨 값비싼 상품이라도 된 느낌이었다.

"소설 속에서라면 아마 그럴 거라고 생각합니다. 그러나 실제 인생에서는 결코 그런 일이 없을 거라고 확신합니다. 그건 당신도 저만큼이나 잘 알고 있을 것입니다. 기왕 우리가 진실을 말하기로 한 바에야 아예 탁 터놓고 이야기하도록 합시다. 작년에 제가 당신과 결혼하고 싶어서 미쳐 날뛸 때, 당신은 저를 거들떠보려고도 하지 않았죠. 그런데 올해가 되자, 글쎄요, 당신은 기꺼이 그럴 의사가 있는 것처럼 보이는군요. 그 사이에 무엇이 달라졌을까요? 바로 당신의 상황, 단지 그것뿐입니다. 그때 당신은 자신이 더 잘할 수 있다고 생각하셨죠. 하지만 지금은……."

"지금은 당신이 잘할 수 있다고 생각하시나요?"

릴리가 빈정대듯이 한마디 던졌다.

"네, 그렇습니다. 한 가지 방법에서는 말이죠."

로즈데일은 호주머니 속에 손을 찔러 넣은 채 그녀 앞에 서서 말을 이었다. 번쩍거리는 조끼 밑으로 그의 가슴이 당당하게 쫙 펴졌다.

"이게 바로 그 방법이죠. 지난 몇 년 동안 저는 저의 사회적 지위를 높이기 위해서 꾸준히, 꽤 힘들게 노력해 왔습니다. 제 입으로 이런 말을 하다니 너무 우습다고 생각하십니까? 자기 입으로 사교계에 들어가고 싶어 한다는 말을 하는 게 저는 아무렇지도 않습니다. 경주용 말을 갖고 싶다든가, 화랑을 갖고 싶어 한다는 말을 하는 걸 부끄러워하는 사람이 어디 있습니까? 글쎄요, 사교계에 대한 취향 역시 제가 보기에는 또 다른 취미 생활에 불과합니다. 어쩌면 전 단지 작년에 저를 외면하던 사람들과 어깨를 나란히 겨누고 싶은 것인지도 모릅니다. 이편이 더 그럴듯하게 들린다면, 그렇게 표현하도록 하죠. 어쨌든 전 손꼽히는 가문들의 저택을 자유롭게 드나들고 싶습니다. 그리고 조금씩 조금씩 그 목표를 이루고 있지요. 하지만 제대로 된 사람들이 인생을 망치는 가장 빠른 길이 바로 잘못된 사람들과 어울리는 모습을 보이는 것이라는 사실을 전 잘 알고 있습니다. 그것이 바로 제가 실수를 피하고 싶어 하는 이유이기도 하고요."

바트 양은 여전히 말없이 그를 똑바로 마주 보고 서 있었다. 그녀의 침묵은 비웃음일 수도 혹은 그의 솔직함에 대한 마지못한 존경의 표시일 수도 있었다. 잠시 침묵이 흐른 후 로즈데일이 다시 말을 이었다.

"그렇게 된 것입니다. 전 그 어느 때보다도 당신을 사랑합니다. 하지만 지금 제가 당신과 결혼한다면 모든 걸 완전히 망쳐 버리고 말 것입니다. 지난 몇 년 동안 제가 힘들게 쌓아온 모든 것이 한순간에 물거품이 될 거란 말입니다."

릴리는 분노의 기색이라고는 털끝만큼도 찾아볼 수 없는 평온한 얼굴로 그의 말을 순순히 받아들였다. 너무나 오랫동안 허위와 가식으로 가득 찬 사교계를 돌아다니다가 이토록 솔직하고 거리낌 없이 사심을 밝히는 대명천지에 발을 들여놓으니 신선한 공기를 쐬는 느낌이었다.

"당신 말뜻은 잘 알겠습니다."

릴리가 입을 열었다.

"일 년 전만 해도 저는 당신에게 유용한 존재였겠죠. 하지만 지금은 단지 방해물일 뿐이군요. 그렇게 정직하게 말씀해 주시기 때문에 전 당신이 좋답니다."

릴리는 부드럽게 미소를 지으며 손을 내밀었다.

그녀의 이런 태도는 또다시 로즈데일의 자제력을 흔들어놓았다.

"하느님께 맹세코, 당신은 참으로 말이 통하는 멋진 여자요! 정말 그렇소!"

로즈데일이 탄식을 내뱉었다. 그리고 릴리가 또다시 떠나려고 하자, 갑자기 소리쳤다.

"릴리 양, 잠깐 멈추십시오. 당신은 제가 그 소문들을 믿지 않는다는 걸 잘 아시지 않습니까? 전 그 소문이 모두 한 여자가 지어낸 헛소리라고 믿습니다. 자신의 편의를 위해서 당신을 희생하기를 조금도 주저하지 않는 어떤 여자가 말이죠."

릴리는 완전히 무시하는 태도로 재빨리 돌아섰다. 그의 동정을 받으니 차라리 무례한 꼴을 보는 편이 더 견디기 쉬웠다.

"정말 친절하시군요. 하지만 우리가 이 문제에 대해서 더 이상 의논할 필요가 없을 것 같습니다."

하지만 애초에 이런 이야기를 입에 올릴 만큼 천성이 무딘 로즈데일에게 그 정도 저항쯤이야 아무것도 아니었다.

"전 뭘 의논하려는 게 아닙니다. 단지 당신에게 솔직한 진상을 밝혀 드리고 싶을 뿐입니다."

로즈데일이 끈질기게 말했다. 그의 표정과 말투에서 뭔가 새로운 기미를 알아챈 릴리는 자신도 모르게 발걸음을 멈췄다. 그는 그녀의 눈에서 시선을 떼지 않은 채 계속해서 말했다.

"제가 의아해하는 한 가지 점은 어째서 당신이 이토록 오랫동안 그 여자에게 보복하지 않고 기다리느냐 하는 것입니다. 그럴 수 있는 충분한 힘을 손에 쥐고 있으면서도 말이죠."

릴리는 그의 말이 불러일으킨 충격에 휩싸여서 아무 말도 하지 못했다. 로즈데일은 한 발자국 가까이 다가오더니 낮은 목소리로 다짜고짜 물었다.

"어째서 작년에 당신이 산 그 여자의 편지를 사용하지 않는 겁니까?"

이 질문에 기절할 듯이 놀란 릴리는 입도 뻥끗 못 하고 그냥 서 있기만 했다. 이 질문이 나오기 전까지 그가 했던 이야기들은 모두 기껏해야 조지 도싯에 대한 그녀의 영향력을 암시하는 말일 거라고 짐작하며 넘어갈 수 있었다. 충격적일 만큼 상스러운 발언이었지만 로즈데일이 그 이야기를 하고 있을 거란 짐작은 전혀 흔들리지 않았다. 하지만 이제 릴리는 자신이 얼마나 헛다리를 짚고 있었는지 깨달았다. 또한 이 남자가 그 편지의 비밀을 알고 있다는 충격 때문에, 그가 이 사실을 어떤 특별한 방식으로 사용하고 있는지 잠시 의식하지 못했다.

릴리가 순간적으로 통제력을 잃고 당황하고 있을 때, 로즈데일은 이 틈을 놓치지 않고 자신의 주장을 계속 밀고 나갔다. 그는 마치 이 상황을 좀 더 완벽하게 장악하려는 듯이 재빨리 말을 이었다.

"이제 제가 당신의 위치를 잘 알고 있다는 걸 아셨을 겁니다. 저는 그 여자가 얼마나 완벽하게 당신의 손아귀 안에 있는지 알고 있습니다. 이렇게 말하니 마치 연극 대사 같군요. 그렇지 않습니까? 원래 옛날 우스갯소리에 많은 진리가 담겨 있는 법입니다. 저는 당신이 그저 문서를 수집하기 위해서 그 편지를 구입했을 거라고는 생각하지 않습니다."

릴리는 점점 더 깊은 당혹감 속에 그를 계속 쳐다보고만 있을 뿐이었다. 그녀의 머릿속에 분명히 떠오르는 단 한 가지 느낌은 그의 놀라운 능력에 대한 두려움이었다.

"제가 어떻게 그 사실을 알았는지 궁금하신가요?"

로즈데일이 그녀의 표정에 응답하듯 으스대는 어조로 물었다.

"제가 베네딕 건물의 소유주란 사실을 깜빡 잊으셨나 보군요. 하지만 지금은 그런 데 신경 쓰지 마십시오. 남의 부정을 알아내는 일은 사업에서 대단히 중요한 성과이지요. 저는 단지 그 원리를 제 개인적인 일에도 적용시켰을 뿐입니다. 이 일은 어느 면에서 제 일이기도 하니까요. 적어도 당신과 관련해서는 그렇습니다. 지금 상황을 솔직하게 한번 들여다봅시다. 지난봄에 도싯 부인은 우리가 논의할 필요도 없는 여러 가지 이유로 당신에게 아주 잔혹한 짓을 했습니다. 도싯 부인이 어떤 여자인지는 온 세상이 다 아는 바입니다. 그녀와 가장 친한 친구들조차 자신들의 이익과 관련한 일에서는 그녀의 말을 절대 믿지 않지요. 하지만 자신과 연루되지 않는 한 그녀의 비위를 거슬리기보다 그녀의 말에 따르는 편이 훨씬 더 편하기 때문에 그냥 내버려 두는 것입니다. 결국 당신은 그들의 게으름과 이기심에 희생당하고 있는 것이죠. 이 정도면 지금 상황에 대한 꽤 공정한 해석이 아닙니까? 글쎄요, 어떤 사람들은 당신이 이미 자기 손에 가장 확실한 해결책을 쥐고 있다고 말합니다. 만약 당신이 알고 있는 사실들을 조지 도싯에게 모두 털어놓기만 한다면, 그리고 그 부인에게 나갈 문을 알려 줄 수 있는 기회를 그에게 주기만 한다면 그는 내일이라도 당장 당신과 결혼할 것이라고 말이죠. 제가 감히 말하건대, 그자는 분명 그렇게 할 겁니다. 하지만 당신은 그런 식으로 보복할 마음이 손톱만큼도 없는 것 같군요. 사실 이 문제를 순수하게 사업적인 관점에서 살펴본다면, 저는 당신의 결정이 옳다고 생각합니다. 이런 식의 거래에서는 어느 누구도 전혀 손을 더럽히지 않고 빠져나오기가 어렵기 때문이죠. 그러므로 당신이 새로 시작할 수 있는 유일한 길은 버사 도싯과 맞서 싸우는 대신 그녀가 당신을 지원하도록 만드는 것입니다."

로즈데일은 잠시 말을 멈추고 한숨 돌리는 듯했지만 릴리가 남은 힘을 끌어모아 저항할 만한 틈은 주지 않았다. 오히려 자신의 동기를 굳게 확신하는 사람답게 서슴없이 자신의 생각을 밝히고 설명하며 맹렬하게 주장을 펼쳤다. 릴리는 차츰 분노가 자신의 입술 위에서 그만 얼어붙는 것을 느꼈다. 그리고 이 순간 그의 논리에 완전히 사로잡혔다. 지금은 자신이 그 편지 뭉치를 갖고 있다는 걸 도대체 그가 어떻게 알아냈는지 고민할 때가 아니었다. 지금 그녀의 세상은 온통 암흑 천지였고, 바깥에서는 어떻게든 그 편지를 이용하려는 로즈데일의 음모가 괴물처럼 눈을 번뜩이고 있었다. 최초의 순간이 지난 후, 그녀의 넋을 빼앗고 그의 의지에 굴복하게 만든 것은 그 계획에 대한 두려움이 아니었다. 오히려 그 계획이 그녀 자신의 가장 깊은 곳에 감추어진 욕망과 너무나 미묘하게 유사했기 때문이다. 만약 그녀가 버사 도싯과 우정만 회복할 수 있다면 로즈데일은 내일이라도 당장 그녀와 결혼할 것이다. 그런데 그 우정을 공개적으로 회복하고 버사와의 불화로 생겨난 모든 결과를 암암리에 철회하기 위해서는 기적적으로 릴리의 손에 들어온, 그 보따리 안에 들어 있는 잠재된 위험을 그 여자 앞에 내놓기만 하면 되는 것이다. 릴리는 가엾은 도싯이 그녀에게 강력히 제안했던 방법보다는 이편이 훨씬 더 낫다는 것을 단박에 깨달았다. 첫 번째 계획이 이미 널리 알려진 상처의 고통을 이용해야 성공을 거둘 수 있는 반면, 두 번째 계획은 개인적인 이해에 따른 은밀한 거래만 있을 뿐 제3자는 전혀 눈치챌 필요조차 없었다. 로즈데일처럼 단지 주고받는다는 식의 사업적 용어로 표현하고 보니, 이런 거래는 마치 토지 경계선을 새로 긋거나 재산을 이전하는 것처럼 상호간의 협의에 불과할 뿐 아무런 해도 없는 것 같았다. 인생을 끊임없는 협상이나 정당정치 놀이로 본다면, 분명히 인생은 아주 간단했다. 모든 양보에는 그에 상응하는 등가물이 따를 것이다. 오락가락 종잡을 수 없는 윤리 기준을 벗어나서 구체적인 측량과 계산의 세계로 들어간다는 생각은 지칠 대로 지친 릴리에게 상당히 유혹적으로 다가왔다.

한편 로즈데일은 자신의 말을 묵묵히 듣고 있는 릴리의 태도를 보고, 그녀가 자신의 계획을 점차 받아들였다고 단정 지었을 뿐 아니라 심지어 그 계획의 가능성을 위험할 정도로 너무 앞질러 생각할지도 모른다는 걱정까지 든 것 같았다. 왜냐하면 릴리가 계속해서 잠자코 그의 앞에 서 있을 때, 갑자기 그가 큰 소리로 이렇게 자문자답했기 때문이다.

"이제 얼마나 간단한 일인지 아시겠지요? 안 그렇습니까? 하지만 그렇게 아주 간단할 거란 자만에 빠지지는 마십시오. 마치 깨끗한 건강 진단서를 가지고 출발하듯이 꼭 그렇지만은 않

기쁨의 집

으니까요. 기왕 이렇게 말이 나왔으니, 이제는 탁 터놓고 정확한 이름을 부르도록 하지요. 그래서 모든 이야기를 말끔히 마무리 짓도록 합시다. 당신도 잘 아실 겁니다. 전에도 물었던 질문이기는 한데 만약 뭐가 사소한 의혹들이 없었더라면, 버사 도싯이 당신을 건드릴 수는 없었을 거라는 사실 말입니다. 아마도 인색한 친척을 둔 아름다운 아가씨에게 필연적으로 일어날 수밖에 없는, 그런 일들이었겠죠. 어쨌든 의심스러운 일들이 일어났고, 버사는 그걸 자신을 위한 발판으로 삼은 겁니다. 제가 무슨 말을 하려는지 아시겠습니까? 당신은 이 사소한 의혹들이 다시 고개를 내미는 걸 원치 않을 겁니다. 버사 도싯과 협력하는 것이 그 한 가지 방법이지요. 하지만 당신이 정말로 원하는 건 그 여자를 계속 그 자리에 두는 것입니다. 당신은 지금 당장이라도 그 여자를 겁에 질리게 만들 수 있습니다. 하지만 어떻게 그 두려움을 계속 유지시킬 수 있을까요? 당신이 그 여자만큼 강력한 힘을 갖고 있다는 걸 그 여자에게 보여 주는 수밖에 없습니다. 하지만 세상의 편지들을 다 갖는다 해도 당신에게 그런 힘을 줄 수는 없을 겁니다. 오직 든든한 배경을 가졌을 때만 당신은 자신이 원하는 대로 그 여자와 관계를 계속 유지할 수 있습니다. 그리고 이 일에서 그것이 바로 제가 맡은 역할이지요. 그게 바로 제가 당신에게 드리려는 것입니다. 당신은 저 없이 이 일을 끝낼 수 없습니다. 그러니 제발 엉뚱한 생각에 도망치지 마십시오. 6개월 이내에 당신은 다시 예전과 똑같거나 혹은 더욱 심각한 걱정거리를 떠안게 될 것입니다. 제가 여기 있지 않습니까. 당신이 한마디만 말씀해 주신다면, 저는 내일이라도 당장 당신을 구해 드릴 준비가 되어 있습니다. 그렇게 하신다고 말씀해 주실 거죠, 릴리 양?"

로즈데일은 이렇게 말하면서 갑자기 바싹 다가왔다.

그 순간 그의 마지막 말과 동작이 합쳐져서 무심결에 넋을 잃고 상대에게 이끌려 다니는 상태로 빠져들었던 릴리를 일깨워 주었다. 암흑 속을 더듬고 있던 그녀의 의식 속으로 먼 길을 돌아온 빛이 비쳐들었다. 그리고 그 빛을 통해서 릴리는 마침내 혐오스러운 깨달음에 이르렀다. 그것은 그녀의 공범이 되겠다고 자처하는 이 남자가 너무나 당연하게도, 어쩌면 그녀가 그를 불신할 뿐 아니라 그를 속여서 그의 몫을 빼앗으려고 할지도 모른다고 의심하고 있다는 사실이었다. 일단 그의 속마음을 힐끗 엿보고 나자, 갑자기 이 거래 전체가 완전히 새로운 시각에서 보이기 시작했다. 결국 릴리는 이 거래의 가장 근본적인 밑바닥에는 절대 위험을 감수하지 않으려는 이기적인 계산이 깔려 있음을 알았다.

릴리는 황급히 거부하는 몸짓을 보이며 뒤로 물러섰다. 그리고 자신의 귀에도 놀랍게 들릴 만큼 단호한 목소리로 말했다.

"당신이 잘못 아셨어요. 당신이 말씀하신 사실도, 당신의 추측도 완전히 틀렸어요."

로즈데일은 지금까지 그의 인도에 순순히 이끌려 오는 듯 보이던 그녀의 태도가 갑자기 돌변하자, 어리둥절해서 한동안 뻔히 쳐다보았다.

"도대체 그게 무슨 말입니까? 저는 우리 두 사람이 서로 이해한다고 생각했는데요!"

로즈데일이 탄식했다. 하지만 릴리가 "오, 지금은 그렇죠."라고 중얼거리자, 갑자기 벌컥 화를 내며 날카롭게 쏘아붙였다.

"그 편지가 그 작자의 것이라서 그러는 겁니까? 제기랄, 당신이 그런다고 그 작자에게서 고맙다는 말 한마디라도 들을 줄

아십니까? 그럼 제가 성을 갈겠습니다!'

8

어느덧 가을이 저물고 겨울이 찾아왔다. 여흥을 쫓아 움직이는 세계가 또 한 차례 시외와 도시 사이를 이동했다. 5번가에서는 아직까지 주말에는 인적이 뜸했지만 월요일부터 금요일까지 각 저택의 현관을 오가는 마차 행렬이 점점 더 눈에 띄게 늘어났다.

특히 2주일 전쯤 열린 마상 쇼는 이 거리를 잠깐 되살려 놓는 듯했다. 극장과 식당마다 원 주위를 맴도는 말들처럼 발을 높이 치켜들고 걷는[21] 호사스러운 인간들로 넘쳐 났다. 바트 양이 속한 세계에서는 마상 쇼든, 그런 걸 구경하러 몰려가는 군중들이든 똑같이 상류 계층의 경멸을 받는 천한 구경거리로 분류되었다. 하지만 봉건영주가 뜨거운 혈기를 못 이기고 들판에서 열리는 마을 무도장으로 뛰쳐나가듯이 사교계 사람들도 우연을 가장하면서 수치심을 무릅쓰고 남몰래 쇼를 구경하러 왔다. 그중에서도 특히 고머 부인은 이런 기회를 이용해서 자기 자신과 자신의 말들을 한껏 과시하는 걸 전혀 부끄럽게 여기지 않았다. 덕분에 릴리에게도 공연장 내에서 가장 눈에 잘 띄는 특별 관람석에 고머 부인과 함께 한두 번 모습을 드러낼 수 있는 기회가 생겼다. 하지만 이렇듯 아직 친분이 남아 있는 척하는 것은 오히려 매티와 릴리 사이의 관계가 변했음을 더욱더 의식하게 만들 뿐이었다. 또한 고머 부인의 혼돈스러운 가치관에도 서서히 사회적 기준이 형성되고 차별 의식이 생겨나기 시작했음을 느끼게 할 뿐이었다. 일단 고머 부부가 이 도시에서 자리를 잡고 나면, 사교계의 모든 흐름이 매티와 그녀 사이를 더 갈라놓는 방향으로 흘러갈 것이라는 사실을 릴리는 잘 알고 있었다. 한마디로 릴리는 매티에게 필수 불가결한 존재가 되는 데 실패한 것이다. 아니, 그런 존재가 되려고 했던 릴리의 피나는 노력은 그녀보다 훨씬 더 강력한 세력에 의해서 좌초되고 만 것이다. 결론적으로 말하자면, 이 세력이란 다름 아닌 돈의 영향력이었다. 버사 도싯의 사회적 신용은 순전히 확고부동한 은행 잔고를 기반으로 하고 있었다.

릴리는 로즈데일이 그녀의 심각한 처지를 결코 과장해서 말한 게 아니라는 걸 알고 있었다. 또한 그가 내놓은 제안이 완벽하다는 것도 알고 있었다. 일단 경제적인 면에서 버사와 동등해지고 나면, 릴리는 뛰어난 재능으로 상대편 적수들을 단숨에 제압할 수 있을 것이다. 겨울로 접어들고 몇 주가 지나는 동안, 릴리는 그런 제압이 무엇을 의미하며 그리고 그것을 거부했을 때 그녀에게 어떤 불이익이 닥칠지에 대해서 점점 더 명확히 이해하게 되었다. 여태까지는 적어도 겉으로 보기에 사교계의 커다란 흐름을 따라가는 척 흉내라도 낼 수 있었다. 하지만 사람들이 도시로 돌아오고 여기저기 흩어져서 활동하던 것이 한곳에 집중되자, 옛날과 같은 생활로 자연스럽게 되돌아갈 수 없다는 한 가지 사실만으로도 릴리는 그들에게서 확실히 제외된 존재로 낙인찍혔다. 정해진 시즌의 움직임을 따라가지 못하는 사람은 그 궤도를 벗어나 사교계의 텅 빈 공간을 떠돌게 되는 것이다. 비록 불만에 차서 다른 세계를 꿈꾼 적은 많지만, 그럼에도 릴리는 자신이 정말로 다른 세계의 축을 중심으로 맴돌게 될지도 모른다는 생각은 결코 해본 적이 없었다. 이 세계를 경멸하기는 쉬웠지만, 머물 만한 또 다른 세계를 찾기란 몹시 어려운 법이었다. 물론 그녀의 냉소적이고 비판적인 감각은 아직도 사라지지 않았다. 예전 같으면 무의미하고 지겹기 짝이 없었을 사소한 일들이 갑자기 비정상적으로 귀중하게 여겨지고 있다는 사실을 릴리 자신도 알아챌 수 있었고, 그런 자기 자신을 우습게 바라보기도 했다. 하지만 지금은 그녀가 본의 아니게 벗어나 버린, 따분하고 고된 의무들이 몹시 매력적으로 느껴지는 것이었다. 명함 남기기, 초대장 쓰기, 재미없고 나이 많은 사람들에게 억지로 공손하게 대하기, 그리고 지루하기 짝이 없는 저녁 식사 자리를 웃는 얼굴로 참아내기 등등 이런 사소한 의무들이 공허하기 짝이 없는 그녀의 나날들을 얼마나 멋지게 채워주었던가! 그녀가 속한 세계의 눈으로 보았을 때, 그녀는 언제나 꿋꿋하게 흔들리지 않고 미소를 지으며 자기 자신을 잘 지켜왔다. 또한 종종 엄청난 치욕감을 불러일으키는 퉁명스러운 거절 따위는 한 번도 당해 본 적이 없었다. 사교계는 결코 그녀를 외면하지 않았다. 다만 바쁘고 무관심하게 흘러가 버릴 뿐이었다. 릴리가 한때 자신이 얼마나 완벽한 사교계의 총아였는지 떠올리며 최대한 굴욕을 느끼도록 내버려 둔 채.

릴리는 자기 자신도 깜짝 놀랄 만큼 즉각적으로 로즈데일의 제안을 경멸하며 물리쳤다. 발끈하고 분노하는 성미만은 잃지 않았던 것이다. 하지만 그 분노를 오랫동안 유지할 수는 없었다. 그녀가 받은 교육 중에는 조금이라도 지속력 있는 도덕성을 키우는 훈련 같은 건 전혀 없었다. 그녀가 무엇보다 간절히 원하는 것, 그리고 자신에게 합당하다고 생각하는 것은 바로 가장 고상한 태도를 취하는 게 가장 쉽고 자연스러운 일인 그런 환경이었다. 지금까지는 간헐적이고 충동적인 저항만으로도 자신의 자긍심을 지키기에 충분했다. 넘어지면 다시 일어서 곤 했다. 하지만 매번 다시 일어설 때마다 조금씩 자신의 위치가 낮아졌다는 사실을 나중에서야 깨닫곤 했다. 릴리는 아무런 의식적인 노력 없이 로즈데일의 제안을 단박에 거절할 수 있었다. 그녀의 온 존재가 거기에 저항하며 일어났기 때문이다. 하지만 단지 그의 제안에 귀 기울이는 행동만으로도 이미 예전의 그녀라면 결코 용납하지 못했을 그런 생각들과 더불어 사는 법을 배운 것이라는 사실을 릴리는 아직 깨닫지 못하고 있었다.

비록 피셔 부인보다 통찰력은 부족하지만 좀 더 따뜻한 시선으로 줄곧 릴리를 지켜봐 온 거티 패리시는 이런 투쟁의 결과를 이미 분명히 예견할 수 있었다. 물론 거티는 릴리가 이런 편의주의를 위해 어떤 담보를 제공했는지 몰랐지만, '현상 유지'라는 잘못된 정책을 열정적으로 그리고 돌이킬 수 없을 정도로 굳세게 고수하고 있다는 사실은 알고 있었다. 이제는 거티도 한때 이 친구가 고난을 통해서 새로운 사람으로 거듭나리라고 꿈꾸던 자신을 떠올리며 미소 지을 수 있었다. 릴리는 상실을 통해서 자신이 잃어버린 것의 무의미함을 깨닫는, 그런 부류의 사람이 아니라는 걸 분명히 이해했기 때문이다. 하지만 거티가 보기에는, 바로 그렇기 때문에 릴리는 더욱더 간절하게 도움이 필요했다. 정작 자기 자신은 필요한 줄도 의식하지 못하는 따뜻한 배려를 더 많이 받아야 했다.

릴리는 도시로 다시 돌아온 이후로 패리시 양의 셋집 계단을 자주 오르내리지 않았다. 거티가 베푸는 연민 속에는 무언의 질문들이 담겨 있었고, 그것이 릴리에게는 짜증스러웠다. 자신과 너무나 판이한 가치관을 지닌 사람에게 자신의 상황에서 진짜 어려운 점이 무엇인지 솔직히 털어놓기란 불가능했기 때문이다. 게다가 엄격하고 절제된 거티의 삶이 한때는 자신의 삶과 너무 대조적이어서 매력적으로 보이기도 했지만, 이제는 자신이 어쩔 수 없이 쫓겨 들어온 궁핍한 삶을 더욱 쓰라리게 상기시킬 뿐이었다. 드디어 어느 날 오후 릴리는 오랫동안 미뤄온 거티의 집 방문을 단행했다. 그런데 그날따라 유난히 자신의 초라한 신세가 한심하게 느껴졌다. 그녀 앞에 펼쳐진 5번가의 대로는 환한 겨울 햇살이 가득 비추고 있었고, 완벽하게 격식을 갖춘 사륜마차의 행렬이 끊임없이 이어지고 있었다. 릴리는 마차의 네모난 작은 창문 너머로 초대 손님 명단을 내려다보고 있는 낯익은 옆모습들과 시종에게 초대장과 편지를 건네주기에 바쁜 손들을 힐끗힐끗 엿볼 수 있었다. 영원히 멈출 줄 모르고 돌아가는 그 거대한 사교계의 단면을 잠깐 들여다보고 나니, 가파르고 비좁은 거티의 셋집 계단과 그 끝에서 기다리고 있는 갑갑하고 꽉 막힌 삶이 더욱더 뼈저리게 다가왔다. 이런 따분한 계단은 따분한 사람들만 오르내리는 법이다. 이 순간에도 전 세계에서 얼마나 많은 하찮은 인간들이 이런 시시한 계단을 오르내리고 있겠는가! 그녀가 계단을 올라가는 지금, 거티의 층에서 절룩거리며 내려오고 있는 저 검은 옷을 입은 중년 아줌마처럼 추레하고 따분한 인간들이!

"그분은 가엾은 제인 실버턴 양이었어. 나랑 상의할 게 있어서 찾아왔지. 제인 양과 그녀의 여동생은 생계를 위해 뭔가 일을 하고 싶어 해."

릴리가 거실로 따라 들어오자 거티가 설명했다.

"생계를 위해서? 그렇게 형편이 어렵단 말이야?"

바트 양은 약간 짜증스러운 어조로 물었다. 그녀는 요즘 들어 다른 사람들의 불행을 듣는 것조차 잘 견디지 못했다.

"아무것도 남은 게 없는 것 같아. 네드의 빚 때문에 모든 걸 다 잃었대. 너도 알지? 네드가 캐리 피셔와 헤어졌을 때, 이 여자들은 잔뜩 희망에 부풀었지. 버사 도싯이 그에게 대단히 좋은 영향을 미칠 거라고 생각했거든. 왜냐하면 버사는 카드 따위에는 별로 관심이 없으니까 말이야. 게다가 가엾은 제인 양에게 네드가 마치 친동생처럼 느껴진다는 둥, 네드가 도박과 경마를 그만두고 다시 문학작품을 쓸 수 있도록 요트 여행에 데려가고 싶다는 둥 온갖 멋진 말을 다 늘어놓았지."

패리시 양은 잠시 말을 멈추고, 방금 떠난 손님의 불행한 처지를 떠올리며 한숨을 쉬었다.

"하지만 그게 전부가 아니야. 그보다 더 끔찍한 일이 있었어. 네드가 도싯 부부와 크게 싸웠던 것 같아. 아니면 적어도 버사 쪽에서 네드를 더 이상 만나지 않으려고 했거나. 어쨌든 네드는 크게 상심한 나머지 다시 도박에 빠졌고 온갖 이상한 부류의 사람들과 어울려 다니기 시작했어. 내 사촌인 그레이스 반 오스버그는 그가 버티에게 아주 나쁜 영향을 미쳤다고 비난하더군. 버티가 지난봄에 하버드를 그만두더니 그 후로 줄곧 네드와 함께 지내는 모양이야. 결국 그레이스가 제인 양을 찾아가서 한바탕 난리를 쳤어. 그 자리에 잭 스테프니와 허버트 멜슨도 함께 있었는데, 그레이스가 제인 양에게 말하기를, 요즘 버티가 어떤 끔찍한 여자한테서 결혼해 달라는 협박을 받고 있는데 바로 네드가 소개해 준 여자라고 했다는 거야. 게다가 버티가 이제 성년이 되어 자기 재산을 갖게 되었기 때문에 가족들이 그를 어떻게 막을 수도 없다고 했대. 불쌍한 제인 양의 심정이 어땠을지 너도 상상이 가지? 제인 양은 당장 나를 찾아왔어. 내가 자기에게 무슨 일거리를 구해 줄 수 있을 거라고 생각했던 모양이야. 네드의 빚을 갚고 그를 멀리 떠나보낼 수 있을 만큼의 돈을 말이야. 안타깝지만 제인 양은 네드가 하루 저녁 브리지 게임에서 잃은 돈을 갚으려면 얼마나 오래 걸릴지 상상도 못 하는 것 같아. 게다가 크루즈 여행에서 돌아왔을 때, 네드는 이미 끔찍하게 많은 빚을 지고 있었어. 도대체 네드가 캐리 밑에 있을 때보다 버사 밑에 있으면서 훨씬 더 많은 돈을 써야 했던 이유를 난 통 모르겠단 말이야."

릴리는 짜증스러운 손짓으로 이 질문에 응답했다.

"거티, 난 사람들이 어떻게 훨씬 더 많은 돈을 쓸 수 있는지에 대해서는 항상 이해할 수 있어. 하지만 어떻게 돈을 덜 쓸 수 있는지 결코 모르겠거든!"

릴리는 털 달린 외투를 벗고 거티의 안락의자에 앉았다. 한편 그녀의 친구는 차를 마시느라 바빴다.

"하지만 그 여자들이 뭘 할 수 있겠어? 실버턴 집안의 아가씨들이! 그 사람들이 도대체 무슨 수로 생계를 이어가느냔 말이야."

릴리가 물었다. 그녀의 목소리에는 아직도 짜증스러운 기색이 남아 있었다. 사실 이런 화제야말로 릴리가 가장 피하고 싶은 것이었다. 그들에 대해서는 정말 눈곱만큼도 관심이 없었다. 하지만 갑자기 젊은 실버턴의 감정 실험에 희생당한 이 두 명의 무미건조한 늙은이들이 코앞에 닥친 혹독한 궁핍을 어떻게 극복할 것인지 알고 싶은, 이상한 호기심이 생겼다.

"나도 모르겠어. 무슨 일이든 찾아드리려고 노력하는 중이야. 제인 양은 큰 소리로 낭독을 잘하거든. 하지만 책을 읽어달라고 하는 사람을 찾기가 너무 어려워서 말이야. 애니 양은 그림을 좀 그리기는 하는데……."

"그래, 나도 알아. 압지에다 사과 꽃 그림을 그린 거 말이지? 그런 일이라면 나도 벌써 오래전부터 했을 텐데!"

릴리가 소리치며 격한 몸짓을 했다. 짜증이 있는 대로 치밀어서 패리시 양의 가느다란 탁자를 부숴버리기라도 할 기세였다.

하지만 곧 허리를 숙여서 흔들리는 찻잔을 붙잡았다. 그리고 다시 의자 뒤로 몸을 기대었다.

"마음껏 흥분할 공간도 없다는 걸 깜박 잊고 있었네. 이런 좁은 셋방에 살면 얼마나 조신하게 행동해야 하는 건지! 오, 거티, 난 애당초 얌전하게 타고나질 못했나 봐."

릴리가 두서없이 한탄을 늘어놓았다.

거티는 걱정스러운 표정으로 창백한 릴리의 얼굴을 바라보았다. 잠을 자지 못한 릴리의 두 눈은 이상한 광채를 발하는 듯했다.

"릴리, 너 굉장히 피곤해 보인다. 어서 차를 좀 마셔봐. 그리고 방석을 가져다줄 테니 몸을 기대도록 해."

바트 양은 찻잔은 받아 들었지만 방석은 짜증스럽게 밀쳐냈다.

"그런 거 갖다 주지 마! 난 몸을 기대고 싶지 않아! 그러다가 깜박 잠이 들지도 모른단 말이야."

"그래? 그럼 좀 자지그래? 난 생쥐처럼 조용히 있을게."

거티가 다정하게 권유했다.

"아니야. 싫어. 조용히 있지 마. 계속 말을 걸어줘. 날 깨어 있게 해줘! 밤에는 통 잠을 못 자니까 오후만 되면 자꾸 졸음이 밀려와서 견딜 수가 없어."

"밤에 잠을 못 잔다고? 언제부터?"

"나도 몰라. 기억도 못 하겠어."

릴리는 자리에서 일어나 빈 잔을 차 쟁반 위에 올려놓았다.

"한 잔 더 줘. 더 진하게. 지금 깨어 있지 않으면 오늘 밤 끔찍한 걸 보게 될 거야. 말할 수 없이 끔찍한 걸!"

"하지만 차를 지나치게 많이 마시면 잠이 더 안 올 텐데."

"아니, 아니야. 어서 차를 줘. 설교 따위는 그만두고."

릴리가 거만하게 쏘아붙였다. 그녀의 목소리는 위험할 정도로 날이 서 있었다. 거티는 두 번째 잔을 받아드는 릴리의 손이 심하게 떨리는 것을 눈치챘다.

"하지만 넌 정말 피곤해 보여. 분명히 어디가 아픈 사람 같은데……."

바트 양이 화들짝 놀라며 찻잔을 탁 내려놓았다. 그러고는 벌떡 일어나서 책상 위에 걸린 작은 거울 앞으로 달려갔다.

"도대체 거울이 이게 뭐야. 온통 얼룩지고 변색되었잖아. 이런 거울로 보면 누구든 귀신처럼 보이겠다!"

릴리는 다시 돌아서더니 애원하는 눈길로 거티를 빤히 쳐다보았다.

"이 한심한 친구야, 어쩌자고 그런 끔찍한 말을 나에게 한 거야? 아파 보인다는 말만 듣고 정말 병이 날 수도 있단 말이야! 게다가 아파 보인다는 말은 못생겨 보인다는 뜻이잖아."

릴리는 거티의 손목을 움켜잡더니 창가로 끌고 갔다.

"어쨌든 난 진실을 알아야겠어. 내 얼굴을 똑바로 봐, 거티. 그리고 말해 줘. 내가 그렇게 끔찍하게 못생겼니?"

"릴리, 지금 너는 끔찍하게 아름다워. 네 눈은 반짝반짝 빛나고 있고, 네 뺨은 갑자기 발그레하게 물들어서."

"아, 그렇다면 방금 전까지는 핏기가 없었단 말이구나. 내가 처음 들어왔을 때는 귀신처럼 창백했다는 거니? 넌 왜 나에게 솔직히 말해 주지 않는 거지? 지금 내 눈이 빛나는 건 너무 초조하기 때문이야. 하지만 아침이면 내 눈은 납처럼 생기가 없어. 게다가 이제 얼굴에 주름까지 보이고 있어. 근심과 낙심과 실패 때문에 생긴 주름들이야! 하룻밤을 뜬눈으로 지새울 때마다 새로운 주름이 하나씩 나타나고 있어! 하지만 내가 어떻게 제대로 잠을 잘 수 있겠어? 온갖 끔찍한 생각들이 머리에 자꾸만 떠오르는데?"

"끔찍한 생각들? 어떤 생각들 말이야?"

거티가 열에 들뜬 친구의 손아귀에서 살그머니 손목을 잡아빼며 물었다.

"무슨 생각이냐고? 글쎄, 가난에 대한 생각이지. 그보다 더 끔찍한 게 있는지 난 잘 모르겠어."

릴리는 돌아서더니 갑자기 기운이 쑥 빠져서 탁자 옆에 있는 안락의자에 털썩 주저앉았다.

"방금 네드 실버턴이 어째서 그토록 많은 돈을 썼는지 이해할 수 있느냐고 내게 물었지? 물론 나는 이해해. 그는 부자들과 함께 어울려 사느라고 그런 돈을 쓴 거야. 넌 우리가 부자들과 함께 산다기보다 부자들 덕에 산다고 생각하겠지. 어떤 의미에서는 그것도 맞는 말이야. 하지만 그런 특권을 누리기 위해서는 우리도 대가를 지불해야 해. 우린 그들의 저녁을 먹고 그들의 와인을 마시며 그들의 담배를 피우지. 그들의 마차를 타고 다니고 그들의 오페라 관람석과 그들의 개인 전용 자동차를 이용하며 살아. 그래, 하지만 그런 사치를 누리는 사람은 누구나 지불해야 하는 세금 같은 게 있어. 하인들에게 후한 팁도 줘야 하고 자기 형편에 감당하지 못할 카드놀이도 해야 하고, 꽃과 선물도 사야 하지. 그리고 그 밖에도 돈을 지불해야 할 것이 너무나 많아. 아가씨들도 팁을 주고 카드를 해야 하는 건 마찬가지야. 오, 그래. 나도 다시 브리지를 하지 않을 수 없었어. 게다가 일류 드레스 재단사를 찾아가야 하고 행사 때마다 적절한 옷을 입고 나타나야 하지. 언제나 생기발랄하고 유쾌하고 세련된 모습을 보여야 하는 건 말할 것도 없고 말이야!"

릴리는 잠시 두 눈을 감고 몸을 뒤로 기대었다. 파리한 입술을 살짝 벌리고 반짝이는 눈동자 위로 지친 듯이 눈썹을 내리뜨린 채 앉아 있는 그녀의 얼굴이 한순간 너무나 다르게 보여서 거티는 깜짝 놀랐다. 희미한 햇살이 갑자기 그 인위적인 광채를 꺼버린 듯이 보였기 때문이다. 하지만 릴리가 다시 고개를 쳐들었을 때, 그런 인상은 사라져버렸다.

"이런 말은 전혀 재미없지, 안 그래? 난 정말 이런 말이 지겨워 죽겠어. 하지만 모든 걸 포기해야 한다는 생각을 하면 난 당장이라도 죽을 것만 같아. 그 때문에 밤에도 잠을 못 이루고 깨어 있는 거야. 내가 너의 진한 차를 간절히 원하는 이유도 바로 그 때문이야. 난 이런 식으로는 더 이상 살아갈 수가 없어. 이제 거의 한계에 도달한 것 같아. 도대체 내가 뭘 할 수 있겠어? 어떻게 내가 계속 목숨을 부지하고 살아갈 수 있을까? 난 결국 불쌍한 실버턴 자매 같은 운명에 처하게 될 거야. 직업소개소를 몰래 찾아다니든가 여성 물물교환소[22]에 가서 직접 그린 그림이나 팔려고 애쓰는 처지가 되겠지. 하지만 똑같이 그런 일을 하려는 여자들이 벌써 수천 명이나 되는걸! 그중에서 1달러를 벌려면 어떻게 해야 하는지 나만큼 모르는 여자는 단 한 명도 없을 거야!"

릴리는 다시 벌떡 일어나더니 황급히 시계를 살펴보았다.

"늦었네. 난 그만 가야겠어. 캐리 피셔와 약속이 있거든. 그렇게 걱정하는 표정 짓지 마. 내가 지금까지 지껄인 헛소리에 대해서 너무 깊이 생각하지도 말고."

릴리는 다시 한 번 거울 앞에 서서 살짝 머리를 매만지고 베일을 늘어뜨렸다. 그리고 외투의 털을 쓸어내렸다.

"물론 너도 알겠지만, 아직은 직업소개소를 찾아가거나 압지에 그림을 그릴 정도는 아니야. 그냥 당장 돈에 꽤 쪼들리고 있을 뿐이지. 만약 뭔가 할 일을 찾는다면, 초대장을 작성한다든가 편지를 대신 써준다든가 하는, 그러면 유산을 받을 때까지 어떻게든 버텨볼 텐데 말이야. 안 그래도 캐리가 일종의 사교 비서를 구하는 사람이 있는지 찾아봐 주겠다고 했어. 너도 알다시피 무능력한 부자들에 관해서라면 캐리가 전문이잖니."

바트 양은 거티에게도 자신의 불안한 마음을 전부 드러내 보이지 않았다. 사실상 그녀는 당장 돈이 급한 형편이었다. 일주일마다 연기되거나 없어지는 법도 없이 꼬박꼬박 찾아오는 세속적인 요구들을 채워주는 데 필요한 돈이었다. 지금의 아파트를 포기하고 컴컴한 하숙집으로 들어가거나 혹은 거티 패리시의 거실에서 임시로 신세를 진다 하더라도, 그것은 단지 당면한 문제들을 잠시 뒤로 미루는 임시방편에 불과했다. 그러므로 지금 있는 곳에 그대로 머물면서 생활비를 벌 수 있는 방법을 찾는 편이 더 현명하고 편리할 것 같았다. 여태껏 릴리는 그런 일을 해야 할지 모른다는 가능성조차 결코 심각하게 고려해 본 적이 없었다. 게다가 밥벌이 면에서는 자기 자신이 불쌍한 실버턴 양만큼이나 무능력하고 쓸모없는 사람이란 사실을 깨닫자, 그녀의 자신감도 크게 손상되었다.

활력과 기지가 넘치고 어떤 상황에 처하더라도 자연스럽게 주변을 이끌어갈 수 있는 사람이라는 대중적인 평가에 줄곧 익숙해 온 릴리는 막연히 그런 자신의 재능이 사교계의 안내자를 찾고 있는 사람들에게 어떤 가치가 있을 거라고 생각했다. 하지만 불행하게도 적절한 때 적절한 말과 행동할 수 있는 기술은 딱히 시장에 내놓을 수 있는 명목이 없었다. 능수능란한 피서 부인조차 릴리의 우아함이라는 모호한 자산을 어떻게 일로 연결시킬지 몰라서 결국 좌절하고 말았다. 피서 부인은 친구들이 생활비를 벌도록 해줄 수 있는 간접적인 방편을 무궁무진하게 알고 있었다. 그리고 릴리 앞에도 그런 종류의 기회를 이미 몇 번이나 내놓았다고 떳떳하게 주장할 수 있었다. 하지만 밥벌이를 할 수 있는 좀 더 합법적인 방법들은 그녀에게 도움을 요청하는 사람들의 능력이 닿지 않는 만큼이나 그녀의 능력 역시 훨씬 벗어난 일이었다. 게다가 릴리는 앞서 주어진 기회들에서 이익을 얻는 데 실패했기 때문에, 피서 부인이 더 이상 그녀를 위해 노력하기를 포기해도 원망할 수 없는 노릇이었다. 하지만 피서 부인의 끝 모르는 선량함은 결국 릴리를 위하여 인위적으로 수요를 만들어내기에 이르렀다. 그리고 이 목적을 실현시키기 위해서 즉시 바트 양을 위한 탐사 여행에 나섰다. 이제 그 탐사의 결과로 릴리는 부인에게서 '뭔가를 찾았다'는 통보를 받기에 이른 것이다.

한편 혼자 남은 거티는 친구의 역경과 그것을 해결해 줄 수 없는 자신의 무능력을 한탄하며 깊은 생각에 빠졌다. 거티가 보기에, 지금 릴리는 그녀가 제공해 줄 수 있는 종류의 도움은 결코 원치 않는 것이 분명했다. 릴리가 예전 관계를 모두 끊고 완전히 삶을 재정비하지 않는 이상, 아무런 희망도 없다는 게 거티의 생각이었다. 하지만 릴리의 모든 에너지는 환상이 유지될 수 있는 한 어떻게든 이 예전 관계를 계속 붙잡고 그들과 자신을 동일시하려는 노력에 집중되어 있었다. 그런 노력이 거티의 눈에는 몹시 안타깝게 보이기는 했지만, 그렇다고 셀던처럼 냉혹하게 그녀를 비판할 수는 없었다. 거티는 릴리와 그녀가 서로 끌어안고 잤던 그날 밤의 그 감정을 결코 잊지 못했다. 그때 그녀는 자신의 심장에서 솟구친 피가 곧장 친구에게로 흘러 들어가는 듯한 느낌을 받았다. 하지만 거티의 가슴 아픈 희생은 결국 헛된 일이 되어버린 것처럼 보였다. 릴리에게서 그때 그 따뜻한 감정 같은 것은 흔적조차 찾아볼 수 없었다. 하지만 딱히 뭐라고 말할 수 없는 막막한 고통에 시달리는 사람들을 오랫동안 보아온 마음씨 착한 거티는 시간이 얼마나 걸리든 조용한 인내심을 가지고 상대를 기다려줄 수 있었다. 그렇지만 로렌스 셀던과 이 문제를 의논하고 싶은 달콤한 유혹까지 거부할 수는 없었다. 그가 유럽에서 돌아온 뒤로, 두 사람은 다시 옛날과 같이 서로 신뢰하는 사촌 사이로 지내고 있었다.

물론 셀던 쪽에서는 그들 관계에 어떤 변화가 있었는지 전혀 알아채지 못했다. 그저 그가 유럽으로 떠날 때와 마찬가지로, 변함없이 솔직하고 헌신적이며 아무 요구도 하지 않지만 재빠른 이해심을 지닌 거티를 발견했을 뿐이다. 셀던은 거티의 이런 모습을 굳이 설명하려 하지 않고 그냥 받아들였다. 반면 거티는 또다시 셀던과 릴리 바트에 관해서 이야기를 나누는 것 자체가 불가능할 것처럼 여겨진 적도 있었다. 하지만 서서히 갈등의 안개가 걷히고 나자, 그녀의 마음 깊은 곳에 감추어 있던 그 무언가가 저절로 변화되어 자아의 단단한 경계를 무너뜨리고, 소모적이고 사적인 감정을 인간에 대한 이해라는 더 커다란 흐름으로 바꾸어 놓은 것 같았다.

결국 거티가 셀던에게 자신의 걱정을 털어놓을 기회를 갖게 된 것은 릴리의 방문이 있고 나서 두 주일도 채 지나지 않았을 때였다. 일요일 오후에 찾아온 셀던은 사촌의 목소리와 눈길에서 따로 잠깐 이야기를 나누고 싶어 하는 기색을 알아채고, 시시하기 짝이 없는 사촌의 차 모임에 끝까지 남아 있었다. 드디어 마지막 손님이 떠나자마자, 거티는 최근에 바트 양을 보았느냐는 말로 화제를 꺼냈다.

하지만 셀던이 이상할 정도로 오랫동안 침묵을 지키자, 거티는 살짝 불안한 마음이 들었다.

"한동안 전혀 보지 못했습니다. 바트 양이 돌아온 이후 계속 볼 기회가 없더군요."

이 예기치 못한 대답에 거티 역시 잠시 할 말을 잃었다. 그리고 어떻게 이야기를 꺼낼까 계속 주저하고 있을 때, 셀던이 먼저 그 고민을 덜어주었다.

"나도 바트 양이 보고 싶었습니다. 하지만 바트 양은 유럽에서 돌아온 이후 완전히 고머 씨 부부에게 푹 빠져 있는 것 같더군요."

"그보다 또 다른 이유가 있어요. 요즘 릴리는 아주 불행해요."

"고머 씨 부부와 지내는 게 불행하답니까?"

"오, 릴리가 그 사람들과 친하게 지내는 것을 옹호하려는 게 아니에요. 하지만 그 관계도 이젠 끝났어요. 제가 보기에는 말이죠. 버사 도싯이 그녀와 싸운 이후 사람들의 태도가 아주 불친절하게 변했죠."

"아……."

셀던이 신음 소리를 내며 벌떡 자리에서 일어났다. 그리고 창가로 걸어가더니 어두워지는 거리를 내려다보았다. 그동안 그의 사촌은 설명을 계속했다.

"주디 트레너와 릴리의 친척들까지 그녀를 외면했어요. 그게 모두 버사 도싯이 끔찍한 소문을 내고 다녔기 때문이죠. 게다가 지금 릴리는 무척 가난해요. 페니스턴 부인이 릴리에게 몇 푼 안 되는 유산만 남기고 돌아가신 걸 당신도 아실 거예요. 생전에는 마치 모든 걸 릴리에게 물려줄 듯이 하셨는데 말이죠."

"그래요. 나도 압니다."

셀던이 짤막하게 동의했다. 그러고는 다시 방 안쪽으로 걸어 들어왔지만, 다시 방문과 창문 사이의 얼마 안 되는 공간을 초조하게 서성이기 시작했다.

"맞아요. 바트 양은 너무 부당한 대접을 받고 있습니다. 하지만 불행하게도 바트 양에게 자신의 연민을 보여 주고 싶은 사람은 그녀에게 그런 말을 할 수 없다는 게 명백한 현실이지요."

셀던의 대답에 거티는 살짝 낙심하지 않을 수 없었다.

"그래도 당신의 연민을 보여 줄 수 있는 다른 방법이 있을 텐데요."

거티가 넌지시 말을 던졌다. 셀던은 가볍게 웃으면서 거티 옆에 놓인 작은 소파에 앉았다.

"도대체 무슨 생각을 하고 계신 건가요? 우리 고집불통 전도사님께서?"

거티의 얼굴이 순식간에 빨개졌다. 그리고 한동안 얼굴만 붉히고 아무 대답도 하지 못했다. 이윽고 거티는 좀 더 자세하게 설명하기 시작했다.

"한때 당신과 릴리는 아주 절친한 친구 사이였다는 생각을 하고 있어요. 릴리는 당신이 자신을 어떻게 생각하고 있는지에 관심이 아주 컸죠. 만약 당신이 이렇게 소원하게 지내는 걸 요즘 당신 생각의 표현이라고 릴리가 받아들인다면, 릴리의 불행이 얼마나 더 깊어질지 저는 충분히 짐작할 수 있어요."

"거티, 제발 거기에, 적어도 당신의 생각 속에 더 이상 뭘 덧붙이지는 말아요. 당신이 지닌 모든 종류의 감수성을 그녀에게 부여하면서 말이죠."

셀던은 아무리 애써도 자꾸만 건조하고 딱딱한 어조가 되는 걸 어쩔 수 없었다. 하지만 당혹스러워하는 거티의 표정을 보고 좀 더 다정한 목소리로 덧붙여 말했다.

"비록 내가 바트 양을 위해서 해줄 수 있는 것에 대해서 당신이 지나치게 과장하고 있는 건 사실이지만, 당신의 부탁이라면 무엇이든 기꺼이 해주고 싶은 내 마음은 결코 과장할 수 없지요."

셀던은 이렇게 말하면서 거티의 팔 위에 잠깐 손을 올려놓았다. 그 순간 극히 이례적인 이 육체적 접촉을 통해서 두 사람 사이에 깊은 의미가 오고 갔고, 그것은 감춰져 있던 애정의 그릇을 가득 채우기에 충분했다. 거티는 자신이 그의 대답의 의미를 분명히 이해하듯이, 셀던 역시 그녀의 요구가 얼마나 중요한지 분명히 파악한 것 같았다. 갑자기 두 사람 사이에 모든 의미가 분명하게 이해되자, 거티는 좀 더 쉽게 그다음 말을 꺼낼 수 있었다.

"그렇다면 당신께 부탁드릴게요. 왜냐하면 언젠가 릴리가 당신이 그녀에게 커다란 도움이 되었다고 말한 적이 있었기 때문이에요. 그리고 지금 릴리는 그 어느 때보다도 간절하게 도움이 필요해요. 릴리가 안락함과 사치스러운 생활에 얼마나 길들어 살아왔는지 당신도 아실 거예요. 추레하고 추하고 불편한 걸 얼마나 혐오하며 두려워하는지도 말이죠. 릴리에게 그건 어쩔 수 없는 일이에요. 어렸을 때부터 그런 분위기에서 자라났고, 한 번도 그런 생활에서 벗어나는 법을 배울 수 없었으니까요. 하지만 이제 릴리는 자신이 그토록 소중하게 여기는 모든 것을 빼앗겼어요. 그런 것들을 소중히 여기라고 그녀에게 가르치던 사람들 역시 그녀를 버렸지요. 하지만 만약 누군가 그녀에게 손을 내밀고 다른 세계를 보여 줄 수만 있다면……. 아직도 인생에, 그리고 그녀 자신에게 많은 것이 남아 있음을 일깨워 줄 수만 있다면……."

거티는 흥분해서 열변을 쏟아내는 자신이 새삼 겸연쩍은 듯 얼굴을 붉히며 말을 멈추었다. 그리고 어떻게든 친구의 재기를 바라는 자신의 간절한 소망을 정확하게 표현할 말을 찾지 못해서 잠시 더듬거렸다.

"난 릴리를 도와줄 수가 없어요. 이미 내 손을 벗어났으니까요."

거티가 말을 이었다.

"릴리는 나에게 부담이 될까 봐 걱정하는 것 같아요. 2주일 전 릴리가 여기 왔었는데, 자신의 장래에 대해서 무척이나 걱정하는 것처럼 보였죠. 릴리 말로는 캐리 피셔가 그녀를 위해서 뭔가 할 일을 찾아보고 있다더군요. 그리고 며칠 후에 개인비서 자리를 얻었으니 아무 걱정하지 말라는 편지를 저에게 보냈어요. 모든 일이 잘 풀리고 있고, 조만간 시간이 나면 나를 찾아와서 자세한 이야기를 해주겠다고 말이죠. 하지만 릴리는 그 후로 다시 찾아오지 않았어요. 그렇다고 내가 릴리를 찾아갈 수는 없어요. 혹시 릴리가 나를 원하지 않는데 내가 억지로 끼어드는 것일지도 모르니까요. 예전에 우리가 어린아이였을 때, 오랫동안 헤어져 있다가 다시 만난 적이 있었죠. 그때 나는 황급히 달려가서 릴리를 껴안았어요. 그러자 릴리는 이렇게 말했죠. '부디 내가 먼저 부탁하기 전에는 나에게 입맞춤을 하지 말아줘, 거티.' 그리고 나서 몇 분 후에 나에게 안아달라고 부탁하긴 했지만, 어쨌든 그때 이후 난 언제나 릴리가 부탁할 때까지 기다린답니다."

셀던은 감정의 변화를 무의식중에 드러내지 않기 위해서 그의 갸름하고 거무스름한 얼굴에 짐짓 골똘히 생각에 잠긴 듯한 표정을 떠올린 채 묵묵히 거티의 말을 듣고 있었다. 그리고 마침내 사촌이 말을 마쳤을 때, 살짝 미소를 지으며 대답했다.

"정작 당신 자신은 기다림의 지혜를 터득했다고 말하면서 왜 나더러는 성급하게 나서라고 조르는지 그 이유를 모르겠군요."

하지만 애타게 호소하는 거티의 눈빛을 보자, 셀던은 자리에서 일어서며 한마디 덧붙였다.

"어쨌든 당신이 원하는 대로 하지요. 그리고 제가 실패하더라도 당신 탓은 하지 않겠습니다."

사실 셀던이 바트 양을 피해 다닌 것은 거티의 생각과는 달리 일정 부분 그가 의도한 일이었다. 몬테카를로에서 그들이 함께 보낸 마지막 몇 시간에 대한 기억이 아직도 그의 마음에 뜨거운 분노를 일으키곤 했던 처음 얼마 동안은 정말로 어서 바트 양이 돌아오기만 간절히 기다리는 심정이었다. 하지만 실망스럽게도 바트 양은 영국에서 꽤 오랫동안 지체했다. 마침내 그녀가 다시 돌아왔을 때는 셀던이 업무 때문에 서부로 떠나야 했다. 그리고 다시 돌아온 그를 맞이한 것은 바트 양이 고머 부부와 함께 알래스카로 떠났다는 소식뿐이었다. 갑작스럽게 맺어진 이 친분에 대해 알고 나자, 그녀를 만나고 싶어 했던 그의 간절한 마음이 싸늘하게 식어버렸다. 그녀의 인생 전체가 무너져 내리려고 하는 것처럼 보이는 순간에 바트 양이 고머 부부에게 자기 인생의 재건을 기꺼이 맡길 수 있다면, 그런 사건들이 그녀에게 돌이킬 수 없는 타격을 줄 이유도 없는 것이다. 사실 바트 양이 어디론가 한 걸음 내디딜 때마다 그녀는 그들 두 사람이 한두 번 진정으로 마음이 통했던 그 세계에서 점점 더 멀어져 가고 있는 것 같았다. 일단 이런 사실을 인정하고 나자, 처음에 느꼈던 날카로운 고통이 지나가고 난 후에는 차라리 안도감이 들었다. 셀던으로서는 아주 가끔씩 그의 삶 속으로 불쑥 뛰어들어 와 혼란을 일으키는 그녀의 일탈적인 모습보다는 그냥 평소 행동으로 바트 양을 판단하는 편이 훨씬 더 간단했기 때문이다. 게다가 바트 양의 어떤 행동을 봐도 두 번 다시 그런 일탈은 일어날 것 같지 않았으므로 그의 안도감은 더욱 커졌고, 셀던도 다시 남들과 같은 시선으로 그녀를 바라보기 시작했다.

하지만 거티 패리시의 말 몇 마디만으로 셀던은 그런 생각이 자신의 진심과 얼마나 거리가 먼 것인지 충분히 깨달을 수 있었다. 그가 릴리 바트 양을 생각하면서 아무렇지도 않게 마음 편히 살아가기란 이미 불가능한 일이었다. 그녀가 도움이 필요하다는 소식만 들어도 즉시 그 생각이 뇌리에 박혀서 떠나지 않았다. 비록 그가 줄 수 있는 도움이란 게 아무리 빈약한 것이라 할지라도. 결국 거리로 나온 셀던은 사촌의 다급한 호소에 귀 기울이기로 결심하고 곧장 릴리가 머무는 호텔로 발걸음을 옮겼다.

  하지만 그의 열정은 바트 양이 그곳을 떠났다는 뜻하지 않은 소식에 제지당하고 말았다. 셀던의 끈질긴 질문 공세에 호텔 급사는 겨우 바트 양이 주소를 남겼다는 사실을 기억해 냈고 당장 장부를 뒤지기 시작했다.

  바트 양이 거티 패리시에게 알리지도 않고 이런 결정을 내렸다는 것은 분명 이상한 일이었다. 셀던은 왠지 불안한 마음으로 주소를 찾을 때까지 기다렸다. 꽤 오랜 시간이 흐르는 동안 막연한 불안감이 확실한 걱정으로 바뀔 때쯤 드디어 한 장의 종이가 그의 손에 건네졌다. 셀던은 주소를 읽어보았다. '노마 해치 부인의 도움으로. 엠포리엄 호텔.[23]" 일순간 그의 걱정은 도저히 믿을 수 없어 하는 시선으로 변했다. 그리고 그것은 다시 혐오에 찬 행동으로 이어졌다. 셀던은 그 종이를 반으로 찢어버린 후 재빨리 돌아서서 집으로 향했다.

9

  엠포리엄 호텔로 거처를 옮기고 난 다음 날 아침, 눈을 뜬 릴리가 맨 처음 느낀 감정은 순수한 육체적 만족감이었다. 어제까지의 상황이 극적으로 대조되면서, 또다시 푹신한 침대 위에 누워서 햇살이 가득한 넓은 방 저편으로 벽난로 옆에 놓인 아침 식사를 바라보는 사치를 누릴 수 있다는 사실이 더욱더 감격적으로 다가왔다. 곧이어 분석과 반성이 뒤따를지도 몰랐지만, 어쨌든 지금 이 순간에는 지나치게 요란한 장식이나 정신없이 널려 있는 가구들조차 반갑게 느껴졌다. 불편이 결코 침투할 수 없을 정도로 튼튼하고 부드러운 안락함 속에 들어와 있다는 느낌이 가장 사소한 비판조차 잠재워 버린 것이다.

바로 전날 오후에 릴리는 캐리 피셔가 소개해 준 부인을 만났고, 자신이 완전히 새로운 세계에 들어왔다는 걸 알았다. 마지막 이혼의 결과로 다시 처녀 시절 이름을 쓰고 있는 노마 해치 부인에 대한 캐리의 모호한 설명은 그녀가 '서부 출신'이라는 혐의가 있기는 하지만 엄청난 돈을 가지고 왔으므로 정상참작의 여지가 있다는 것이었다. 한마디로 그녀는 돈 많고 무기력하고 정착하지 못한 여자로, 릴리에게 딱 적합한 상대였다. 피셔 부인은 장차 친구가 취해야 할 노선에 대해 구체적으로 알려 주지 않았다. 사실 자기 자신도 해치 부인을 잘 알지 못하고 다만 멜빌 스탠시에게 이야기를 들었다고 고백했다. 한가한 때는 변호사였다가 유흥을 즐기는 클럽에서는 폴스타프[24] 노릇을 하는 이 남자는 사교계에서 고머 부부의 세계와 이제 막 바트 양이 들어온 이 어두침침한 세계 사이를 이어주는 연결 고리 역할을 하고 있었다. 하지만 해치 부인의 세계가 어두침침하다고 묘사하는 것은 오직 비유적으로만 그럴 뿐이었다. 실제로 릴리가 발견한 것은 갖가지 불필요한 장식품에서 똑같이 쏟아져 나오는 전깃불의 눈부신 광채 속에 휩싸여 있는 해치 부인이었다. 연분홍색 다마스크 천과 금박으로 뒤덮인 안쪽 자리에 깊숙이 앉아 있던 그녀는 마치 진주조개 속에서 나오는 비너스처럼 우아하게 일어섰다. 이런 비유의 적절함은 부인의 용모 자체에서도 느낄 수 있었는데, 아름답고 커다란 부인의 눈동자는 마치 유리 진열대 밑에 고정해 놓은 무엇처럼 영원히 정지되어 있는 것 같았다. 그렇다고 해서 부인의 나이가 릴리보다 몇 년 더 어리다는 사실을 즉각 알아챌 수 없는 것은 아니었다. 또한 그녀의 화려함과 여유로움, 도전적인 옷차림과 목소리 밑에 도저히 없앨 수 없는 순수함이 여전히 남아 있음을 느낄 수 있었다. 그녀와 같은 국적을 지닌 부인들은 흥미롭게도 그런 순수함과 더불어 깜짝 놀랄 만큼 극단적인 경험을 함께 지니고 있는 경우가 많았다.

릴리가 머물게 된 환경 또한 그곳에 거주하는 사람들만큼이나 그녀에게는 낯설고 새로웠다. 릴리는 뉴욕의 최신식 호텔의 세계를 잘 알지 못했다. 지나치게 난방을 하고 지나치게 많은 설비를 갖추고 온갖 기발한 요구를 충족하기 위해 최첨단 전기 기구를 지나치게 설치해 놓은 세계. 반면 품위 있는 생활의 안락함이라고는 사막에서만큼이나 찾아볼 수 없는, 그런 세계를. 살갗이 타버릴 지경으로 휘황찬란한 이 세계 안을 가구들만큼이나 호사스럽게 장신구를 단 창백한 얼굴을 한 사람들이 특별한 목적도, 지속적인 관계 맺음도 없이 그냥 돌아다니고 있었다. 그들은 나른한 호기심에 이끌려서 식당에서 공연장으로, 야자수 정원에서 음악 연주회장으로, 미술 전시장에서 디자이너 매장의 개점 축하장으로 끊임없이 떠돌아다닐 뿐이었다. 길이 잘 든 말이나 공들여 설비를 갖춘 자동차들이 숙녀들을 거대한 도시의 어느 먼 곳으로 실어 나르기 위해서 항상 대기하고 있었다. 그리고 그곳에서 다시 돌아온 숙녀들은 검은담비 모피 외투의 무게 때문에 더욱 파리해진 얼굴로 숨 막힐 듯이 답답하고 무기력한 호텔의 일상 속에 빨려 들어가곤 했다. 그들에게도 지나간 시간 어딘가에는 혹은 인생의 감추어진 이면에는 실제 인간적인 활동들로 가득 찬, 진짜 과거가 분명히 있었을 것이다. 이들 자신도 뜨거운 야망과 지칠 줄 모르는 에너지, 그리고 인생의 온갖 세파를 겪은 결과임이 분명했다. 하지만 지금 그들은 림보를 떠돌고 있는 시인의 영혼보다도 더 실체가 없는 것 같았다.

릴리는 오래지 않아 해치 부인이야말로 이 공허한 세계에서 그나마 가장 현실적인 실체를 지닌 인물이란 사실을 알아차렸다. 이 부인은 비록 아직까지 텅 빈 공간을 떠돌고 있기는 했지만, 서서히 뚜렷한 윤곽을 드러낼 것 같은 희미한 징조를 보이고 있었다. 그리고 그 과정에서 실제로 그녀를 이끄는 사람은 바로 멜빌 스탠시 씨였다. 몸집이 크고 시끄러운 이 남자는 천 달러짜리 봉보니에르[25]와 '개막일 저녁 공연의 특별 관람석'으로 기사도 정신을 표현하고 언제든 환락의 기회를 제공해 줄 것 같은 분위기를 풍겼는데, 해치 부인을 첫 번째 발달 단계에서 대도시의 호텔 생활이란 더 높은 단계로 옮겨 놓은 사람이었다. 해치 부인이 마상 쇼에서 푸른 리본을 받도록 말을 골라 준 사람도 바로 그였고, 그녀를 사진작가에게 소개해서 그녀의 인물 사진이 몇 번이나 《선데이 서플먼트》의 지면을 장식하게 만든 사람도 바로 그였다. 또한 그녀의 사교계를 구성하는 인물들을 모아온 것도 그 사람이었다. 물론 그 세계는 아직까지 소규모 집단이었고, 이질적인 몇몇 사람이 드넓은 무인 지대에 떠 있는 것과 마찬가지였다. 하지만 릴리는 이 세계 지배권이 더 이상 스탠시 씨의 손아귀에 들어 있지 않다는 사실을 금방 깨달았다. 종종 있는 일이지만, 학생이 선생을 능가해 버린 것이었다. 해치 부인은 이미 엠포리엄 호텔이란 세계 너머에 있는 호사스러움의 깊이뿐 아니라 우아함의 높이까지도 인식하고 있었다. 이런 발견은 즉시 더 높은 수준의 안내자를 만나고 싶다는 갈망으로 이어졌다. 다시 말해서 그녀의 편지에 적절한 표현을 덧붙여 줄 수 있고 그녀의 모자를 제대로 봐줄 수 있고

기쁨의 집 169

메뉴에 올릴 요리의 정확한 순서를 알려 줄 수 있는 노련한 여성 안내자 말이다. 한마디로 이제 막 첫발을 들여놓기 시작한 사교계 생활의 길잡이로서 바트 양의 안내가 필요했던 것이다. 비서라는 릴리의 표면상 임무는 실제로 해치 부인에게는 아직까지 딱히 편지나 초대장을 보낼 사람이 없단 사실 때문에 실행되기 어려웠다.

릴리에게는 해치 부인이란 존재의 전반적인 행태만큼이나 그녀의 일상적인 생활 역시 이상하기 짝이 없었다. 그녀의 습성은 주로 동양적인 게으름과 무질서함으로 특징지을 수 있었는데, 특히 함께 다니는 사람들에게는 상당히 짜증스러운 일이었다. 해치 부인과 그녀의 친구들은 시간과 공간의 제약을 완전히 벗어나서 자기들끼리 멋대로 떠다니는 사람들 같았다. 딱히 정해진 시간도 없었고 반드시 지켜야 할 의무도 없었다. 뒤죽박죽이 되어버린 시간 약속 속에서 밤낮의 구별조차 모호해졌다. 그러므로 티타임에 점심을 먹거나 저녁 식사가 극장 관람 이후의 시끄러운 야식으로 그대로 이어졌고, 그것은 다시 새벽이 올 때까지 계속되는 밤샘 파티로 변해 버리곤 했다.

이렇게 무익한 활동들이 난무하는 상황에서 한 무리의 이상한 서비스업자들, 예컨대 손톱 관리사, 피부 미용 관리사, 미용사, 브리지 교습 강사, 프랑스어 개인 선생, 심지어 '신체 발달' 관리사 등이 쉴새없이 오고 갔다. 이런 사람들은 때때로 겉모습으로 보아서나 혹은 해치 부인과 관계로 보아서나 릴리가 알고 있는 사교계의 손님들과 전혀 구별이 안 되곤 했다. 그중에서도 릴리에게 가장 낯선 일은 옛날 지인들과 만나는 것이었다. 사실 릴리는 당분간 그 무리의 영역에서 완전히 벗어났다고 생각하고 내심 안도하고 있었다. 그런데 사방팔방 손길을 뻗치지 않는 데가 없는 스탠시 씨가 피셔 부인의 세계에까지 한 발을 걸쳐놓고, 그중에서도 가장 빛나는 장식품을 야금야금 엠포리엄 호텔의 세계로 빼내 오고 있었던 것이다. 릴리가 맨 처음 깜짝 놀랐던 순간 중 하나가 해치 부인의 거실을 습관처럼 드나드는 손님 중에서 네드 실버턴을 발견했을 때였다. 하지만 네드는 스탠시 씨의 가장 중요한 신입 회원이 아니란 사실이 곧 드러났다. 해치 부인의 무리가 가장 관심을 쏟는 인물은 다름 아닌 반 오스버그 재벌 가문의 젊은 상속자로, 키가 작고 호리호리한 프레디 반 오스버그였다. 이제 막 대학을 졸업한 프레디는 릴리가 몰락해 가는 동안 사교계의 샛별로 한창 떠오르고 있었다. 릴리는 이 젊은이가 해치 부인이라는 희미한 존재에 얼마나 눈부신 광채를 더해 주고 있는지 놀라운 눈으로 바라보았다. 이것은 공식적인 사회생활의 의무에서 해방된 젊은이들이 흔히 빠져드는 일 중 하나였는데, 초조한 어머니들의 희망을 종종 짓밟아 놓곤 하는 일종의 '예비 약혼' 단계인 셈이었다. 릴리는 마치 보기 흉한 매듭이 다 보이고 실밥도 길게 늘어져 있는, 사교계라는 양탄자의 뒷면에 서 있는 것 같은 묘한 기분을 느꼈다. 그리고 한동안은 이 쇼를 지켜보며 거기에 일부 참여하는 것에서 즐거움을 느끼기도 했다. 관습의 부조리함을 혹독하게 경험한 릴리에게, 관습에 얽매이지 않고 자유분방한 이런 분위기는 분명히 신선한 면이 있었다. 하지만 잠깐 동안의 즐거운 기분은 단지 그녀의 지난날에 대한 오랜 혐오감에서 비롯된 반작용일 뿐이었다. 겉만 번지르르하고 속은 텅 비어 있는 해치 부인의 삶에 비하면, 차라리 릴리의 예전 친구들의 생활은 질서 정연한 활동으로 꽉 찬 것처럼 보였다. 릴리의 옛 지인들은 아무리 예쁘고 방종한 아가씨라 해도 집안 대대로 전해 내려오는 의무와 관습에 따른 자선 활동이 있었기에 사회라는 거대한 기계를 계속 작동시키기 위한 자기 나름의 역할을 수행해야 했다. 그리고 모든 사람이 이런 전통적인 역할이란 연대 의식 속에 함께 결속되어 있었다. 바트 양에게 구체적으로 이행해야 할 어떤 임무가 있었다면 그녀의 위치는 좀 더 단순해졌을 것이다. 하지만 그저 막연하게 해치 부인을 수행한다는 것은 상당히 혼란스러운 일이었다.

그렇지만 릴리의 고용주가 이런 혼란을 일으키는 것은 아니었다. 해치 부인은 처음부터 거의 감동적일 만큼 릴리에게서 인정받고 싶다는 의지를 보였다. 부자로서 거만함을 보이기는커녕 그녀의 아름다운 눈은 순진무구한 애원의 빛을 띠며 간청하는 것 같았다. 그녀는 '멋지게' 행동하고 싶어 했고, '사랑스러운' 여자가 되는 법을 배우고 싶어 했다. 정작 문제는 릴리의 이상과 그녀의 이상 사이에 도무지 접촉점을 찾을 수 없다는 것이었다.

해치 부인은 무대와 신문과 패션 잡지 그리고 야단스러운 스포츠의 세계로부터 닥치는 대로 주워 모은 불확실한 열정과 막연한 동경 속을 떠다니고 있었는데, 그것은 그녀의 친구들의 시야를 완전히 넘어선 세계였다. 무엇보다 이런 혼란스러운 환상에서 벗어나게 하는 것이 이 숙녀를 앞으로 나가게 하기 위한 가장 좋은 방법이었으며 릴리의 중요한 임무였다. 하지만 이 작업은 날로 커져 가는 의혹 때문에 자꾸만 방해를 받았다. 사실 릴리는 점점 더 자신이 처한 상황의 모호함을 느끼고 있었다. 해치 부인에게 아무 비난할 만한 점이 없다는 사실에 릴리가 어떤 의혹을 느끼는 것은 아니었다. 이 숙녀의 잘못은 언제나 행동보다 취향에 있었다. 그녀의 이혼 경력도 윤리적인 조건 때문이라기보다 지리적인 조건 때문인 것 같았다. 해치 부인의 가장 큰 단점인 부주의함 역시 종잡을 수 없을 정도로 지나치게 착한 성품에서 비롯되는 듯 보였다. 하지만 손톱 손질 때문에 점심 약속에 늦는다든가, '미용 관리사'에게 프레디 반 오스버그의 특별 관람석 자리를 내준다든가 하는 정도의 일은 그냥 보아 넘긴다 해도 다소 불분명하게 관습을 일탈하는 행동까지 똑같이 태연하게 넘길 수는 없었다. 예를 들어, 네드 실버턴과 스탠시의 관계는 자연스러운 우정이라고 하기에는 지나치게 가깝고 다소 석연치 않았다. 게다가 두 사람은 의기투합하여 해치 부인에 대한 프레디 반 오스버그의 관심을 어떻게든 북돋아 주려고 애쓰는 것 같았다. 물론 아직까지 명확하게 드러난 사실은 아무것도 없었다. 결국은 이 모든 게 두 사람의 커다란 장난일 수도 있었다. 하지만 릴리가 보기에는 두 사람의 실험 대상이 너무 젊고 부자인 데다가 지나치게 순진한 것 같았다. 심지어 프레디가 릴리를 자신과 마찬가지로 해치 부인의 사교적 발전을 돕는 협력자로 여긴다는 사실을 알고 나서 릴리의 당혹감은 점점 더 커져 갔다. 그의 입장에서는 부인의 장래에 대한 영속적인 관심을 암시하는 견해였다. 릴리도 어떤 면에서는 이 사건에 대해 아이러니한 즐거움을 느낄 때가 있었다. 매정한 사교계의 심장을 향하여 해치 부인과 같은 미사일을 한 방 날릴 생각을 하면 마음이 끌리지 않는 것은 아니었다. 심지어 한가한 시간에는 반 오스버그 집안의 가족 연회에 아름다운 노마 해치를 최초로 소개하는 장면을 상상하며 재미있어하기도 했다. 그렇지만 이런 계획에 개인적으로 연관되었다는 생각은 썩 유쾌하지 않았다. 즐거운 기분도 잠시일 뿐, 그 뒤로는 점점 더 커져 가는 의혹이 찾아오는 것이었다.

이런 의혹은 어느 날 오후 로렌스 셀던의 갑작스러운 방문을 받았을 때 극에 달했다. 셀던은 야단스러운 분홍색 다마스크 천의 홍수 속에 혼자 있는 릴리를 발견했다. 해치 부인의 세계에서 티타임은 반드시 지켜야 할 사회적 의식이 아니었기에, 그 시간에 부인은 여자 마사지사의 손에 몸을 맡기고 있었던 것이다.

셀던이 들어서는 것을 보고 릴리는 내심 깜짝 놀라며 당황해서 어쩔 줄 몰랐다. 하지만 딱딱하게 굳어 있는 셀던의 태도에 릴리도 금방 냉정을 되찾을 수 있었다. 그리고 곧 놀랍고 반가운 어조로 그를 맞이했다. 그녀는 이런 어울리지 않는 곳까지 그가 찾아오다니 정말 뜻밖이라고 솔직히 고백하면서 어쩐 일로 이런 수색에 나서게 되었는지 물었다.

셀던은 릴리의 장난스러운 질문에 대단히 심각한 표정으로 대응했다. 릴리는 이토록 자신 없어 하는 그의 모습을 한 번도 본 적이 없었다. 그녀가 그의 말을 조금이라도 방해하면 당장 무너질 듯이 보였다.

"당신을 만나고 싶었습니다."

셀던이 말했다. 순간 릴리는 그의 놀랄 만한 자제력 이면에 간절한 소망이 숨어 있었던 것은 아닌가 하고 생각하지 않을 수 없었다. 솔직히 지난 몇 달 동안 릴리에게 가장 가슴 아픈 일은 오랫동안 셀던을 보지 못했다는 사실이었다. 그에게 버림받았다는 생각은 자존심으로 무장한 겉모습과 달리 그녀의 마음 깊은 곳에서 커다란 상처가 되었다.

셀던은 그녀를 똑바로 마주 보았다.

"당신에게 뭔가 도움이 될 수 있다는 생각이 들지 않는데, 제가 어떻게 찾아오겠습니까? 당신에게 제가 필요할지도 모른다는 허황된 믿음이 저의 유일한 구실인데 말이죠."

릴리는 셀던이 진심을 말하지 못하고 어설프게 둘러대고 있다고 생각했다. 그러므로 재빨리 상냥하고 다정한 어조로 대답했다.

"그렇다면 지금은 제가 도움이 되어주실 수 있다는 생각이 들어서 찾아오신 건가요?"

셀던은 다시 멈칫였다.

"그렇습니다. 단지 이야기를 나눌 수 있는 가장 평범한 능력을 지닌 사람으로서 말이죠."

영리한 청년치고는 꽤 어리석은 시작이었다. 셀던의 어색한 태도가 사실은 혹시라도 그녀가 이번 방문에 어떤 개인적인 의미를 부여하지 않을까 하는 두려움 때문이라는 생각이 들자, 순식간에 그를 만난 기쁨이 싸늘하게 식었다. 하지만 아무리 어려운 상황에 놓여 있다고 해도, 기쁨은 언제나 그 자체로 기쁨인 것이다. 설사 릴리가 셀던을 증오한다 하더라도, 결코 그가 당장 방에서 나가기를 바라지는 않았을 것이다. 지금 그녀는 거의 그를 증오하다시피 하고 있지만 그의 목소리와 그의 가늘고 검은 머리카락 위로 떨어지는 햇살과 앉았다 일어났다 하는 그의 동작들 그리고 그의 옷차림, 이런 사소하기 짝이 없는 모든 것이 그녀 인생의 가장 깊은 곳까지 속속들이 침투해 있음을 느낄 수 있었다. 그의 앞에 서자, 갑자기 릴리의 마음에 평온이 찾아들었고 영혼의 고통도 가라앉았다. 하지만 이런 영향력에 저항하고 싶은 충동을 느낀 릴리는 바로 퉁명스럽게 쏘아붙였다.

"스스로 그런 능력이 있다고 말씀해 주시니 참 친절하시군요. 그런데 도대체 뭐 때문에 제가 특별히 나눠야 할 이야기가

기쁨의 집 175

있을 거라고 생각하시는 건가요?"

비록 릴리는 계속해서 가볍게 대화를 나누는 어조로 물었지만, 이런 질문을 받자 셀던은 갑자기 자신의 선행이 상대방에게서 요청받은 게 아니라는 사실을 떠올린 것 같았다. 그는 잠시 말문이 막힌 채 서 있었다. 두 사람 사이의 이런 어색한 상황은 오직 단 한 번의 갑작스러운 감정의 분출만으로도 말끔히 해소될 수 있는 것이었다. 하지만 그들이 평생 받아온 훈련과 몸에 밴 습관은 그런 분출이 일어날 모든 가능성을 필사적으로 막고 있었다. 셀던의 평온한 태도는 좀 더 딱딱하게 굳어져서 저항하는 듯 보였고, 바트 양의 태도도 더욱 냉정해져서 마치 차갑고 반짝이는 막으로 표면을 덮은 것 같다. 그렇게 두 사람은 해치 부인의 거대한 소파 하나를 사이에 두고 마주 보고 앉아 있었다. 문제의 이 소파와 또 다른 괴물 같은 소파들로 가득 차 있는 방은 마침내 셀던에게 그가 대답할 차례임을 일깨우는 데 성공한 것 같았다.

"당신이 해치 부인의 비서로 일하고 있다는 말을 거티에게서 들었습니다. 그리고 당신이 어떻게 지내는지 소식을 듣고서 거티가 몹시 걱정한다는 사실도 알았죠."

바트 양은 이 해명을 듣고 난 후에도 전혀 표정이 누그러지지 않았다.

"그렇다면 어째서 거티가 직접 저를 찾아오지 않은 거죠?"

바트 양이 물었다.

"당신이 거티에게 주소를 보내주지 않았기 때문이죠. 거티는 당신을 성가시게 할까 봐 두려워하고 있습니다."

셀던이 빙그레 미소를 지으며 말을 이었다.

"하지만 당신도 알다시피 그런 망설임이 저의 발걸음을 막지는 못했지요. 하지만 저 역시 당신의 불쾌감을 일으킬지도 모르는 위험을 무릅쓸 정도로 용감하지는 않습니다."

릴리도 미소로 응답했다.

"아직 그 정도는 아니에요. 하지만 조만간 그럴지도 모른다는 생각이 드는군요."

"그건 전적으로 당신에게 달렸습니다, 그렇지 않습니까? 저의 주도권이란 저 자신을 당신의 처분에 맡기는 것 이상을 넘어서지 않는다는 걸 당신도 아시지 않습니까?"

"하지만 무슨 능력으로요? 제가 당신과 뭘 할 수 있을까요?"

릴리는 여전히 가벼운 어조로 물었다.

셀던은 또다시 해치 부인의 거실 안을 힐끗 돌아보았다. 그리고 이 마지막 관찰을 통해서 어떤 결론에 도달한 듯 단호하게 말했다.

"제가 여기서 당신을 데리고 나갈 수 있도록 해주십시오."

릴리는 이 갑작스러운 공격에 그만 얼굴이 새빨개졌다. 하지만 곧 몸을 꼿꼿이 세운 채 차가운 목소리로 말했다.

"그렇다면 저를 어디로 데려가실 작정인지 여쭤봐도 될까요?"

"당신이 허락하신다면, 우선 거티의 집으로 데려가겠습니다. 어쨌든 제일 중요한 일은 여기서 나가는 것입니다."

평소와 달리 거칠고 성급한 그의 목소리는 이런 말을 하는 것이 그에게 얼마나 힘든 일인지 보여 주고 있었다. 하지만 지금 릴리는 자기 자신의 격앙된 기분에 휩싸여서 그의 감정까지 헤아려줄 만한 상태가 아니었다. 정작 가장 절실하게 친구가 필요했던 순간에는 그녀를 외면하고 어쩌면 심지어 피해 다니기까지 하다가 갑자기 아무런 예고도 없이 그녀의 인생에 끼어

들어서 이렇듯 이상한 명령을 내리고 있다고 생각하니, 릴리의 자존심이 한껏 고개를 쳐들면서 방어 본능이 일제히 발동했다.

"제 앞날에 대해서 그토록 관심을 가져주시니 당신께 진심으로 감사드리지 않을 수 없군요. 하지만 저는 지금 있는 이곳에 대단히 만족하고 있고 결코 떠날 의향이 없습니다."

그러자 셀던이 자리에서 벌떡 일어나더니, 주체할 수 없는 초조감을 드러내며 그녀 앞에 우뚝 섰다.

"그건 단지 당신 자신이 지금 어디에 있는지 몰라서 그러는 겁니다!"

셀던이 소리쳤다. 릴리 역시 발끈 화를 내며 자리에서 발딱 일어섰다.

"만약 해치 부인에 대해서 뭔가 안 좋은 말을 하려고 여기 오신 거라면……."

"제가 걱정하는 건 오직 당신과 해치 부인의 관계뿐입니다!"

"저와 해치 부인의 관계에 대해서 저는 전혀 부끄러워할 이유가 없어요. 제 오랜 친구들이 굶어 죽어가는 저를 그냥 지켜보고만 있을 때, 부인은 제게 생계를 벌 수 있는 기회를 주었죠."

"말도 안 됩니다! 굶어 죽는 것이 유일한 대안은 아니죠! 당신이 다시 독립할 수 있을 때까지 언제든 거티의 집에서 지낼 수 있다는 걸 아시지 않습니까?"

"당신이 제 개인사에 대해서 그토록 잘 알고 계신 걸 보니, 지금 그 말씀은 제 고모님의 유산이 지불될 때까지란 뜻이겠죠?"

"그렇습니다. 거티가 그 유산에 대해 이야기해 주더군요."

셀던은 전혀 당황한 기색도 없이 솔직히 인정했다. 자신의 생각을 말하는 데 주저하는 척하기에 그는 지금 너무 진지했다.

"하지만 거티는 이걸 몰랐던 것 같군요."

바트 양이 대꾸했다.

"그 유산은 단 한 푼도 남김없이 몽땅 빚이라는 걸 말이죠."

"오, 하느님!"

셀던은 이 느닷없는 발언에 깜짝 놀라서 냉정을 잃고 소리쳤다.

"단 한 푼까지도 말이에요. 그러고도 빚이 더 있죠."

릴리는 다시 한 번 되풀이했다.

"이제 당신은 왜 제가 거티의 친절을 받아들이기보다 해치 부인의 곁에 남으려고 하는지 아셨을 거예요. 제게는 얼마 안 되는 수입 이외에 남은 돈이 전혀 없어요. 그러니 생계를 유지하려면 돈을 더 벌어야 한답니다."

셀던은 잠시 망설이더니, 이윽고 조용한 목소리로 말했다.

"어쩌다 제가 이 상황의 자세한 내막까지 알게 되었으니 감히 드리는 말씀인데, 당신과 거티의 수입을 합친다면 두 분은 분명히 이럭저럭 생활을 꾸려 나갈 수 있을 겁니다. 그렇게 되면 당신이 굳이 생계를 위해 애쓸 필요도 없을 텐데요. 거티는 기꺼이 그렇게 해줄 겁니다. 오히려 몹시 기뻐할 텐데……."

"하지만 전 그럴 수 없어요."

바트 양이 단호하게 말을 잘랐다.

"여러 가지 이유에서 그건 거티에게 부당한 짓일 뿐 아니라 저 자신을 위해서도 현명한 결정이 아니에요."

릴리는 잠시 입을 다물었다. 하지만 셀던이 좀 더 자세한 설명을 기다리고 있는 듯 보이자, 재빨리 머리를 꼿꼿이 치켜들며 한마디 덧붙였다.

"제가 당신께 그 이유를 말씀드리지 못하는 걸 이해해 주시겠지요."

"제가 그 이유를 알아야 할 권리는 없습니다."

셀던이 릴리의 반항적인 말투를 무시하며 대답했다.

"제가 이미 드린 제안이나 충고 이상의 다른 어떤 제안이나 조언도 드릴 권리가 없지요. 제가 지금까지 한 행동들은 오직 자신도 모르는 사이에 잘못된 자리에 서 있게 된 여성을 보고 그 사실을 일깨워 줄 수 있는, 신사라면 당연히 가지고 있는 보편적 권리에 따른 것일 뿐입니다."

릴리가 차갑게 미소를 지었다.

"당신이 말씀하시는 '잘못된 자리' 란 우리가 소위 사교계라고 부르는 곳의 바깥을 뜻하시는 것 같군요. 하지만 이 사실을 기억하셔야죠. 저는 해치 부인을 만나기 오래전에 이미 그 신성한 구역에서 추방된 몸이라는 사실을 말입니다. 그리고 제가 보기에, 그 세계의 바깥에 있으나 안에 있으나 진정한 차이는 별로 없는 것 같군요. 언젠가 당신도 저에게 그런 말씀을 하시지 않았나요? 오직 안에 있는 사람들만이 그 차이를 심각하게 받아들인다고 말이죠."

사실 릴리가 벨로몬트의 그 잊지 못할 대화에 대한 기억을 은근슬쩍 언급한 것은 다분히 의도적이었다. 그러고는 바싹 신경을 곤두세운 채 이 말이 그에게 어떤 반응을 불러일으킬지 가슴을 졸이며 기다렸다. 하지만 이 실험의 결과는 실망스럽기 짝이 없었다. 셀던은 이 언급 때문에 이야기가 다른 길로 새는 걸 절대 용납하지 않았다. 단지 더 강력한 어조로 이렇게 말할 뿐이었다.

"당신의 말씀대로, 안에 있느냐 밖에 있느냐 하는 건 지극히 사소한 일입니다. 게다가 지금 이 상황과는 아무런 관련도 없는 일이고요. 다만 어떻게든 안으로 들어가고 싶어 하는 해치 부인의 욕망이 당신을 잘못된 자리에 놓을 수도 있다는 점만 제외한다면 말이죠."

셀던의 겸손한 어조에도 불구하고 그가 하는 말 한마디 한마디가 릴리의 반항심을 격렬하게 불러일으켰다. 그리고 그가 보여 준 바로 그 염려와 이해심 때문에 릴리는 더욱더 셀던에게 적대적이 되었다. 그녀는 지금까지 줄곧 그에게서 어떤 개인적인 감정의 기미를 찾아볼 수 있을까, 그녀에 대한 마음이 되살아났다는 어떤 징조라도 보일까 잔뜩 긴장하며 살피고 있었다. 그러나 셀던의 태도는 지극히 진지하고 이성적이었으며, 그녀의 은근한 호소에 아무런 반응도 보이지 않았다. 결국 상처받은 그녀의 자존심은 셀던의 간섭에 대한 맹목적인 분노로 변해 버렸다. 단지 거티가 보내서 마지못해 왔을 뿐 그녀가 어떤 곤경에 처해 있다 하더라도 셀던은 결코 자진해서 그녀를 도와주기 위해 찾아오지 않았을 거란 확신은 털끝만큼도 그의 조언을 받아들이지 않겠다는 그녀의 결심을 더욱 확고하게 해주었다. 지금 자신이 처한 상황이 아무리 의심스럽다 할지라도 셀던을 통해서 빛을 보느니 차라리 어둠 속에서 죽어가는 편이 더 나았다.

"전 모르겠군요."

셀던이 말을 멈추자, 릴리가 다시 입을 열었다.

"어째서 제가 당신이 표현하신 그런 상황에 처해 있다고 상상하시는지 말이죠. 하지만 저처럼 자라난 사람의 유일한 목적은 젊은 아가씨가 자신이 원하는 걸 얻을 수 있도록 가르치는 것이라고 당신이 제게 늘 말씀하시지 않았나요? 어째서 지금 제가 하고 있는 일이 바로 그런 일이란 생각은 못 하시는 거죠?"

릴리는 이렇게 상황을 요약하며 방긋 미소를 지었다. 그 미소는 두 사람 사이에 속 깊은 이야기가 오고 가는 걸 가로막는 확실한 빗장 같았다. 그 환한 미소는 단박에 셀던을 멀리 밀어내어 더 이상 이야기가 들리지 않는 곳으로 쫓겨난 기분이 들게 했다.

"하지만 제가 과연 당신을 그런 교육의 성공적인 실례라고 부른 적이 있었는지 전 잘 모르겠습니다."

셀던이 말했다. 그 말뜻을 알아차린 릴리는 살짝 얼굴이 붉어졌지만 가벼운 웃음으로 자신을 더욱 단단히 무장했다.

"오, 조금만 더 기다려보세요. 성급한 판단을 내리시기 전에 부디 저에게 좀 더 시간을 주세요!"

릴리는 철옹성처럼 단단한 자신 앞에서 여전히 뚫고 들어갈 틈이 없을까 기회를 노리며 머뭇거리고 있는 셀던에게 마지막 일격을 가했다.

"절 포기하지는 마세요! 아직까지는 제가 받은 교육의 훌륭함을 입증할 수 있을지도 모르니까요!"

10

"이 반짝이 장식들 좀 봐요, 바트 양. 하나같이 비뚤비뚤하게 꿰매졌잖아요."

마른 장작개비처럼 뻣뻣한 몸매에 키가 큰 여자 감독관은 릴리의 작업대 위에 불량품으로 판정된 철사와 망으로 만든 물건을 탁 내려놓더니 그만 다음 자리에 앉아 있는 여공에게로 가버렸다.

작업장 안에는 20명의 직공이 있었는데, 과장되게 부풀린 머리를 한 채 중노동에 지친 그들은 모진 북쪽 햇살을 받으며 작업 도구 위로 얼굴을 잔뜩 수그리고 있었다. 돈 많은 여자들의 얼굴에 맞추어 온갖 다양한 형태를 창조해 내야 하는 이 작업은 분명 단순한 노동 이상의 어떤 것이었다. 하지만 정작 직공들의 얼굴은 뜨거운 공기 속에서 장시간 앉아서 일해야 하는 열악한 근로 환경 탓에 누렇게 떠 있었다. 실제로 딱히 궁핍해서 그런 것은 아니었다. 잘나가는 모자 제조 판매 회사에서 근무하고 있는 그들은 옷도 상당히 잘 입었고 보수도 괜찮았다. 하지만 그들 중 가장 젊은 아가씨조차 마치 중년 부인처럼 생기가 없고 따분해 보였다. 그 작업장에서 아직도 피부에 혈색이 내비칠 만큼 피가 제대로 도는 사람은 딱 한 명밖에 없었다. 그리고 감독관의 날카로운 지적을 받은 바트 양이 모자 틀에서 겹겹이 붙은 반짝이 장식을 떼어내기 시작했을 때, 그 피는 짜증으로 부글부글 끓어오르고 있었다.

낙관적인 영혼을 지닌 거티 패리시는 릴리가 모자 손질을 멋지게 잘한다는 사실을 기억했을 때, 마침내 모든 문제의 해결책을 찾은 듯 기뻐했다. 젊은 여성 모자 디자이너들이 멋쟁이 단골손님들의 후원을 받아 명성을 쌓고 전문 모자 제작자들은 결코 할 수 없는 섬세한 멋을 그들의 '작품'에 부여하고 있다는 사례들은 거티의 희망을 한껏 부풀려 놓았다. 심지어 노마 해치 부인과 결별하고 나온 릴리 자신도 어쩌면 친구들에게 의존하지 않고 살아갈 수 있을지도 모른다는 확신을 갖게 되었다.

결별은 셀던의 방문이 있고 나서 몇 주일 후에 일어났다. 하필 안 좋은 때 찾아온 셀던의 조언에 괜히 반항하고 싶은 마음만 아니었더라면, 아마 그 일은 좀 더 빨리 벌어졌을 것이다.

왠지 내막을 자세히 알고 싶지 않은 모종의 거래에 휘말려 든 것 같은 릴리의 느낌은 머지않아 스탠시 씨가 은근히 던진 한마디에 더욱 명확해졌다. 그것은 만약 그녀가 그들의 뒤를 끝까지 봐준다면 결코 후회하지 않을 거란 말이었다. 충성을 다하면 직접적인 보상을 받을 거란 이 암시에 릴리는 황급히 도망쳐 나온 것이다. 그리고 자신의 잘못을 뉘우치고 부끄러워하면서 동정심 많은 거티의 너그러운 품에 다시 안기고 말았다. 그렇다고 그곳에 그냥 죽치고 누워 있을 생각은 결코 아니었다. 그러므로 거티가 모자 제작을 생각해 냈을 때, 릴리는 당장 뭔가 돈이 될 만한 일을 할 수 있을 거란 희망에 불타올랐다. 결국 그녀의 매력적이고 게으른 손이 할 만한 일이 있었던 것이다. 릴리는 예쁘게 리본을 묶거나 꽃을 달 수 있는 자신의 솜씨를 믿어 의심치 않았다. 물론 그녀가 하게 될 일은 이런 마지막 손질뿐이었다. 모자의 기본 모양을 만들고 가장자리에 수를 놓고 하는 고된 일들은 당연히 수없이 바늘에 찔린 자국이 있는 굵고 짧은 손가락이나 무디고 억센 손가락들이 할 것이고, 릴리 자신은 하얀 나무 벽으로 둘러싸여 있고 온갖 거울과 초록 색깔의 모자걸이가 놓여 있는 아담하고 예쁜 가게의 안주인 노릇을 하게 될 것이다. 그리고 그곳에는 그녀가 마무리 손질을 한 모자와 화환, 에그레트[26] 등이 막 비상하려는 새들처럼 날렵한 모습으로 진열대 위에 놓여 있을 것이다.

하지만 거티의 작전은 첫출발부터 난관에 부딪혀서 초록색과 흰색 가게의 꿈은 산산이 무너졌다. 패션계의 다른 젊은 아가씨들은 단지 이름이 갖는 매력과 리본 묶는 기술의 평판만으로 모자를 팔아 쉽게 성공을 거두었다. 하지만 이런 특권을 누리는 아가씨들은 그들의 재능에 대한 신뢰를 얻어서 후원자가 선뜻 가게 월세를 지불해 주고 운영비 명목으로 상당 금액을 미리 내어놓도록 하는 데 성공한 경우였다. 그런데 릴리가 어디서 그런 후원자를 찾을 수 있겠는가? 설사 찾을 수 있다고 해도 어떻게 그녀를 후원하도록 그 부인들을 설득할 수 있겠는가? 거티는 몇 달 전만 해도 친구의 딱한 처지가 일말의 동정심을 불러일으킬 수 있었을지 몰라도, 해치 부인과 연관된 이후로는 릴리에 대한 동정심이 완전히 사라진 것은 아니라 하더라도 거의 사라질 위기에 처해 버렸음을 알았다. 릴리가 그래도 자기 자존심은 지킬 수 있을 만한 때 그 모호한 상황에서 빠져나오긴 했지만, 사람들의 옹호를 얻기에는 이미 때가 늦었던 것이다. 프레디 반 오스버그는 끝내 해치 부인과 결혼하지 못했다. 그는 마지막 순간에 아슬아슬하게 구출되어 네드 반 알스타인과 함께 황급히 유럽으로 보내졌다. 소문에 따르면 거스 트레너와 로즈데일의 노력 덕분이다. 하지만 프레디가 처했던 절체절명의 위기는 언제나 바트 양의 공모 때문인 양 이야기되었고, 사람들 사이에 널리 퍼져 있던 그녀에 대한 막연한 불신을 확인해 주는 구체적 증거로 받아들여졌다. 한편 그녀와 거리를 두고 지내오던 사람들은 드디어 자신들의 행동이 정당화되자 크게 안도했다. 그리고 자신들의 판단이 옳았음을 입증하기 위해서 바트 양과 해치 부인의 결탁을 더욱 강력하게 주장하는 경향이 있었다.

어쨌든 거티의 계획은 더욱더 단단한 저항의 벽에 부딪히게 되었다. 심지어 해치 부인 사건에 릴리를 연루시킨 것에 대한 순간적인 죄책감으로 캐피 피셔까지 패리시 양의 노력에 합세했지만, 두 사람 모두 아무런 성공도 거두지 못했다. 거티는 그들의 실패를 어떻게든 완곡하게 둘러대려고 애썼다. 하지만 언제나 솔직하기 짝이 없는 캐리는 그녀의 친구에게 상황을 곧이곧대로 전달했다.

"나는 곧장 주디 트레너를 찾아갔어. 그래도 주디가 다른 사람들보다 편견이 없는 편이잖아. 게다가 버사 도싯이라면 항상 진저리를 쳤고 말이야. 그런데 릴리, 도대체 주디에게 무슨 짓을 저지른 거야? 내가 너에게 새 출발할 수 있는 기회를 주자고 첫마디 말을 꺼내자마자 네가 거스에게서 돈을 가져갔다면서 불같이 화를 내더군. 주디가 그렇게 화내는 모습은 처음 봤다니까. 주디는 자기 남편이 무슨 짓을 하든 그냥 내버려 둔다는 걸 너도 잘 알 거야. 단 한 가지, 친구들에게 돈을 쓰는 일만 제외하고 말이야. 요즘 들어 주디가 내게 상냥하게 구는 이유는 오직 하나뿐이지. 내가 돈이 궁하지 않다는 걸 알고 있거든. 거스가 널 위해서 투기를 해주었다고 그랬던가? 그렇다면 그게 뭐 어떻다는 거지? 거스는 한 번도 사업에서 손해를 본 적이 없었잖아! 손해를 본 게 아니라고? 그럼 도대체 뭐가 문제야? 어쨌든 난 정말이지 릴리, 널 도통 이해할 수가 없다니까!"

결국 애타는 탐문과 수많은 협의 끝에, 친구를 돕는다는 목적하에 일시적으로 기묘한 동맹을 맺은 거티와 피셔 부인은 릴리를 마담 레지나의 유명한 모자 가게의 작업장에 취직시키기로 결정했다. 하지만 겨우 이 정도 일을 성사시키는 데도 상당한 협상이 필요했다. 왜냐하면 마담 레지나는 훈련받지 않은 보조 기술자에 대해서 강한 편견을 갖고 있었기 때문이다. 결국 순전히 브리 부인과 고머 부인을 이 가게의 단골손님으로 끌어들이는 데 캐리 피셔가 크게 힘써 준 적이 있다는 이유 하나 때문에 겨우 마음을 돌렸다. 그리고 처음부터 릴리를 모자 매장에 세우려고 생각했다. 모자를 판매하는 데 세련된 미모의 판매원 아가씨라면 귀중한 자산이 될 건 뻔한 일이었다. 하지만 바트 양은 이 제안에 부정적인 반응을 보였고, 거티도 그녀의 결정을 절대적으로 지지했다. 결국 피셔 부인도 내심 이해할 수는 없었지만 릴리의 비합리성을 보여 주는, 이 또 다른 새 증거를 그대로 받아들이고 말았다. 그리고 어쩌면 그 기술을 직접 배워두는 편이 최종적으로는 더 유익할지 모른다는 데 동의했다. 이렇게 해서 릴리는 두 친구의 주선으로 마담 레지나의 작업실에 들어간 것이었다. 이제 피셔 부인은 안도의 한숨을 내쉬며 릴리 곁을 훌쩍 떠나 버렸고, 거티만이 걱정스럽게 릴리를 멀리서 계속 지켜보았다.

릴리는 1월 초에 이 일을 시작했다. 그리고 벌써 두 달이 지났지만 아직도 모자 테두리에 반짝이를 잘 붙이지 못해서 야단을 맞고 있었다. 그녀가 다시 일감을 집어 들었을 때, 작업대 주변에서는 킥킥거리는 웃음소리가 퍼져 나갔다. 다른 여자 직공들에게 자신이 놀림거리이자 손가락질의 대상이 되고 있다는 걸 릴리도 잘 알고 있었다. 물론 그들도 릴리의 사연을 잘 알고 있었다. 이 방에 있는 아가씨들은 서로 사정을 낱낱이 알고 있었고 아무 거리낌 없이 떠들어댔다. 하지만 그렇다고 그 사실이 신분 차이에 대한 어색한 느낌 같은 걸 불러일으키지는 않았다. 단지 훈련받지 못한 릴리의 손가락이 어째서 아직까지 초보적인 작업도 제대로 해내지 못하고 있는지 그 이유를 설명해 줄 뿐이었다. 릴리는 다른 여공들이 자신에 대해서 어떤 사회적 차이 같은 걸 인정해 주길 바라지는 않았다. 다만 그들과 동등한 존재로 받아들여지기만 희망했다. 그리고 머지않아 남다른 손재주로 자신이 그들보다 낫다는 걸 보여 줄 수 있기를 바랐다. 그러므로 두 달 동안의 고된 훈련 후에도 자신이 초보적인 작업조차 해내지 못한다는 사실이 드러났을 때, 릴리는 몹시 굴욕감을 느꼈다. 그녀 스스로 타고났다고 자부하는 그런 재능을 제대로 발휘할 날은 까마득히 먼 것 같았다. 오직 숙련된 직공들에게만 모자의 형태를 잡거나 마지막 손질이 필요한 섬세한 작업을 맡겼다. 그리고 여자 감독관은 무정하게도 릴리에게는 여전히 단순하고 지루한 예비 작업만 시켰다.

릴리는 모자 테두리에서 반짝이들을 뜯어내기 시작했다. 씩씩한 헤인스 양이 왔다 갔다 할 때마다 커졌다 작아졌다 하는 사람들의 웅성거리는 소리가 몽롱하게 들려왔다. 공기는 평소보다 더 답답했다. 감기에 걸린 헤인스 양이 심지어 점심시간에도 창문을 열지 못하게 했기 때문이다. 게다가 밤에 잠을 잘 자지 못한 릴리는 머리가 무거워서 동료들이 떠드는 소리가 마치 꿈속에서처럼 두서없이 들렸다.

"그래서 내가 그 여자애에게 그 남자는 두 번 다시 널 쳐다보지도 않을 거라고 말했지. 과연 남자는 쳐다보지도 않더군. 나라도 싫었을 거야. 난 그 여자애가 그 남자에게 정말 못되게 굴었다고 생각해. 남자는 걔를 아리온 무도회에도 데려가 주고, 올 때 갈 때 전세마차까지 빌려서 태워주었는데……. 그 여자는 그 약을 무려 열 병이나 마셨는데도 두통이 영 나아질 기미가 안 보였대. 그런데도 단 한 병만 마시고 병이 나았다는 체험 후기를 써주었고, 그 덕분에 5달러를 받고 신문에 사진까지 실렸다지 뭐야……. 트레너 부인의 모자요? 그 푸른 낙원 장식이 달린 것 말인가요? 여기 있어요, 헤인스 양. 당장 준비해 놓을게요. …… 어제 트레너 집안의 딸 중 한 명이 조지 도싯 부인과 함께 여기 왔었어. 내가 그걸 어떻게 아냐고? 마담이 그 비로트 모자,[27] 푸른색 명주 망사로 만든 모자 말이야, 거기 달린 꽃 장식을 바꾸려고 날 불렀거든. 그 아가씨는 키가 크고 날씬한데 머리카락이 북슬북슬해서 꼭 메이미 리치같이 생겼더라. 좀 더 마른 것만 빼고 말이야……."

수다는 끊임없이 이어졌다. 그리고 이 무의미한 소음의 물결 위로 이따금씩 아주 낯익은 이름들이 떠올라서 릴리를 깜짝 놀라게 하곤 했다. 릴리의 낯선 경험 중에서도 가장 낯선 것은 이런 낯익은 이름들을 듣거나 혹은 노동자 아가씨들의 생각 속에 비춰진, 한때 그녀가 살았던 세계의 단편적이고도 왜곡된 이미지를 보게 될 때였다. 이전에는 자신이나 자신과 같은 부류의 사람들이 허영과 탐닉으로 살아가는 이 노동자들의 지하 세계에서 이렇게 만족할 줄 모르는 호기심과 무례하기 짝이 없는 자유분방함이 결합된 분위기 속에서 회자되고 있을 거라고는 꿈에도 생각하지 못했다. 마담 레지나의 작업장에 있는 아가씨들은 모두 자기 손에 들린 이 모자가 누구에게로 갈지 알고 있었고, 장래 모자 주인의 사회적 지위에 대한 정확한 지식과 개인적인 견해를 갖고 있었다. 릴리가 바로 그 하늘에서 떨어진 별이라는 사실은 애초의 호기심이 사라지고 나자 아무런 관심도 일으키지 못했다. 그녀는 추락했고 지하 세계로 들어온 것이었다. 이들 노동자 계층은 자기들의 이상에 충실하여 오직 성공에 대해서, 손으로 만질 수 있는 물질적인 성과물에 대해서만 경외감을 느꼈다. 릴리가 그와 다른 견해를 가지고 있다는 사실은 오직 그들을 멀어지게 하는 결과만 낳았을 뿐이었다. 그리하여 그녀는 그들과 대화를 나누려고 애쓰는 이방인과 같은 처지가 되었다.

"바트 양, 그 반짝이 장식들을 좀 더 똑바로 꿰맬 자신이 없으면 킬로이 양에게 그 모자를 넘기는 게 좋겠군요."

릴리는 비참한 표정으로 자신의 일감을 내려다보았다. 감독관의 말이 맞았다. 반짝이 장식은 변명의 여지가 없을 정도로 형편없이 달려 있었다. 어째서 평소보다 솜씨가 더 서툴러진 것일까? 날로 커져가는 일에 대한 염증 때문일까? 아니면 실제로 육체적인 무능력 탓일까? 릴리는 지치고 머리가 어지러웠다. 똑바로 정신을 차리고 있는 것조차 힘에 겨웠다. 그녀는 자리에서 일어나 킬로이 양에게 모자를 넘겼다. 킬로이 양은 터져 나오는 웃음을 간신히 참으며 모자를 받았다.

"죄송해요. 하지만 몸이 별로 안 좋은 것 같아요."

릴리가 감독관에게 말했다.

헤인스 양은 아무 대꾸도 하지 않았다. 애당초 그녀는 이 멋쟁이 견습생을 작업장에 들여놓기로 한 마담 레지나의 결정이 실수임을 예견했다. 이 신성한 기술의 신전에서 서툰 초보자들은 환영받지 못했다. 자신의 불길한 예언이 멋지게 적중하는 것을 보고 약간의 기쁨을 느끼지 않았다면, 아마 헤인스 양은 인간이 아니라 신일 것이다.

"바트 양은 테두리 묶는 일부터 다시 시작하는 게 좋겠군요."

헤인스 양이 무뚝뚝하게 말했다.

릴리는 자유분방한 여공들 사이를 빠져나왔다. 이 시끄러운 집단 속에 뒤섞이고 싶지 않았다. 일단 거리로 나오면, 그녀는 언제나 예전과 같은 관점으로 어쩔 수 없이 되돌아가는 걸 느꼈다. 세련되지 못하고 지저분한 모든 것에 대해서 본능적으로 몸을 움츠리게 되는 것이다. 그녀가 거티 패리시와 함께 여성모임에 참석했던 시절에는 노동자 계급에 대해서 계몽적인 관심을 갖곤 했다. 그 시절이 얼마나 까마득히 멀게 느껴지는지! 하지만 그것은 단지 그녀가 위쪽에서, 자신의 우아함과 너그러움을 즐겁게 과시하는 위치에서 그들을 내려다보고 있었기 때문인 것이다. 이제 그들과 똑같은 위치에 놓이고 보니 더 이상 아무것도 흥미롭게 보이지 않았다.

그때 그녀의 팔에 누군가의 손길이 느껴졌다. 릴리의 눈이 킬로이 양의 후회하는 눈빛과 마주쳤다.

"바트 양, 몸 상태만 좋았더라면 당신도 나만큼 반짝이 장식을 잘 달 수 있었을 거예요. 헤인스 양이 당신에게 너무 부당하게 굴었어요."

이 예기치 못한 접근에 릴리의 얼굴이 장밋빛으로 물들었다. 거티 이외의 다른 사람에게서 진심 어린, 따뜻한 시선을 받아본 적이 참으로 오래되었기 때문이다.

"오, 고마워요. 사실 딱히 상태가 좋은 건 아니에요. 그렇지만 헤인스 양이 옳아요. 난 너무 손이 서툰걸요."

"누구나 두통이 나면 이 일을 하기 힘든 법이죠."

킬로이 양이 잠시 입을 다물었다가 머뭇거리며 말했다.

"당장 집에 가서 쉬어야 할 것 같아요. 오렌지에이드라도 좀 마실래요?"

"고마워요."

릴리가 손을 내밀며 말했다.

"당신은 정말 친절하군요. 그렇지 않아도 집으로 갈 생각이었어요."

릴리는 고마워하는 표정으로 킬로이 양을 쳐다보았다. 하지만 더 이상 무슨 말을 해야 할지 알 수가 없었다. 상대방이 그녀에게 집까지 함께 가주겠다는 제안을 하려고 한다는 걸 릴리도 알아챘다. 하지만 그녀는 조용히 혼자 있고 싶었다. 친절조차, 킬로이 양이 베푸는 그런 종류의 친절조차 지금 그녀에게는 성가신 부담일 뿐이었다.

"고마워요."

릴리는 그 말만 되풀이하며 얼른 돌아섰다.

쓸쓸한 3월의 황혼 속에서 릴리는 서쪽으로 향하기 시작했다. 그녀의 하숙집이 있는 방향이었다. 그녀는 자기 집에 머물라는 거티의 제안을 단호하게 거절했다. 동정심과 사람들의 시선을 필사적으로 거부했던 어머니의 기질이 그녀 안에서도 서서히 드러나고 있었다. 게다가 그 비좁은 공간에서 친밀한 관계를 감당하며 지내는 것은 고독한 문간방 생활보다 더 견딜 수 없는 고역처럼 느껴졌다. 반면 싸구려 하숙집에서는 다른 노동자들 틈에 섞여서 누구의 시선도 받지 않고 드나들 수 있었다. 그래서 한동안은 모든 사람과 떨어져서 혼자 지내고 싶다는 갈망으로 이 생활을 지탱할 수 있었다. 하지만 지금은 날로 쌓여 가는 육체적 피로 때문인지 아니면 익숙하지 않은 몇 시간 동안의 감금에서 비롯된 권태 때문인지 주변 환경의 지저분함과 초라함이 더욱 생생하게 느껴지기 시작했다. 하루 일과는 끝났지만, 릴리는 얼룩진 벽지와 싸구려 페인트가 칠해진 협소한 자기 방으로 돌아가기가 두려웠다. 패션 지구에서 상업 지구로 점차 초라하게 전락해 가는 뉴욕의 거리를 지나서 그곳으로 향해 걸어가는 한 걸음 한 걸음이 증오스러울 정도였다.

하지만 릴리가 가장 두려워하는 것은 6번가의 모퉁이에 있는 약국 앞을 지나야 하는 것이었다. 그녀는 반드시 다른 길로 돌아가겠다고 굳게 마음을 먹었고, 최근에는 대개 그렇게 했다. 하지만 오늘은 그녀의 발걸음이 저절로 그 모퉁이의 가게를 향해 가고 있었다. 릴리는 그 가게보다 아래쪽에서 길을 건너려고 했다. 하지만 뒤에서 짐을 잔뜩 실은 짐마차가 그녀를 몰아세우는 바람에 비스듬하게 길을 건너고 말았다. 그리고 도착해 보니 바로 약국 문 앞의 보도 위였다.

릴리는 카운터 너머로 지난번에 약을 판 점원을 찾았다. 그리고 그의 손에 처방전을 쥐어 주었다. 그 처방전에는 아무런 문제도 없었다. 그것은 해치 부인의 약사가 마지못해 만들어준 처방전을 베낀 것이었다. 릴리는 점원이 아무런 주저 없이 약을 내어줄 것이라고 확신했다. 하지만 거절당하거나 혹은 의심스러운 표정이라도 지을지 모른다는 불안감에, 릴리는 괜히 유리 진열대 위에 놓여 있는 향수병들을 열심히 살펴보는 척했다.

점원은 아무 말 없이 처방전을 읽었다. 하지만 약병을 건네려는 순간, 동작을 멈추었다.

"약의 양을 늘리시면 안 됩니다, 아시죠?"

점원이 말했다. 릴리는 심장이 오그라드는 것 같았다. 어째서 이 남자는 저런 눈빛으로 그녀를 쳐다보는 것일까?

"물론이죠."

릴리가 얼른 손을 뻗으며 중얼거렸다.

"그럼 됐습니다. 부작용이 있는 약이거든요. 한두 방울만 더 마셔도 완전히 갈 수 있습니다. 의사들도 그 이유를 모르더군요."

점원이 계속 질문을 하거나 혹은 약병을 다시 빼앗아갈까 봐 두려운 나머지 릴리는 목이 꽉 메어 대답조차 제대로 하지 못했다. 그리고 마침내 안전하게 가게를 빠져나왔을 때는 안도감으로 눈앞이 아찔할 정도였다. 약병을 만지는 것만으로도 그녀의 지친 신경은 달콤한 잠을 잘 수 있을 거란 기대감에 전율하고 있었다. 게다가 잠깐 겁을 내며 긴장했던 탓에 벌써부터 향기로운 졸음이 스멀스멀 온몸에 퍼져 나가는 것 같았다.

기쁨의 집 193

이렇게 몽롱한 상태에서 릴리는 그만 한 남자와 부딪히고 말았다. 그 남자는 높은 기차역의 마지막 계단을 황급히 내려오고 있었다. 그는 얼른 뒤로 물러섰다. 다음 순간, 릴리의 귀에 깜짝 놀라 그녀의 이름을 외치는 소리가 들려왔다. 그 남자는 바로 값비싼 모피 외투를 걸친, 신수가 훤한 모습의 로즈데일이었다. 그런데 어째서 릴리는 마치 금이 간 크리스털 너머로 바라보듯이 그의 모습이 그토록 멀고 흐릿하게 보이는 걸까? 릴리가 미처 이 현상을 설명할 수 있기도 전에, 이미 그녀의 손은 그와 악수를 나누고 있었다. 비록 지난번에 릴리는 경멸에 가득 차서, 로즈데일은 분노에 휩싸여서 헤어지기는 했지만 이렇게 다시 만나고 보니 그런 감정의 흔적들은 순식간에 사라져 버렸다. 릴리는 오직 이대로 이 남자의 손을 계속 붙잡을 수 있다면 얼마나 좋을까 하는 엉뚱한 생각만 떠올릴 뿐이었다.

"이런, 도대체 무슨 일이십니까, 릴리 양? 몸이 안 좋으시군요!"

로즈데일이 소리쳤다. 릴리는 그를 안심시키기 위해서 억지로 희미한 미소를 지었다.

"좀 피곤할 뿐이에요. 아무것도 아닙니다. 그냥 잠깐 제 옆에 있어주세요. 부탁입니다."

릴리가 더듬거리며 말했다. 세상에 로즈데일에게 이런 부탁을 하게 되다니!

그는 그들이 서 있는 더럽고 번잡한 길모퉁이를 힐끗 둘러보았다. 엘리베이터의 날카로운 비명 소리와 전차와 마차들의 요란한 바퀴 소리에 귀가 멍멍해질 지경이었다.

"여기 서 있을 수는 없을 것 같군요. 부디 차라도 한잔 마실 수 있는 곳으로 당신을 모셔 가도록 허락해 주십시오. 롱워스가 여기서 불과 몇 걸음밖에 안 떨어져 있습니다. 지금 이 시간에는 아무도 없을 테고요."

시끄럽고 더러운 이곳을 떠나 어딘가에서 조용히 차를 한잔 마실 수 있다면, 지금 릴리에게 그보다 더 위로가 되는 일은 없을 것 같았다. 조금 걸어가자, 그가 말한 호텔의 숙녀용 출입구가 나타났다. 그리고 잠시 후 로즈데일은 그녀의 맞은편 자리에 앉았다. 이윽고 웨이터가 두 사람 사이에 차 쟁반을 내려놓았다.

"먼저 브랜디나 위스키를 한 방울 떨어뜨리지 않으십니까? 당신은 마치 정규적으로 미용 손질을 받으시는 것처럼 보이는군요. 자, 차를 진하게 해서 드십시오. 이봐, 여기 숙녀 분의 등 뒤에 방석을 좀 받쳐 드리게."

릴리는 차를 진하게 마시라는 권고에 살짝 미소를 지었다. 그것은 그녀가 항상 거부하려고 무던히 애쓰던 유혹인 것이다. 강렬한 자극에 대한 그녀의 갈망은 숙면을 취하고 싶은 또 다른 갈망과 끝없이 갈등을 일으켰다. 그것은 그녀의 손에 든 작은 알약만이 잠재울 수 있는 한밤중의 갈망이었다. 하지만 오늘은 아무리 진한 차를 마셔도 괜찮았다. 릴리는 빈 혈관 속으로 따뜻한 온기와 의지를 불어넣기 위해 차에 의존할 작정이었다.

릴리는 말할 수 없는 나른함에 휩싸여 눈썹을 아래로 내리깐 채 로즈데일 앞에서 몸을 뒤로 기대었다. 따뜻한 차를 한 모금 마시자, 그녀의 얼굴은 금세 발그레하게 생기가 돌기 시작했다. 피로로 눈 밑에 드리운 검은 그늘과 관자놀이에 파르스름하게 드러나는 정맥은 그녀의 빛나는 머리카락과 빨간 입술을 더욱더 도드라져 보이게 했다. 마치 그녀의 모든 생기가 그곳

기쁨의 집 195

에 집중되어 있는 것 같았다. 식당의 우중충한 갈색 벽을 배경으로 눈처럼 하얀 그녀의 얼굴은 가장 휘황찬란했던 무도회장에서조차 그토록 아름답게 보인 적이 없을 정도였다. 로즈데일은 놀라움에 가득 차서 불편한 심정으로 그녀를 바라보았다. 마치 그녀의 눈부신 아름다움이 덤불 속에 매복하고 있다가 이제 느닷없이 그를 덮치기라도 한 것 같은 표정이었다.

로즈데일은 분위기를 바꾸기 위해서 아무렇지도 않은 목소리로 릴리에게 말을 걸었다.

"이런, 릴리 양. 한동안 통 못 보겠더군요. 당신이 어떻게 지내시는지도 몰랐습니다."

문득 로즈데일은 자신의 발언이 불러일으킬지도 모르는 복잡한 상황에 당혹감을 느끼며 황급히 말문을 닫았다. 비록 그녀를 보지는 못했지만 로즈데일도 그녀에 관한 소문은 다 듣고 있었던 것이다. 해치 부인과 릴리의 관계에 대해서도, 거기서 비롯된 소문에 대해서도 알고 있었다. 해치 부인의 호텔은 한때 그가 뻔질나게 드나들던 곳이었지만 요즘은 열심히 피해 다니고 있었다.

차를 마시자 릴리는 평소처럼 머리가 맑아졌다. 그리고 그가 무슨 생각을 하는지 훤히 꿰뚫어 보고는 살짝 미소를 지으며 말했다.

"저에 대해서 굳이 알고 싶지 않으셨나 보죠. 이제 저는 노동자 계층에 합류했어요."

로즈데일은 진심으로 깜짝 놀라는 것 같았다.

"설마 진심은 아니……. 세상에! 도대체 요즘 무슨 일을 하고 계신 겁니까?"

"모자 제조공이 되려고 일을 배우고 있어요. 아니, 적어도 배우려고 노력은 하고 있어요."

릴리가 황급히 말을 정정했다.

로즈데일은 놀라움의 탄식이 흘러나오는 것을 간신히 참았다.

"당장 그만두십시오. 설마 진심은 아니시겠죠, 안 그런가요?"

"진심이에요. 저도 먹고살려면 일을 해야 하니까요."

"하지만 제가 알기로는…… 저는 당신이 노마 해치와 함께 지내고 있는 줄 알았습니다."

"제가 그 여자의 비서로 들어갔다는 이야기를 들으셨나요?"

"뭐, 그런 비슷한 이야기였습니다."

로즈데일이 그녀의 잔에 차를 채워주려고 몸을 숙였다.

릴리는 이 화제가 그에게는 다소 당황스러울 수도 있다는 생각이 들자, 갑자기 고개를 들어 그를 똑바로 마주 보면서 내뱉듯이 말했다.

"하지만 저는 두 달 전에 그곳을 떠났어요."

로즈데일은 어쩔 줄 모르고 찻주전자를 계속 만지작거렸다. 릴리는 그가 자신에 관한 소문을 전부 들었을 것이라고 확신했다. 하긴 로즈데일이 듣지 못한 소문이 뭐가 있겠는가?

"편안한 자리는 아니었던 모양이군요?"

로즈데일이 화제를 가볍게 넘기려고 이렇게 물었다.

"지나치게 편안했죠. 너무 편안해서 깊숙이 파묻혀 버릴 정도였어요."

릴리는 탁자 가장자리에 한쪽 팔을 올려놓았다. 그리고 그 어느 때보다 강렬한 시선으로 그를 바라보며 앉아 있었다. 자신의 사정을 이 남자에게 쏟아놓고 싶은 참을 수 없는 충동이 밀려왔다. 여태껏 릴리는 그의 주제넘은 호기심에 맞서서 언제나 자신을 철저히 방어해 왔다.

"당신은 해치 부인을 잘 아시죠? 그렇다면 그 부인이 모든 일을 너무 쉽게 만들 수도 있다는 사실도 이해하시겠네요."

로즈데일은 살짝 어리둥절한 표정을 지었다. 릴리는 이 남자에게는 은근한 암시가 통하지 않는다는 것을 비로소 기억했다.

"어쨌든 그 집은 당신이 있을 곳이 아니었습니다."

로즈데일은 온전히 자신을 향해 쏟아지고 있는 릴리의 빛나는 시선에 완전히 도취되어서 그녀의 말에 무조건 동의했다. 갑자기 이상하게 깊은 친밀감 속으로 끌려 들어가는 기분이었다. 여태껏 자꾸 회피하기만 하는 눈길과 온갖 핑계를 내세워 날개를 단 듯이 순식간에 사라져버리는 얼굴만으로 만족해야 했던 로즈데일은 이제 릴리가 뭔가 깊은 생각에 잠긴 듯이 강렬한 눈빛으로 줄곧 자신만 바라보자, 눈이 부셔서 어쩔 줄 몰랐다.

"제가 해치 부인과 프레디 반 오스버그가 결혼하도록 도와주고 있다는 말을 듣지 않으려면 그곳을 떠나야 했어요."

"오, 프레디 말이죠."

로즈데일은 대수롭지 않은 일이라는 듯이 그 화제를 가볍게 받아넘겼다. 그런 그의 태도는 이 사건으로 인해서 그의 앞길이 얼마나 활짝 열렸는지를 단적으로 보여 주었다.

"프레디는 뭐, 그리 중요하지 않습니다. 그보다 저는 당신이 그 일에 개입되지 않았다는 걸 잘 알고 있습니다. 당신은 그런 일을 할 사람이 아니지요."

릴리의 얼굴이 살짝 붉어졌다. 그의 이 말이 그녀에게 커다란 기쁨을 주었다는 사실을 숨길 수 없었다. 릴리는 이대로 좀 더 차를 마시며 로즈데일과 계속 이야기를 나누고 싶은 마음이 굴뚝같았다. 하지만 관습을 지키는 그녀의 오랜 습관은 그녀에게 이제 그만 대화를 끝내야 할 시간임을 일깨워 주고 있었다. 결국 릴리는 살짝 의자를 뒤로 빼려는 시늉을 했다.

그러자 로즈데일이 황급히 그녀를 막았다.

"잠깐만 기다리십시오. 아직 가지 마세요. 그냥 조용히 앉아서 조금만 더 쉬도록 하십시오. 당신은 완전히 녹초가 된 것처럼 보이는군요. 게다가 아직 제게 말씀하지 않으신 것도……."

로즈데일은 애초에 자신이 의도했던 것보다 너무 멀리 나가고 있다는 걸 깨닫고 그만 입을 다물어버렸다. 릴리는 그의 갈등을 알아차렸고 그 심정을 이해했다. 또한 그가 굴복할 수밖에 없었던 매력의 본질을 충분히 이해했다. 로즈데일은 그녀의 얼굴을 바라보며 불쑥 말을 뱉었다.

"방금 모자 제작자가 되기 위해 기술을 배우고 있단 말씀을 하셨는데, 그게 도대체 무슨 뜻입니까?"

"말씀드린 그대로예요. 전 레지나의 가게에서 견습공으로 일하고 있어요."

"하느님 맙소사, 당신이 말입니까? 하지만 뭐 때문에요? 고모님께서 당신과 의절하셨다는 건 저도 알고 있습니다. 피셔 부인에게서 들었지요. 하지만 그래도 유산은 물려받은 줄 알았는데……."

"만 달러를 상속받았죠. 하지만 그 유산은 내년 여름이 되어야 받을 겁니다."

"그렇군요. 하지만……. 당신이 원하신다면 언제든 그 정도 돈은 빌릴 수 있습니다."

릴리가 심각하게 고개를 저었다.

"아니에요. 그 돈은 이미 남의 빚인걸요."

"빚이라고요? 만 달러 전부 다?"

"동전 한 푼까지도 전부."

릴리는 잠시 침묵을 지키다가 갑자기 그의 얼굴을 똑바로 바라보며 말을 이었다.

"거스 트레너가 언젠가 당신에게 말하지 않았나요? 주식으로 제게 돈을 좀 벌어주었다고?"

릴리는 잠시 기다렸다. 로즈데일은 당황해서 어쩔 줄 모르는 표정으로 뭔가 그런 비슷한 이야기를 들은 적이 있는 것 같다고 얼버무렸다.

"거스는 대략 구천 달러 정도를 벌어주었지요."

릴리는 허심탄회하게 이야기하는 어조로 술술 털어놓았다.

"그 당시에는 그가 제 돈을 가지고 투기한다고 생각했어요. 제가 정말 터무니없이 멍청했던 거죠. 하지만 전 사업에 대해서는 아무것도 몰랐어요. 나중에서야 그가 제 돈을 사용한 게 아니라는 사실을 알았지요. 그가 저를 위해 벌었다고 한 그 돈은 실제로는 그가 저에게 그냥 준 것이었어요. 물론 친절한 뜻에서 그랬겠지요. 하지만 누구라도 그런 의무를 질 수는 없는 법이죠. 그런데 불행하게도 제 실수를 깨달았을 때는 이미 그 돈을 다 써버린 후였죠. 그러니 제가 받을 유산은 전부 그 돈을 갚는 데 써야 해요. 제가 일을 배우려고 애쓰는 건 다 그런 이유 때문이랍니다."

릴리는 문장과 문장 사이를 충분히 쉬어가며 또박또박 신중하게 이야기했다. 그러므로 그 한마디 한마디가 듣는 사람의 머릿속으로 깊숙이 파고들어 갔다. 릴리는 누군가 이 거래의 진상을 알아주었으면, 그리하여 그녀가 그 돈을 갚으려고 애쓴다는 소문이 주디 트레너의 귀에까지 들어갔으면 좋겠다는 간절한 소망을 갖고 있었다. 그런데 이제 문득 트레너의 전폭적인 신뢰를 받고 있는 로즈데일이야말로 그녀의 해명을 듣고 전달해 줄 수 있는 적임자라는 생각이 떠올랐던 것이다. 심지어 오랫동안 혼자 간직해 온 비밀을 드디어 털어놓았다는 생각에 순간적인 희열에 사로잡히기도 했다. 하지만 이야기를 털어놓는 동안 그런 흥분은 점차 사라져버렸고, 릴리가 말을 마쳤을 때 창백했던 그녀의 얼굴은 수치심으로 빨갛게 물들어 있었다.

로즈데일은 계속해서 놀라운 표정으로 그녀를 멍하니 쳐다보고 있었다. 하지만 그 놀라움은 그녀가 전혀 기대하지 못한 방향으로 흘러갔다.

"그렇지만 릴리 양. 사정이 그렇다면, 당신은 완전히 빈털터리가 되지 않습니까?"

로즈데일은 마치 릴리가 자신의 행동이 낳게 될 결과를 제대로 깨닫지 못하기라도 한 듯 그 사실을 지적했다. 그녀가 성급하게 또 다른 어리석은 행동으로 뛰어들려고 하는 것이 모두 그녀의 못 말리는 사업적 무지함 탓이라도 되는 듯.

"그렇죠. 완전히."

릴리가 순순히 동의했다.

로즈데일은 아무 말 없이 앉아 있었다. 그의 굵은 손가락은 깍지를 낀 채 테이블 위에 놓여 있었고, 그의 작은 눈은 당황한 듯 한가한 식당의 구석들을 이리저리 살펴보고 있었다.

"그거 참, 훌륭하시군요."

로즈데일이 불현듯 탄성을 질렀다.

릴리는 비웃듯이 큰 소리로 웃으며 자리에서 벌떡 일어났다.

"오, 그건 아니에요. 그저 따분한 일일 뿐이에요."

릴리는 깃털 스카프의 양쪽 끝을 묶으며 단호하게 말했다.

로즈데일은 자기 생각에 너무 몰두한 나머지 릴리의 행동을 알아채지 못한 채 그대로 앉아 있었다. 그러고는 다짜고짜 이렇게 말했다.

"릴리 양, 만약 어떤 도움이든 필요하시다면, 전 기꺼이……."
"고맙습니다."
릴리가 손을 내밀었다.
"저에게 차를 사주신 것만으로도 엄청난 도움이 되었어요. 이젠 어떤 일이든 당당히 맞설 수 있을 것 같아요."
릴리의 태도는 그만 물러가겠다는 뜻을 분명히 드러내고 있었다. 로즈데일은 급사에게 지폐를 던져준 다음, 황급히 그의 짧은 팔을 값비싼 외투 속으로 집어넣었다.
"잠깐만 기다리십시오. 댁까지 모셔다 드리겠습니다."
로즈데일이 말했다. 릴리는 굳이 거절하지 않았다. 로즈데일이 잠시 잔돈을 확인하고 난 후에, 두 사람은 호텔에서 나와 다시 6번가를 건너갔다. 릴리가 서쪽으로 길을 인도했고, 페인트칠도 안 된 구부러진 난간들 사이로 음식 찌꺼기에서 나는 악취가 점점 더 강렬하게 흘러나오는 긴 구역을 지나갔다. 릴리는 로즈데일이 경멸에 찬 시선으로 주변을 둘러보고 있는 것을 알아차렸다. 마침내 릴리가 현관 계단 앞에서 걸음을 멈추자, 로즈데일은 이런 역겨운 곳에서 살다니 도저히 믿을 수 없다는 표정으로 고개를 들었다.
"설마 여기는 아니겠지요? 당신이 패리시 양과 함께 살고 있단 말을 누군가에게 들은 적이 있는데."
"아니에요. 전 여기 세 들어 살고 있어요. 너무 오랫동안 친구들에게 신세를 지며 살아온걸요."
로즈데일은 울퉁불퉁한 갈색 석조 계단과 색 바랜 레이스 천이 드리워진 창문 그리고 폼페이식 장식[28]을 한 진흙 색깔의 현관 객실을 계속해서 살펴보았다. 잠시 후 다시 그녀 쪽으로 시선을 돌린 그는 애써 노력하는 기색을 역력히 드러내며 말했다.

"언제 당신을 뵈러 다시 와도 될까요?"

릴리는 빙그레 미소를 지었다. 이런 제안을 하는 것이 얼마나 영웅적인 행위인지 잘 알기 때문에 솔직히 정말 감동했다고 털어놓고 싶은 마음이 들 정도였다.

"고맙습니다. 그렇게 해주신다면 전 무척 기쁠 거예요."

릴리가 대답했다. 그녀가 로즈데일에게 진심으로 그런 말을 한 것은 이번이 처음이었다.

그날 저녁 연기와 냄새로 가득 찬 지하실 식당에서 일찌감치 도망쳐 나온 바트 양은 자기 방에 앉아서 로즈데일에게 자신의 속마음을 모두 털어놓게 만든 갑작스러운 충동에 대해서 곰곰이 생각해 보았다. 그리고 그 충동 아래에는 날로 커져 가는 고독감과 쓸쓸한 자기 방으로 돌아가는 것에 대한 두려움이 깔려 있음을 깨달았다. 혼자 있는 일만 피할 수 있다면 어느 누구와 다른 어느 곳에라도 있을 수 있을 것 같았다. 최근 상황은 그나마 남아 있던 몇 안 되는 친구마저 점점 더 멀어지게 만들었다. 캐리 피셔의 경우에는 어쩌면 꼭 본의 아니게 소원해진 것은 아닌 듯싶었다. 릴리를 위한 마지막 노력으로 그녀를 마담 레지나의 작업장에 안전하게 안착시켜 놓은 피셔 부인은 이제 그만 이 힘든 일에서 손을 떼고 싶어 하는 것 같았다. 릴리는 그 이유를 너무나 잘 알고 있었기에 피셔 부인을 비난할 수 없었다. 사실 피셔 부인은 노마 해치 부인의 사건에 연루될 커다란 위기에 처했고, 거기서 빠져나오기 위해 교묘한 언변술을 발휘해야 했다. 결국 그녀는 자신이 릴리와 해치 부인을 연결해 주었다는 사실을 솔직히 시인했다. 하지만 자신은 해치 부인에 대해서 전혀 아는 바가 없었고 이 사실을 릴리에게도 충분히 경고했다, 더구나 자신이 릴리의 감시자도 아닐뿐더러 릴리 역시 스스로 자기 앞가림 정도는 충분히 할 만한 나이라고 주장했다. 물론 캐리가 자신의 상황을 이렇게 대놓고 해명하지는 않았다. 그 대신 최근 들어 부쩍 절친한 사이가 된 잭 스테프니 부인이 그녀를 대변하도록 만들었다. 스테프니 부인은 단 하나뿐인 동생의 아슬아슬한 탈출에 부들부들 떨면서도 피셔 부인의 입장만은 열심히 옹호해 주었다. 그녀는 부인의 집에서 열리는 '작은 파티들'에 대해 크나큰 기대를 갖고 있었는데, 결혼을 통해서 반 오스버그 집안의 가치관에서 벗어난 이후로 그런 파티들은 그녀에게 절대 없어서는 안 될 삶의 일부가 되었기 때문이다.

릴리는 이런 상황들을 충분히 이해했고 너그럽게 받아들일 수 있었다. 캐리는 그녀가 어려웠던 순간에 언제나 좋은 친구가 되어주었다. 어쩌면 이렇게 점점 더 난처하게 꼬여 가는 상황을 견딜 수 있는 우정은 오직 거티와 같은 우정밖에는 없을 것이다. 거티의 우정은 참으로 굳건하게 변함이 없었다. 그렇지만 최근 들어 릴리는 거티조차 피하기 시작했다. 거티를 찾아가려면 셀던을 만날지도 모르는 위험을 감수해야 했기 때문이다. 지금 그를 만난다는 건 그야말로 견딜 수 없는 고통이 될 것이다. 단지 그를 생각하는 것만으로도 충분히 괴로웠.

멀쩡히 깨어 있는 정신으로 그를 또렷이 생각하든 혹은 불면에 시달리는 밤마다 흐릿한 의식 속에서 늘 그녀의 머릿속을 떠나지 않는 그의 존재를 느끼든 간에, 어쨌든 그를 생각하는 것만으로도 충분히 고통스러운 일이었다. 그녀가 끝내 다시 해치 부인의 처방전에 의존하게 된 이유 중 하나도 그 때문이었다. 어쩌다 깜박 빠져든 얕은 꿈속에서 셀던은 가끔씩 예전과 같이 다정하고 우정 어린 모습으로 찾아올 때가 있었다. 그러면 릴리는 모든 용기를 다 빼앗기고 조롱당한 기분으로 달콤한 환상에서 깨어나곤 했다. 하지만 수면제를 복용하고 잠이 들 때는 반수면 상태를 지나서 아무 꿈도 꾸지 않는 절멸의 심연 속으로 깊숙이 가라앉아 버렸고, 아침마다 과거의 일은 까맣게 잊어버린 채 눈을 뜨곤 했다.

물론 오랜 걱정거리들이 다시 그녀를 압박하며 점차 밀려들 것이다. 하지만 적어도 깨어 있는 시간에는 그녀를 괴롭히지 않았다. 수면제는 그녀에게 일시적으로나마 완전한 재기에 대한 환상을 가져다주었고, 그 덕분에 그녀는 일상의 일들을 계속할 수 있는 힘을 얻었다. 장래에 대한 불안감이 커져갈수록 이 힘은 점점 더 절실하게 필요해졌다. 거티와 피셔 부인은 그녀가 단지 일시적인 견습 과정 중이라고 생각한다는 걸 릴리는 알고 있었다. 왜냐하면 페니스턴 부인의 유산을 받고 나면, 마담 레지나의 가게에서 견습 생활을 하면서 좀 더 완전한 자격을 갖춘 릴리가 하얀색과 초록색으로 꾸민 작은 가게를 여는 꿈을 실현시킬 수 있을 거라고 믿기 때문이었다. 하지만 릴리 자신은 그 유산을 그런 용도로 쓸 수 없다는 사실을 잘 알고 있었기 때문에 이런 견습 과정이 전혀 쓸모없는 노력처럼 여겨졌다. 또한 설사 그녀가 아주 어렸을 적부터 전문 작업을 하도록 훈련받아 온 여자들과 어깨를 견줄 만한 기술을 익힌다 하더라도 그녀가 받는 보잘것없는 봉급은 절대 그 고된 노동을 변상해 줄 만한 충분한 수입이 되지 못할 것이라는 사실을 잘 알고 있었다. 이런 생각을 하면, 릴리는 자꾸만 가게를 차리는 데 그 유산을 써버리고 싶은 유혹에 사로잡히곤 했다. 일단 여자 기술자들을 고용하고 설비만 갖추고 나면, 자신의 뛰어난 미적 감각과 재능으로 멋쟁이 단골 손님들을 끌어들이는 일은 식은 죽 먹기일 것이다. 그리고 사업이 성공을 거두면, 조금씩 돈을 모아서 트레너에게 진 빚도 충분히 갚을 수 있을 것이다. 하지만 그녀가 계속해서 최대한 허리띠를 바싹 졸라맨다고 하더라도, 그와 같은 성과를 거두려면 앞으로 몇 년이 지나야 할 것이고 그동안 그녀의 자존심은 견딜 수 없는 의무감의 무게에 완전히 짓눌려 버리고 말 것이다.

 이것이 표면적으로 드러난 그녀의 생각이었다. 하지만 그 생각 아래에는 이 의무감이 언제까지나 견딜 수 없는 것으로 느껴지지 않을 수도 있다는 은밀한 두려움이 숨어 있었다. 릴리는 자신에게 끈질긴 목적의식이 부족하다는 사실을 잘 알고 있었다. 이러다가 트레너의 빚을 갚지 않은 채 사브리나 호에서 자신에게 주어진 역할에 무심코 순응했듯이, 혹은 해치 부인을 신분 상승시키겠다는 스탠시의 계략에 거의 휩쓸려 들어갈 뻔했듯이, 이렇게 불확실한 상태로 지내는 일에 점차 익숙해질지도 모른다는 생각에 덜컥 겁이 나는 것이었다. 무엇보다 가난과 불편함에 대한 자신의 치유할 수 없는 오랜 두려움 속에 모든 위험이 내재되어 있음을 릴리는 알고 있었다. 그것은 그녀의 어머니가 그토록 강력하게 피하라고 경고했던 추레한 삶이 날로 위협적으로 다가오는 것에 대한 두려움이기도 했다. 그런데 이제 새로운 위험이 그녀 앞에 펼쳐지려 하고 있었다. 릴리는 로즈데일이라면 언제든 기꺼이 그녀에게 돈을 빌려줄 것이라는 걸 알고 있었다. 그리고 자신도 모르게 그의 제안을 받아들이고 싶은 마음이 슬슬 생겨나고 있었다. 물론 로즈데일에게 돈을 꾼다는 건 생각조차 할 수 없는 일이었다. 하지만 그와 비슷한 다른 가능성들이 그녀의 눈앞에서 유혹적으로 어른거리곤 했다. 그는 분명히 그녀를 만나러 다시 찾아올 것이다. 그리고 다시 만났을 때는 예전에 그녀가 거절했던 그 조건을 전제로 다시 그녀에게 청혼할 수 있는 상황까지 충분히 그를 몰고 갈 수도 있을 것이다. 만약 똑같은 조건을 다시 제시한다면 릴리는 여전히 그걸 거절할 수 있을 것인가? 매번 새로운 불행이 그녀에게 닥칠 때마다 분노는 점점 더 버사 도싯을 향해 쏠리곤 했다. 그런데 이 분노의 추격을 끝낼 수 있는 수단이 그녀의 서류함 속에 지금 안전하게 보관되어 있는 것이다. 비록 로즈데일을 경멸하는 마음 때문에 예전에 한 번은 거부할 수 있었지만, 요즘 들어 이런 유혹이 더욱 끈질기게 찾아오곤 했다. 그런데 과연 얼마나 더 그 유혹에 저항할 수 있을까?

어쨌든 지금 남아 있는 얼마 안 되는 수면제는 극도로 아껴야 했다. 릴리는 또다시 불면의 밤을 홀로 견디는 위험을 감수할 수는 없었다. 그 길고 긴 정적의 시간 동안 피로와 고독이라는 어두운 유령은 그녀의 가슴을 무자비하게 짓눌렀고, 그녀의 몸에서는 모든 기운이 다 빠져나가서 아침이면 몽롱한 안개 속을 허우적거리곤 했다. 그러므로 다시 재기할 수 있는 유일한 희망은 그녀의 침대 맡에 놓인 저 조그만 약병뿐이었다. 과연 그 희망이 얼마나 더 오래 지속될 수 있을까 하는 생각은 감히 떠올릴 수도 없었다.

11

릴리는 잠시 길모퉁이에서 걸음을 멈추고 5번가의 저녁 풍경을 바라다보았다.

4월 말의 어느 날이었다. 부드러운 봄기운이 사방에서 느껴졌다. 덕분에 마음을 울적하게 만드는 골목길에도 엷은 붉은색 베일이 깔린 듯 생기가 돌았고, 황량한 지붕 선도 다소 부드럽게 보였으며 사람들로 북적거리는 긴 번화가의 지저분한 풍경도 좀 나아 보였다. 5번가로 들어가는 입구를 장식하는 나무들의 아른아른한 초록빛이 살짝 시적인 분위기마저 자아냈다.

릴리가 그곳에 서 있을 때, 지나가는 마차들 안에서 몇몇 낯익은 얼굴을 알아보았다. 이제 시즌은 끝났고, 그것을 주도했던 세력들도 뿔뿔이 흩어졌다. 하지만 몇몇 사람은 아직도 유럽으로 떠나는 걸 늦추거나 혹은 남쪽에서 돌아와서 도시를 그냥 지나가 버리기를 거부하며 머뭇거리고 있었다. 그들 중에는 호사스러운 C-스프링 4인승 대형 쌍두마차[29]를 타고 위풍당당하게 돌아다니는 반 오스버그 부인과 그 옆에 나란히 앉은 퍼시 그라이스 부인이 있었다. 그리고 그들 앞에는 수백만 달러에 달하는 그라이스 왕국을 고스란히 물려받게 될 새로운 상속자가 유모의 무릎 위에 누워 있었다. 그 뒤를 이은 것은 해치 부인의 2인승 사륜 전동마차였는데, 그녀는 사교계 모임을 위해 디자인한 것이 분명한 호화찬란한 봄 의상을 차려입고 홀로 마차에 비스듬히 누워 있었다. 그리고 곧 이어서 주디 트레너가 해마다 타폰 낚시를 하고 잠깐 '거리' 구경을 하기 위해 미국으로 건너오는 스키도 백작부인을 동행한 채 지나갔다.

지나간 과거의 일부가 눈앞을 스쳐 지나가는 광경을 보고 나자, 마침내 아무 목적 없이 터덜터덜 집으로 발길을 돌리던 릴리는 자신의 처지가 더욱 처량하게 느껴졌다. 이제부터 남은 오후 시간 동안 릴리는 아무 할 일이 없었다. 아니, 내일도 모레도 마찬가지였다. 사교계의 시즌이 끝남과 동시에 여성 모자 업계도 끝났기 때문이다. 벌써 일주일 전에 레지나 부인은 더 이상 일손이 필요 없다는 뜻을 분명히 비쳤다. 부인은 언제나 5월 1일에 직원들을 해고했고, 게다가 최근 들어 바트 양의 출근이 너무 불규칙했다. 그녀는 자주 몸이 아팠고 기껏 일터에 나와도 별로 일을 하지 못했다. 여태껏 해고하지 않고 봐준 것만도 대단한 호의였다.

릴리는 이 해고가 정당한 조처인지 따지지 않았다. 자신이 일을 배우는 데 느리고 서투르며 뭐든 잘 잊어버린다는 사실을 스스로 느끼고 있었기 때문이다. 자기 자신의 무능력함을 인정하는 것은 참으로 가슴 아픈 일이었지만, 릴리는 생계 벌이를 하는 사람으로서 자신이 결코 전문적인 기술을 습득할 수 없다는 사실을 절실히 깨달았다. 언제나 아름다운 장식품의 역할만 하도록 교육받아 왔기에, 릴리는 그 어떤 실용적인 목적에도 쓰이지 못하는 자기 자신을 비난할 수 없었다. 그런데 이제는 그래도 보편적인 유용성은 있을 거라는 위안마저 완전히 사라져버린 것이다.

집을 향해 걸어가는 내내, 그녀의 마음은 내일 아침부터 일어나 봐야 아무 할 일도 없다는 생각에 잔뜩 겁을 먹고 점점 더 오그라들었다. 침대에서 늦게까지 빈둥거리는 사치는 오직 안락한 삶에서나 즐거운 쾌락일 수 있을 뿐 셋집에 살며 생활고에 허덕이는 실용주의자의 몫은 아니었다. 릴리는 아침 일찍 자기 방을 떠나고 싶었고 되도록 늦게 집으로 돌아가고 싶었다. 그러므로 지금도 현관 계단 앞에 다다르는 그 끔찍한 순간을 최대한 늦추기 위해서 일부러 느릿느릿 걷고 있는 중이었다.

하지만 집 앞 가까이 다가갔을 때, 누군가 현관 계단 위에 서 있는 걸 알아채고 릴리는 갑자기 활기가 솟았다. 분명 그곳에는 눈에 띄는 옷차림을 한 로즈데일이 서 있었다. 부유한 티가 철철 흐르는 그의 존재로 주변 환경의 초라함이 더욱 강조되어 보이는 듯했다.

이 광경을 보자, 릴리는 걷잡을 수 없는 승리감으로 가슴이 마구 두근거렸다. 로즈데일은 지난번 우연히 만난 후 불과 하루 이틀 뒤에 그녀의 몸이 나아졌는지 물으려고 잠깐 들른 적이 있다. 하지만 그 후로 지금까지 그를 만나거나 소식을 듣지 못하고 있었다. 릴리는 그의 무소식이 그가 분명 자신의 인생에서 그녀의 그림자를 지우기 위해서 필사적으로 그녀와 거리를 두려고 노력하고 있음을 말해 주는 것이라고 생각했다. 만약 정말 그렇다면, 그가 다시 나타났다는 것은 그런 노력이 결국 성공하지 못했음을 뜻했다. 로즈데일이 쓸데없는 감정적 장난 따위에 결코 시간을 낭비할 남자가 아니라는 걸 릴리는 잘 알고 있었다. 그러기에 그는 정신없이 바쁘고 지나치게 실용적인 사람이었다. 무엇보다도 이런 아무 이익도 없는 여홍에 빠지기에는 자신의 신분을 상승하는 데 너무 열중하고 있었다.

마른 풀 다발과 통속적인 그림이 새겨진 녹슨 동판이 걸려 있는, 번쩍이는 청록색의 손님 대기실에서 로즈데일은 혐오스러운 표정을 숨기지 못한 채 주위를 돌아보고 있었다. 그의 모자는 로저스[30]의 작은 조각상들로 장식된 먼지 낀 콘솔 위에 미심쩍게 놓여 있었다.

릴리는 플러시[31] 천으로 만든 장미 문양의 소파 중 하나에 앉았다. 한편 로즈데일은 빳빳하게 풀을 먹인 등받이 덮개가 씌어져 있는 흔들의자에 자리를 잡았다. 그런데 등받이 덮개가 불쾌하게도 칼라 위로 드러난 그의 발그레한 목덜미를 자꾸 스쳤다.

"하느님 맙소사, 당신이 이런 데서 계속 살 수는 없습니다!"

로즈데일이 한탄했다. 릴리는 그의 말투에 미소를 지었다.

"과연 제가 그럴 수 있을지 저도 잘 모르겠어요. 하지만 저는 아주 신중하게 지출을 관리해야 하거든요. 어쨌든 그럭저럭 잘해 나갈 수 있을 것 같아요."

"그럭저럭 잘해 나갈 수 있다고요? 제 말뜻은 그게 아닙니다. 여긴 당신이 있을 곳이 아니에요!"

"제 말이 바로 그 뜻입니다. 사실 저는 지난 일주일 동안 일거리도 얻지 못했으니까요."

"일거리를 얻지 못했다고요! 세상에 당신이 말하는 걸 좀 보십시오! 당신 같은 사람이 일을 해야 하다니, 정말 터무니없는 소리입니다."

로즈데일은 짧고 격렬하게 얼굴을 씰룩이며 이 말을 내뱉었다. 마치 마음속 깊은 곳에서 우러나온 분노가 저절로 튀어나온 것 같았다.

"이건 다 웃기는 일입니다. 정말 미친 짓이라고요."

로즈데일은 창문들 사이에 걸려 있는 얼룩진 거울에 반사된 긴 방 안을 뚫어져라 쳐다보며 다시 한 번 말했다.

릴리는 거듭되는 그의 충고에 계속 미소로 응대했다.

"저라고 해서 왜 예외가 될 수 있다고 생각해야 하는지 저는 그 이유를 모르겠네요."

릴리가 입을 열었다.

"그건 바로 당신이기 때문입니다. 그게 바로 이유죠. 당신이 이런 곳에 있는 걸 보니 정말 참을 수 없을 만큼 화가 납니다. 도저히 냉정하게 이야기할 수가 없어요."

실제로 릴리는 평소에 그토록 입심 좋던 그가 이렇게 두서없이 떠드는 모습은 한 번도 본 적이 없었다. 자신의 감정을 표현할 말을 찾지 못해서 전전긍긍하는 그의 모습은 심지어 릴리가 보기에도 꽤 감동적이었다.

로즈데일은 갑자기 흔들의자에서 벌떡 일어나더니 그녀 앞에 떡 버티고 섰다.

"제 말 좀 들어보십시오, 릴리 양. 저는 다음 주에 유럽으로 갈 겁니다. 두 달 동안 파리와 런던을 돌아다닐 거예요. 하지만 당신을 이렇게 두고 갈 수는 없습니다. 그럴 수는 없어요. 물론 당신이 종종 일깨워 주신 대로, 제가 전혀 상관할 일이 아니라는 걸 알고 있지만 말입니다. 당신은 반드시 누군가에게 도움을 받아야 합니다. 일전에 트레너에게 진 빚에 대해서 저에게 언급하신 적이 있지요. 저는 당신이 무슨 말씀을 하는지 잘 알고 있습니다. 그리고 당신이 그 돈에 대해 그런 감정을 느끼는 것이 무척 존경스럽습니다."

창백한 릴리의 얼굴이 놀라움으로 빨갛게 물들었다. 하지만 릴리가 그의 말을 가로막기 전에 로즈데일이 열렬하게 말을 이어갔다.

"트레너에게 빚을 갚을 수 있도록 제가 당신께 돈을 빌려드리겠습니다. 아니, 제 말이 끝나기 전까지 말문을 막지 마십시오. 제 말뜻은 이렇습니다. 이것은 아주 명백한 사업적 거래가 될 것입니다. 한 사람이 다른 사람과 맺는 정정당당한 계약 말이죠. 자, 이제 여기에 대해 당신은 뭐라고 말씀하시겠습니까?"

릴리는 수치심과 고마운 마음이 뒤섞여 더욱더 얼굴이 빨개졌다. 그리고 그 감정은 예상치 못한 릴리의 다정한 대답에 고스란히 담겨져 있었다.

"단지 이 말뿐입니다. 거스 트레너가 제게 제안했던 일도 바로 그런 것이었다고 말이죠. 이제 저는 두 번 다시 명백한 사업적 거래라는 말을 믿을 수 없을 것 같습니다."

릴리는 문득 이 대답에 부당한 힐난이 담겨져 있는 걸 깨닫고, 조금 더 상냥한 말투로 덧붙여 말했다.

"그렇다고 제가 당신의 친절한 뜻을 이해하지 못한다거나 감사하지 않는다는 얘기는 아닙니다. 하지만 우리 두 사람 사이에 사업적인 거래라는 것은 어떤 경우에도 불가능하지요. 왜냐하면 제가 그 돈으로 거스 트레너에게 진 빚을 지불하고 나면 제겐 아무 담보도 없으니까요."

로즈데일은 묵묵히 이 말을 받아들였다. 그녀의 말투에서 마지막 결의를 알아차린 모양이었다. 하지만 이로써 두 사람 문제가 끝났다는 사실을 좀처럼 받아들이지 못하는 것 같았다.

침묵 속에서 릴리는 그의 머릿속을 스치고 지나가는 생각을 훤히 들여다볼 수 있었다. 그녀의 굽힐 줄 모르는 태도에 그가 어떤 당혹감을 느끼고 있든 그리고 그 진정한 동기를 얼마나 이해하든 간에, 그 때문에 이 남자에 대한 자신의 영향력이 더 커졌다는 사실은 분명히 알 수 있었다. 설명할 수 없는 그녀의 고집과 저항은 마치 섬세한 미모나 까다로운 예법 같은 매력을 지니고 있어서 그녀를 극히 희귀한 존재로, 도저히 범접할 수 없는 존재로 만들어주었다. 로즈데일이 사교계의 경험을 쌓으면 쌓을수록 이런 희귀성은 더욱 커다란 가치를 지니게 되었다. 그는 마치 오랫동안 탐내던 물건에서 어떤 미세한 디자인적 차이나 특성을 구별하는 법을 배운 수집가와 같았다.

이 모든 심정을 충분히 헤아린 릴리는 그가 당장이라도 그녀와 결혼하고 싶어 한다는 것을 알아차렸다. 단 한 가지 도싯 부인과 화해한다는 조건하에서. 이 유혹은 갈수록 뿌리치기가 힘들었다. 왜냐하면 주변 상황이 조금씩 조금씩 로즈데일에 대한 그녀의 혐오감을 무너뜨리고 있었기 때문이다. 물론 아직도 혐오감은 남아 있었다. 하지만 그에게서 그것을 상쇄할 만한 장점들을 발견할 때마다 유혹이 여기저기로 침투했다. 다소 퉁명스러운 친절함과 어찌할 수 없는 감정에 대한 충실성 같은 것이 지극히 물질적인 그의 야심을 뚫고 밖으로 나오려고 애쓰고 있는 것처럼 보였다.

그녀의 눈빛에서 자신이 퇴짜 맞았다는 사실을 읽어낸 로즈데일은 이루 말할 수 없는 갈등이 엿보이는 태도로 손을 내밀었다.

"당신이 허락만 하신다면, 제가 그 인간들 머리 위로 당신을 높이 세워놓을 텐데……. 당신의 발로 그자들을 짓밟을 수 있도록 당신을 그곳에 세워놓을 텐데 말입니다!"

로즈데일이 탄식했다. 릴리는 그의 새로운 열정조차 그가 지녔던 오랜 가치관을 바꿔놓지 못했다는 사실에 묘한 감동을 느꼈다.

그날 밤 릴리는 수면제를 먹지 않았다. 대신 뜬눈으로 지새우며, 로즈데일의 방문이 던져주고 간 그 흐릿한 빛에 자신의 현재 상황을 비추어보았다. 그가 기꺼이 다시 제안할 생각이 있음을 분명히 내비친 그 거래를 거듭 거절해 버림으로써 릴리는 결국 자신이 '명예'라는 추상적인 개념의 희생자가 되어버린 것은 아닐까 하는 회의가 들었다. 어쩌면 명예라는 것도 도덕적인 생활의 수많은 관습 중 하나일지도 모르는데? 정당한 재판도 없이 그녀를 비난하고 추방해 버린 이 사회 질서에 대해 그녀가 무슨 빚이라도 졌단 말인가? 그녀에게 유죄 판결이 내려진 죄목들에 대해서 그녀는 정말 결백했지만, 단 한 사람도 그녀를 옹호해 주지 않았다. 게다가 일관성 없이 흔들리는 그녀의 신념 또한 그녀의 잃어버린 권리를 되찾기 위한 이 변칙적인 방법의 사용을 정당화해 주는 것 같았다. 버사 도싯은 자기 자신을 구하기 위해서 뻔히 눈에 보이는 거짓말로 양심을 더럽히는 짓조차 서슴지 않았다. 그런데 어째서 그녀는 우연히 자기 손에 들어온 분명한 사실을 개인적으로 조용히 사용하는 일조차 망설여야 한단 말인가? 결국 그런 행위에 대해 느끼는 수치심의 상당 부분은 그것을 뭐라고 부르느냐에 따라서 달라지게 마련이다. 만약 그런 일을 협박이라고 부른다면, 그것은 생각할 수 없는 범죄가 된다. 하지만 그 행위 때문에 피해받는 사람이 아무도 없고 그렇게 해서 되찾게 될 권리가 애초에 부당하게 박탈된 것이었다고 해명한다면, 오히려 그런 해명을 납득하지 못하는 사람이 진짜 형식주의자라고 지탄받을 것이다.

릴리 쪽에서 내세우는 변명은 죄다 개인적인 사정에서 비롯된, 반박할 수 없는 오랜 이유들이었다. 모멸감, 패배감, 이기적인 사회의 횡포에 맞서 정당하게 싸울 수 있는 기회를 얻고 싶다는 갈망. 릴리는 몇 번의 경험을 통해서 자신에게는 새로운 기반 위에서 다시 삶을 시작할 수 있는 자질도 의지력도 없다는 사실을 깨달았다. 노동자가 되어 노동자들 속에서 살아가는 것 그리고 사치와 쾌락의 세계를 돌아보지 않고 그냥 흘러

가도록 내버려 두는 것이 그녀에겐 불가능했다. 그렇다고 이렇게 무능한 자신을 크게 탓할 수도 없었다. 어쩌면 그녀는 자신이 생각하는 것보다 훨씬 덜 비난받아야 하는 것인지도 모른다. 부모에게 물려받은 성향과 어린 시절의 교육은 릴리를 대단히 특화된 존재로 만들어버렸다. 그러므로 마치 바위에서 뜯겨진 말미잘처럼 그 좁은 전문 분야를 벗어나면 완전히 무기력한 존재가 되었다. 그녀는 오직 주변을 더 아름답게 만들고 기분 좋게 만들기 위한 목적으로 키워진 사람이었다. 자연을 보라! 장미 꽃잎을 둥글게 말고 벌새의 가슴을 아름답게 칠하는 일에 다른 무슨 목적이 있단 말인가? 오직 장식적인 목적을 위한 임무가 인간 세계에서는 자연 세계에서만큼 자연스럽고 쉬운 일이 아니라고 해서, 또한 그 임무가 물질적인 필요에 의해 종종 방해받고 도덕적인 가책을 불러일으킨다고 해서 그것이 왜 그녀의 잘못이란 말인가?

이런 것들이 기나긴 불면의 밤 동안 그녀의 가슴속에서 격렬한 투쟁을 벌이던 두 가지 갈등이었다. 하지만 다음 날 아침 잠자리에서 일어난 후에도, 릴리는 과연 어느 쪽이 승리를 거두었는지 알 수 없었다. 그저 오랫동안 인위적인 수단에 의지해 억지로 잠을 취해 오다가 하룻밤을 홀딱 새우고 나니, 온몸의 기운이 다 빠져버렸을 뿐이다. 육체적 피로라는 왜곡된 빛을 통해 바라본 그녀의 미래는 더욱 암담하고 불확실하며 황폐해 보였다.

릴리는 친절한 아일랜드 출신의 하녀가 놓고 간 커피와 계란 프라이도 먹지 않고 늦게까지 침대에 누워 있었다. 집 안에서 들려오는 익숙한 소음들과 거리의 웅성거림이 지긋지긋하게 싫었다. 할 일 없이 빈둥거리는 일주일 동안 이 하숙집 세계에 대한 사소한 불만과 짜증이 지나칠 정도로 커져버렸다. 릴리는 호사스러운 또 다른 세계가 죽도록 그리웠다. 그 세계에서는 이 기계장치들이 매우 조심스럽게 감추어져 있어서 그 행위자의 존재는 드러나지 않은 채 한 장면에서 다른 장면으로 너무나 자연스럽게 흘러갔기 때문이다.

마침내 릴리는 침대에서 일어나 옷을 입었다. 마담 레지나의 가게를 떠난 뒤로 릴리는 거리에서 많은 시간을 보냈다. 한편으로는 난잡하고 소란한 하숙집에서 도망쳐 나오고 싶은 까닭도 있었고, 다른 한편으로는 몸을 피곤하게 만들면 잠이 쉽게 들 수 있을지 모른다는 기대감 때문이었다. 하지만 일단 밖으로 나왔어도 어디로 가야 할지 결정할 수가 없었다. 모자 가게에서 해고당한 후 거티를 만나는 것조차 피해 왔기 때문에 달리 마음 편히 찾아갈 사람이 없었다.

이날 아침은 어제 날씨와 전혀 달랐다. 차가운 회색 하늘이 언제라도 비를 쏟을 기세였고, 사나운 회오리바람이 거리의 아래위로 먼지를 몰고 다녔다. 릴리는 잠시 앉아 쉴 수 있는 아늑한 피난처를 찾기 바라며 공원을 향해서 5번가를 따라 올라갔다. 하지만 바람에 온몸이 싸늘하게 식었다. 흔들리는 나뭇가지 아래를 한 시간 정도 헤맨 끝에 릴리는 결국 점점 밀려드는 피로에 굴복하고 말았다. 그리고 59번 거리에 있는 작은 식당으로 몸을 피했다. 사실 릴리는 전혀 배가 고프지 않았기에 점심 식사를 하지 않고 그냥 집으로 돌아갈 작정이었지만 너무 피곤해서 집까지 돌아갈 엄두가 나지 않았다. 게다가 창문 너머로 보이는 하얗고 긴 테이블이 몹시 매혹적으로 보였다.

식당 안은 부인과 아가씨 들로 꽉 들어차 있었고, 다들 차와 파이에 정신을 쏟느라 그녀가 들어오는 것은 전혀 신경 쓰지 않았다. 날카로운 목소리로 웅성거리는 소리가 낮은 천장 아래로 울려 퍼졌고, 오직 릴리가 있는 곳 주변만 작은 침묵의 원이 만들어졌다. 릴리는 시간 감각을 잃어버린 지 오래였다. 그리고 벌써 며칠 동안 어느 누구와도 말 한마디 나누지 못한 것 같았다. 릴리는 이 곤경에서 빠져나갈 수 있는 어떤 신호라도 찾길 바라며 목을 길게 빼고 간절한 눈빛으로 주변 사람들의 얼굴을 살펴보았다. 하지만 가방이나 공책, 악보 등을 손에 들고 앉아 있는 누런 얼굴의 여자들은 저마다 자기 일에 몰두하고 있었다. 심지어 혼자 앉아 있는 여자들조차 서둘러 차를 마시면서 잡지를 뒤적거리거나 견본 천을 넘기기에 바빴다.

릴리는 삶은 굴과 함께 차를 몇 잔이나 마셨다. 그리고 다시 거리로 나섰을 때는 머리가 훨씬 맑아지고 기운도 나는 것 같았다. 이제 릴리는 자신이 레스토랑에 앉아 있으면서 무의식중에 최후의 결정을 내렸다는 걸 깨달았다. 이 깨달음은 그녀에게 당장 행동을 취해야 할 것 같은 환상을 심어주었다. 실제로 서둘러 집으로 가야 할 이유가 생겼다는 생각만 해도 기운이 솟았다. 이 즐거운 기분을 오래 간직하기 위해서 릴리는 걸어가기로 결정했다. 하지만 거리가 상당히 멀었기 때문에 가는 동안 자꾸만 시계를 확인했다. 아무 할 일이 없는 상태에서 그녀가 발견한 놀라운 일 중 하나는 시간이란 어떤 명확한 통제도 하지 않고 그냥 내버려 두면 어떤 속도로 움직일지 전혀 신뢰할 수가 없다는 사실이었다. 대개는 느긋하게 어슬렁거리다가도 일단 그 느린 속도를 믿고 의지하게 되면 시간은 갑자기 미친 듯이 달려가기 시작했다.

하지만 막상 집에 도착하고 보니, 자신의 계획을 실행에 옮기기 전에 잠깐 앉아서 쉴 수 있을 만큼 아직도 시간이 많이 남앉다는 걸 알았다. 그렇다고 해서 그녀의 결심이 약해지지는 않았다. 릴리는 겁이 났지만 자신의 마음속에 느껴지는 단단한 결의에 자극을 받았다. 릴리는 자신이 상상했던 것보다 훨씬 더 쉬울 거라고 생각했다.

다섯 시가 되자, 릴리는 의자에서 일어나서 트렁크를 열고 봉인된 꾸러미를 꺼냈다. 그리고 옷 속으로 단단히 밀어 넣었다. 그 꾸러미를 만지는 순간에도 예상했던 것만큼 그렇게 떨리지는 않았다. 릴리는 마침내 강력한 의지가 그녀의 섬세한 감각을 마비시킨 듯이 무관심이라는 단단한 갑옷을 온몸에 두르고 있는 것 같았다.

릴리는 또다시 거리로 나서기 위해 옷을 갈아입었다. 그리고 문을 걸어 잠근 후 밖으로 나갔다. 거리에 섰을 때, 밖은 여전히 한낮이었다. 하지만 하늘은 당장이라도 폭우를 쏟을 듯이 잔뜩 어두워져 있었고 차가운 돌풍이 거리를 따라 늘어선 일층 상점들의 간판을 흔들고 있었다. 5번가에 도착한 그녀는 북쪽을 향해 느릿느릿 걷기 시작했다. 도싯 부인의 평소 습관을 잘 알고 있었기 때문에 그녀가 5시 이후에는 항상 집에 있다는 것도 알고 있었다. 물론 그녀가 손님을 들이지 않을 수도 있었다. 특히 반갑지 않은 손님의 경우에는 그랬다. 더구나 릴리에 대해서는 집 안에 들이지 말라는 특별 지시를 내렸을 수도 있었다. 하지만 릴리에게는 자신의 이름을 써서 부인에게 전달할 쪽지가 하나 있었다. 그것이라면 분명히 집 안에 들어갈 수 있을 것이라고 생각했다.

릴리는 도싯 부인의 집을 향해 걸어가면서 차가운 저녁 바람을 쐬며 몸을 빨리 움직이니까 마음이 안정된다는 생각을 했다. 하지만 굳이 마음을 진정시켜야 할 필요는 느끼지 못했다.

이 상황에 대한 그녀의 판단은 냉정하고 흔들림이 없었다.

15번 거리에 도착했을 때, 갑자기 비가 쏟아지면서 차가운 빗방울이 그녀의 얼굴을 때렸다. 그녀의 얇은 봄옷은 금방 물에 젖어버렸는데, 목적지까지는 아직도 반 마일이나 남아 있었다. 릴리는 매디슨가로 길을 건너서 전철을 타기로 결정했다. 그리하여 골목길로 막 접어드는 순간, 희미한 기억이 머릿속에서 꿈틀대기 시작했다. 꽃봉오리가 맺힌 채 줄지어 선 나무들, 벽돌과 대리석으로 새로 지은 현관, 발코니에 화분이 놓여 있는 조지 왕조풍 아파트. 이 모든 것이 낯익은 장소를 떠올리게 했다. 이곳은 바로 2년 전 9월의 어느 날 셀던과 함께 걷던 그 거리였던 것이다. 그와 함께 저기 있는 저 문으로 들어갔던 기억과 더불어 꽁꽁 얼어붙어 있던 감정들이 일제히 되살아났다. 그리움과 후회, 안타까움 그리고 그녀의 가슴속에 유일하게 간직된, 그 봄날의 벅찬 설렘. 이런 볼일을 보러 가는 길에 그의 집 앞을 지나게 되다니 참으로 이상한 일이었다. 그녀는 갑자기 셀던의 눈을 통해서 자신의 행동을 보고 있는 듯한 느낌이 들었다. 동시에 이 일에 그가 연루되어 있다는 사실, 자신의 목적을 달성하기 위해서는 반드시 그의 이름을 더럽혀야 한다는 사실, 그리고 그의 과거의 비밀을 팔아서 이익을 얻으려고 한다는 사실이 너무 수치스러워서 피가 얼어붙는 것 같았다. 두 사람이 처음으로 대화를 나누었던 그날 이후로 그녀는 얼마나 먼 길을 걸어왔단 말인가! 그때도 그녀의 발은 지금 그녀가 걷고 있는 이 길을 딛고 있었다. 그리고 심지어 그때도 그녀는 그가 내민 손을 거절했다.

돌풍처럼 일제히 밀려드는 기억들 속에서 셀던의 냉정함에 대한 모든 원망이 휴지 조각처럼 날아가 버렸다. 그는 이미 두 번이나 그녀를 도와주려고 했다. 그녀를 사랑함으로써 그녀를 도와주겠다고, 그렇게 말했다. 만약 세 번째 시도에 그가 그녀를 포기한 것처럼 보였다면, 그건 전적으로 그녀 자신의 탓이 아니던가? 그렇다. 그녀의 인생에서 그 부분은 이미 끝나 버렸다. 그런데 어째서 자신이 그것에 대해서 아직도 집착하는지 그 이유를 알 수 없었다. 하지만 그를 보고 싶다는 갑작스러운 그리움이 남아 있었다. 그녀가 그의 집 앞을 지나서 한 발씩 걸음을 옮길 때마다 갈망은 점점 더 커졌다. 한바탕 비가 내린 거리는 어둡고 인적이 끊겼다. 셀던의 고요한 방과 책장 그리고 불이 타오르는 벽난로가 그녀의 눈앞에 아른거렸다. 고개를 치켜든 릴리는 그의 창문에 불이 켜져 있는 것을 보았다. 마침내 그녀는 길을 건너서 건물 안으로 들어갔다.

12

서재는 그녀가 상상했던 그대로였다. 초록색 갓을 씌운 등잔들이 점점 몰려드는 어둠 속에서 고요한 빛의 원을 만들고 있었고, 벽난로에서는 작은 불길이 타오르고 있었다. 그리고 그 옆에 놓인 셀던의 안락의자는 그가 릴리를 맞이하기 위해 자리에서 일어나는 바람에 한쪽 옆으로 밀쳐져 있었다.

처음에 놀라움을 감추지 못했던 셀던은 이제 조용히 서서 릴리가 먼저 입을 열기만 기다렸다. 한편 릴리는 한꺼번에 밀려드는 기억 때문에 문턱에서 잠시 주춤거렸다.

이 방은 하나도 변하지 않았다. 릴리는 셀던이 라 브뤼예르의 책을 꺼내 들었던 책꽂이 선반이 어디인지 알아보았다. 그리고 그녀가 그 귀중한 판본을 살펴보는 동안, 셀던이 비스듬히 걸터앉아 있었던 낡은 의자의 팔걸이도 알아보았다. 하지만 그때는 환한 9월의 햇살이 방 안을 가득 채우고 있어서 마치 이곳도 바깥세상의 일부처럼 느껴졌다. 반면 지금은 갓을 씌운 등잔들과 따뜻한 벽난로 덕분에 훨씬 더 아늑한 느낌이 들었고, 서서히 어둠이 깔리고 있는 거리와는 전혀 동떨어진 세계 같았다.

마침내 릴리는 셀던의 침묵 뒤에 감추어진, 놀란 기색을 감지하고서 그를 향해 몸을 돌렸다. 그리고 솔직하게 말했다.

"지난번 우리가 그렇게 헤어진 것에 대해서 미안하다는 말을 하기 위해 찾아왔어요. 그날 해치 부인 댁에서 제가 당신에게 했던 말에 대해서 사과하려고요."

이 말이 그녀의 입에서 저절로 흘러나왔다. 계단을 올라올 때까지만 해도 이곳에 찾아온 이유에 대해서는 아무 생각도 하지 않았다. 하지만 지금은 두 사람 사이에 짙게 드리워진 오해의 먹구름을 어떻게든 흩어버리고 싶다는 강렬한 소망이 그녀를 사로잡았다.

셀던이 빙그레 웃으며 대답했다.

"우리가 그렇게 헤어져야 했던 것에 대해서는 저 역시 유감입니다. 하지만 저 스스로 초래한 일이 아닌지 의심스럽군요. 다행히도 저는 닥쳐올 위험을 예견하고 있었기 때문에……."

"별로 개의치 않았다는 말씀인가요?"

갑자기 릴리가 예전처럼 비꼬는 어조로 말을 가로막았다.

"그런 결과에 대해 마음의 준비를 하고 있었다는 겁니다."

셀던이 기분 좋게 그녀의 말을 정정해 주었다.

"하지만 그런 이야기는 나중에 하도록 하지요. 우선 이리 와서 불 가에 앉으십시오. 저쪽 안락의자에 앉으시는 게 좋겠군요. 부디 당신의 등 뒤에 방석을 하나 놓아드릴 수 있도록 허락해 주신다면 말입니다."

셀던이 이렇게 말하는 동안, 릴리는 천천히 방 한가운데로 걸어 들어갔다. 그리고 셀던의 탁자 옆에서 걸음을 멈추었다. 등잔불이 볼이 움푹 꺼진 릴리의 창백한 얼굴 위로 과장되게 커진 그림자들을 드리웠다.

"피곤해 보이는군요. 자리에 앉아요."

셀던이 다정하게 다시 한 번 말했다. 하지만 릴리의 귀에는 이 제안이 들리지 않는 것 같았다.

"당신을 만난 후 바로 해치 부인 댁을 떠났다는 걸 당신께 알려 드리고 싶었어요."

릴리는 마치 고백하듯이 말을 이어갔다.

"네, 그랬군요. 알겠어요."

셀던은 점점 당황스러운 기색을 보였다.

"제가 그렇게 한 까닭은 바로 당신이 제게 그렇게 하라고 말했기 때문이란 사실도 알려 드리고 싶었어요. 저는 당신이 오기 전부터 이미 그 여자 옆에 남아 있는 것이 불가능하다는 사실을 깨닫기 시작했어요. 하지만 그걸 인정하고 싶지 않았죠. 당신의 말뜻을 제가 충분히 이해하고 있다는 걸 당신께 보여 드리고 싶지 않았어요."

"이런, 당신이 스스로 빠져나갈 길을 찾을 거라고 제가 믿었어야 했군요. 괜히 간섭하고 나서는 게 아니었는데 말입니다!"

셀던의 가벼운 말투는 어떻게든 이해받고자 하는 릴리의 열렬한 바람과는 상반된 것이었다. 만약 릴리의 정신 상태가 조금만 더 안정되어 있었더라면, 이것이 어떻게든 어색한 순간을 모면하려는 그의 노력이라는 걸 곧바로 알아차렸을 것이다. 하지만 이상할 정도로 모든 것이 너무나 투명하고 명료하게 느껴지는 상태에 있던 릴리는 누군가 아직도 관습적인 말장난이나 모호한 얼버무림 따위로 에둘러 말해야 한다고 생각한다는 사실이 도저히 믿기지 않았다. 그녀는 이미 이 상황의 핵심에 도달한 듯한 느낌이었던 것이다.

"제가 그걸 고맙게 여기지 않았다는, 그런 말은 아니었어요."

릴리가 주장했다. 하지만 갑자기 자기 마음을 표현할 수 있는 힘이 사라지고 말았다. 릴리는 목구멍이 파르르 떨리는 걸 느꼈다. 동시에 그녀의 두 눈에서는 눈물이 주르르 흘러내렸다.

셀던이 앞으로 다가오더니 그녀의 손을 붙잡았다.

"무척 피곤해 보이는군요. 자리에 앉아 좀 더 편안하게 이야기하세요."

셀던은 릴리를 불 옆의 안락의자로 이끌었다. 그리고 그녀의 어깨 뒤에 방석을 받쳐 주었다.

"그럼 이제 당신에게 차를 한잔 대접해도 될까요? 당신도 알다시피 저는 언제나 손님을 열렬히 환대한답니다."

릴리는 고개를 저었다. 또다시 눈물방울이 흘러내렸다. 하지만 릴리는 쉽게 울음을 터트리지 않았다. 여전히 너무 떨려서 말이 제대로 나오지 않을 정도였음에도 오랫동안 습관처럼 몸에 밴 자제력이 발동했기 때문이다.

"단 오 분이면 물이 끓을 겁니다."

셀던은 마치 릴리가 떼를 쓰는 어린아이라도 되는 것처럼 달래듯이 말했다.

그의 말을 들으니, 두 사람이 함께 티 테이블을 마주 보고 앉아서 그녀의 장래에 대해 농담을 주고받았던 또 다른 오후가 떠올랐다. 그녀 인생에서 일어났던 다른 어떤 사건보다도 그날 오후가 훨씬 더 아득하게 느껴지는 순간이 종종 있었다. 하지만 릴리는 언제나 그때 일을 매 순간까지 상세히 되살릴 수 있었다.

릴리는 손을 저으며 거절했다.

"아니에요. 차는 너무 많이 마셨어요. 차라리 조용히 앉아 있고 싶군요. 곧 가야 하긴 하지만요."

릴리는 당황하며 마지막 말을 덧붙였다.

셀던은 계속해서 벽난로 선반에 몸을 기댄 채 릴리 옆에 서 있었다. 친구처럼 편안하게 대해 주려고 애쓰는 셀던의 태도에서 긴장하는 기색이 점점 더 눈에 띄게 드러나기 시작했다. 자기 생각에 몰두한 릴리는 처음에는 이 사실을 알아채지 못했다. 하지만 이제 그녀의 의식은 그 부지런한 촉수를 또다시 내뻗고 있었고, 자신의 존재가 셀던에게 부담이 되고 있음을 금방 깨달았다. 이런 상황은 서로 솔직한 감정을 털어놓아야만 풀릴 수 있는데, 셀던에게는 그런 결단력이 여전히 부족했다.

하지만 이런 발견은 예전만큼 릴리의 마음을 상하게 하지 않았다. 모든 표현은 반드시 그것이 유발하게 될 감정에 따라서 적절하게 수위를 조절해야 하며 감정의 과잉이야말로 유일하게 비난받아야 할 겉치장이란 식의, 교양 있는 상호 관계의 단계는 이미 넘어선 지 오래였다. 그렇지만 그녀를 향한 셀던의 마음이 영원히 굳게 닫혀 버렸다는 걸 알게 되자, 몇 배나 더 지독한 외로움이 또다시 몰려왔다. 사실 어떤 확실한 목적이 있어서 셀던을 찾아온 것은 아니었다. 단지 그를 보고 싶다는 그리움이 그녀의 발길을 이곳으로 인도했기 때문이다. 하지만 그녀가 은밀하게 간직해 왔던 그 희망은 불현듯 죽음과 같은 고통으로 변해 버렸다.

"그만 가야겠어요."

릴리는 당장이라도 의자에서 일어설 듯한 자세를 취하며 말을 이었다.

"하지만 앞으로 오랫동안 당신을 다시 보지 못할 것 같아요. 그래서 이 말만은 꼭 하고 싶었어요. 당신이 벨로몬트에서 저에게 했던 말들을 한 번도 잊은 적이 없다고 말이죠. 그리고 때때로, 심지어 그 기억에서 너무 멀어진 것처럼 느껴질 때도 그 말들은 저를 도와주었고 실수하지 않도록 지켜주었다고, 많은 사람이 저에 대해 생각하는 대로 그런 사람이 되지 않게 막아주었다고 말이죠."

릴리가 머릿속을 제대로 정리하려고 애쓰면 쓸수록 말은 더욱더 횡설수설 쏟아져 나왔다. 하지만 자신이 허울만 그럴듯한 인생의 구렁텅이에서 자신을 온전히 지켜냈다는 사실을 셀던에게 설명하려는 시도조차 한번 해보지 않은 채 이대로 그의 집을 떠날 수는 없었다.

릴리가 이렇게 말하자, 셀던의 표정에 약간의 변화가 생겼다. 비록 여전히 개인적인 감정의 흔적 같은 건 보이지 않았지만, 잔뜩 경계했던 기색이 사라지고 이해심으로 가득 찬 다정한 표정이 되었다.

"저에게 그렇게 말씀해 주시니 고맙습니다. 하지만 제가 했던 말 때문에 달라진 건 하나도 없습니다. 그 차이는 바로 당신 안에 있었고, 앞으로도 언제나 그럴 겁니다. 그것이 당신 안에 있는 한 사람들이 뭐라고 생각하든 당신에게는 아무런 문제가 될 수 없습니다. 당신의 친구들은 언제까지나 당신을 이해할 거라고 믿으십시오."

"아, 제발 그렇게 말씀하지 마세요. 당신이 제게 했던 말들이 아무런 변화도 가져오지 않았다는, 그런 말씀은 하지 마세요. 그 말은 마치 절 밖으로 내쫓는 것 같아요. 다른 사람들 곁에 저를 완전히 홀로 남겨 두려고 하시는 말씀 같아요."

릴리는 몸을 일으켜 그의 앞에 섰다. 또다시 마음 깊은 곳에서 절박한 충동이 솟아 나와 그녀를 완전히 사로잡았다. 셀던의 거리끼는 기색을 어느 정도 눈치채고 있었던 것도 다 잊어버리고 말았다. 그가 원하든 원치 않든, 두 사람이 헤어지기 전에 그는 반드시 그녀의 진정한 모습을 보아야 했다.

릴리는 마지막 남은 힘을 모두 끌어모았다. 그리고 진지한 눈빛으로 그를 마주 보며 말을 이었다.

"한 번, 아니 두 번이나 당신은 저에게 제 인생으로부터 벗어날 수 있는 기회를 주었지만 저는 그걸 거절했죠. 그건 제가 겁쟁이였기 때문이에요. 나중에야 저는 잘못을 깨달았죠. 이전까지 저를 만족시켰던 것들로는 두 번 다시 행복해질 수 없다는 걸 그때야 알았어요. 하지만 그땐 이미 늦었어요. 당신이 저에 대한 판단을 내려버린 뒤였으니까. 저도 이해해요. 이미 행복해지기에는 너무 늦었지요. 그렇지만 제가 놓쳐 버린 것들을 생각하며 힘을 얻기에는 아직 그렇게 늦지 않았어요. 그것만이 제게 살아갈 힘을 주는 유일한 것인걸요. 그러니 이제 와서 그걸 제게서 빼앗아가지 마세요! 제가 가장 힘든 순간에 처했을 때도 그건 마치 어둠 속에서 반짝이는 작은 불빛과 같았어요. 어떤 여자들은 혼자서도 충분히 잘 살아갈 수 있을 만큼 강하지만, 제겐 저에 대한 당신의 믿음이 꼭 필요해요. 아마 아주 커다란 유혹이라면 저도 잘 극복할 수 있었을 거예요. 하지만 사소한 유혹이 늘 저를 넘어뜨리곤 했지요. 그때마다 저는 기억했어요. 그런 인생은 결코 저를 만족시킬 수 없을 거라는 당신의 말을. 저는 부끄러워서 저 자신에게 그걸 인정할 수 없었죠. 그것이 바로 당신이 저에게 해주신 일이에요. 제가 당신에게 감사드리고 싶은 것도 바로 그 점이고요. 제가 언제나 기억했다는 것을 당신에게 꼭 알려 드리고 싶었어요. 제가 노력했다는 것을……. 정말로 열심히 노력했다는 걸……."

릴리가 갑자기 말을 멈추었다. 다시 눈물이 흘렀다. 릴리가 손수건을 꺼내려고 할 때, 옷 속에 들어 있던 꾸러미가 손에 닿았다. 순간 그녀의 얼굴이 빨갛게 물들었다. 입안에서 맴돌던 말들이 싹 사라져버렸다. 릴리는 고개를 치켜들고 셀던을 똑바로 바라보며 사뭇 달라진 어조로 말을 이었다.

"저는 열심히 노력했어요. 하지만 인생이란 결코 쉽지 않군요. 전 정말 쓸모없는 인간이에요. 제가 여태껏 독립적인 삶을 살았다고는 도저히 말할 수 없어요. 전 그저 인생이라고 불리는 거대한 기계의 나사나 혹은 톱니바퀴의 이에 불과했어요. 일단 그 기계에서 떨어져 나오자, 저 자신이 더 이상 그 어디에서도 쓸모없는 존재라는 걸 깨달았지요. 하나의 나사는 오직 단 하나의 구멍밖에 맞는 곳이 없다는 걸 알았는데 더 이상 뭘 할 수 있겠어요? 다시 그 구멍으로 돌아가거나 아니면 쓰레기 더미에 던져지는 수밖에요. 하지만 당신은 쓰레기 더미에 던져지는 게 어떤 건지 모르실 거에요!"

릴리의 입가에 문득 미소가 떠올랐다. 2년 전 바로 이 방에서 그녀가 셀던에게 털어놓았던 이야기가 뜬금없이 생각났기 때문이다. 그때 릴리는 퍼시 그라이스와 결혼할 계획이었다. 이제 그녀는 뭘 할 계획이란 말인가?

거무스름한 셀던의 얼굴로 피가 솟구치는 것이 보였다. 하지만 여전히 그의 감정은 전혀 드러나지 않고 태도만 더 심각해졌을 뿐이었다.

"저에게 무슨 할 말이 있으신가요? 혹시 결혼이라도 하실 건가요?"

셀던이 불쑥 질문을 던졌다.

릴리의 눈빛은 조금도 흔들리지 않았다. 하지만 그녀의 얼굴에는 깜짝 놀란 표정이, 자문하는 듯한 표정이 서서히 떠올랐다. 셀던의 질문을 받자, 비로소 릴리는 자신이 방으로 들어올 때 정말로 그런 결심을 했던 건 아닐까 자문하는 것 같았다.

"당신은 항상 저만 보면, 늦든 빠르든 간에 반드시 결혼하게 될 거란 말씀만 하시군요."

릴리가 희미한 미소를 지으며 말했다.

"그래서 이제 하실 건가요?"

"언젠가는 해야겠죠. 하지만 그전에 먼저 해야 할 일이 있어요."

릴리는 잠시 말을 멈추고, 태연한 듯 미소지으며 침착하게 목소리를 내려고 애썼다.

"반드시 작별 인사를 해야 하는 사람이 있거든요. 오, 당신은 아니에요. 우리는 분명히 다시 만나게 될 거예요. 사실은 당신이 알던 그 릴리 바트와 작별하려고 해요. 지금까지는 줄곧 그녀와 함께 지내왔지만 이제는 서로 헤어져야 할 때가 왔어요. 그래서 그녀를 당신에게 다시 데리고 온 거예요. 이곳에 그녀를 두고 가려고요. 지금 저는 떠나지만 그녀는 저와 함께 가지 않을 거예요. 그녀는 언제까지나 당신 곁에 남아 있을 거라고 그렇게 믿고 싶어요. 대신 그녀는 아무런 말썽도 부리지 않고 전혀 자리도 차지하지 않을 거예요."

릴리는 그를 향해 다가갔다. 그리고 여전히 미소를 지으며 손을 내밀었다.

"부디 그녀가 당신 곁에 머물 수 있도록 허락해 주실 거죠?"

릴리가 물었다. 셀던이 그녀의 손을 잡았을 때, 릴리는 그의 감정이 흔들리는 걸 느낄 수 있었다. 하지만 그 감정은 아직 그의 입 밖으로 나오려고 하지 않았다.

"릴리, 내가 당신을 도울 수는 없을까요?"

셀던이 안타깝게 말했다. 릴리는 다정한 눈길로 그를 바라보았다.

"당신이 전에도 한 번 저에게 그런 말씀을 하셨던 것, 기억나세요? 오직 저를 사랑하는 것만이 당신이 저를 도울 수 있는 길이라고요? 그래요. 당신은 한순간 저를 정말로 사랑해 주었어요. 그리고 저를 도와주셨죠. 그건 언제나 저에게 큰 도움이 되었어요. 하지만 그 순간은 지나가 버렸어요. 그 기회를 놓쳐 버린 건 바로 저 자신이었죠. 그래도 어쨌든 사람은 계속 살아가야 하는 법이지요. 그럼 안녕히."

릴리는 셀던의 손 위에 다른 한 손을 포갰다. 한동안 두 사람은 마치 죽음을 눈앞에 둔 사람들처럼 엄숙하게 마주 보았다. 실제로 두 사람 사이에는 죽어버린 뭔가가 가로놓여 있었다. 셀던의 가슴속에 있던 사랑을 릴리가 죽여 버렸고 더 이상 되살려 낼 수 없었던 것이다. 반면 두 사람 사이에는 뭔가 살아 있는 것도 있었다. 그리고 그것은 영원히 꺼지지 않는 불꽃처럼 릴리 안에서 살아 움직이고 있었다. 그것은 바로 셀던의 사랑에 의해서 불타오른 사랑, 그에 대한 릴리의 영혼의 열정이었다.

그 불길 속에서 세상의 다른 모든 것은 한없이 작아지고 사라져버렸다. 릴리는 이제 자신의 옛 자아를 그의 곁에 남겨 두고 떠날 수 없다는 걸 깨달았다. 그 자아는 분명히 셀던이란 존재 안에서 지내야 했다. 하지만 그래도 여전히 그녀의 것일 수밖에 없었다.

셀던은 그녀의 손을 붙잡은 채 뭔가 불길한 예감을 느끼며 그녀를 자세히 살펴보았다. 이 상황의 외부적인 면에 대해서는 릴리뿐 아니라 셀던 역시 전혀 안중에도 없었다. 셀던은 오직 이 순간이 두 사람의 얼굴을 가리고 있던 베일을 벗는 그 드문 순간 중 하나라는 생각뿐이었다.

"릴리."

셀던이 낮은 목소리로 말했다.

"이런 식으로 말하면 안 돼요. 도대체 당신이 뭘 할 작정인지 알기 전에는 결코 당신을 보내줄 수 없어요. 세상의 모든 것이 변할 수 있겠죠. 하지만 그렇다고 사라지는 건 아니에요. 당신은 절대로 내 인생에서 지워질 수 없어요."

릴리가 환하게 반짝이는 눈빛으로 그의 눈을 가만히 들여다보았다.

"그래요. 이제 나도 그걸 알겠어요. 우리 언제까지나 친구가 되기로 해요. 그럼 난 무슨 일이 일어난다 해도 든든할 거예요."

"무슨 일이 일어난다고요? 그게 무슨 뜻인가요? 도대체 무슨 일이 일어난단 말이죠?"

릴리는 조용히 돌아서서 벽난로를 향해 걸어갔다.

"지금 당장은 아무 일도 없어요. 단지 제가 너무 춥다는 것 외에는 말이죠. 그러니 제가 떠나기 전에 저를 위해 불 좀 피워주세요."

릴리는 벽난로 가에 무릎을 꿇고 앉아서 불타는 장작을 향해 손을 뻗었다. 갑작스럽게 달라진 릴리의 태도에 어리둥절한 셀던은 기계적으로 양동이에서 장작 한 무더기를 가져왔다. 그리고 불 속으로 장작을 던져 넣었다. 그러는 동안 셀던은 활활 타오르는 불을 쬐고 있는 그녀의 손이 얼마나 가늘고 연약한지 새삼스레 깨달았다. 그리고 느슨하게 늘어진 그녀의 드레스 아래로 풍성했던 몸매의 곡선이 얼마나 앙상하게 말랐는지도 알아차렸다. 그 후로도 오랫동안 셀던은 그 모습을 잊을 수 없었다. 일렁거리는 빨간 불길에 그녀의 뾰족한 콧날이 얼마나 더 도드라져 보였는지, 그리고 그녀의 광대뼈에서 눈 밑까지 짙게 드리워진 눈 그늘이 얼마나 더 어두워 보였는지를.

릴리는 잠깐 동안 그렇게 말없이 무릎을 꿇고 앉아 있었다. 셀던은 감히 그 침묵을 깨뜨릴 수가 없었다. 마침내 그녀가 자리에서 일어섰을 때, 셀던은 그녀가 뭔가를 옷 속에서 꺼내어 불길 속으로 떨어뜨리는 걸 본 것 같았다. 하지만 그때는 그 동작을 제대로 인식조차 하지 못했다. 그의 모든 감각기관이 혼수상태에 빠진 듯했고, 그는 여전히 이 마법을 깨뜨릴 수 있는 말을 찾아 더듬더듬 헤매고 있었던 것이다.

릴리는 그에게 다가오더니 그의 어깨에 손을 얹었다.

"안녕."

그녀가 속삭였다. 그리고 셀던이 고개를 숙였을 때, 그녀의 입술이 그의 이마에 와 닿았다.

13

거리의 가로등이 켜졌다. 하지만 비가 그치자, 일시적으로 하늘이 다시 밝아졌다.

릴리는 주변을 전혀 의식하지 못한 채 멍하니 걷고 있었다. 그녀는 아직도 인생의 가장 아름다운 순간에 만들어진 뜬구름 위를 밟고 있었다. 하지만 그 구름은 차츰 작아지더니, 마침내 그녀의 발밑에서는 단단한 보도만이 느껴졌다. 갑자기 그동안 쌓였던 피로가 한꺼번에 몰려왔다. 릴리는 더는 단 한 발자국도 걸을 수 없을 것 같았다. 간신히 5번가의 41번 거리 모퉁이까지 걸어간 릴리는 문득 브라이언트 공원에 쉴 만한 자리가 있다는 기억이 떠올랐다.

그녀가 공원 안으로 들어갔을 때, 왠지 우울한 분위기가 감도는 그곳은 거의 텅 비어 있었다. 릴리는 전기 가로등이 환하게 불을 비추는 어느 텅 빈 벤치에 쓰러지듯 주저앉았다. 벽난로의 따뜻한 온기는 이미 사라진 지 오래였다. 릴리는 축축한 아스팔트에서 올라오는 습기가 옷 속까지 스며들기 전에 곧 일어나야 한다고 스스로 타일렀다. 하지만 그녀의 의지력은 방금 전의 그 엄청난 노력 탓에 그만 바닥이 난 것 같았다. 릴리는 비정상적으로 에너지를 소모하고 난 후에 뒤따르는 멍한 상태에서 헤어나질 못했다. 게다가 집에 돌아가 봐야 뭐가 있단 말인가? 냉랭한 방의 무거운 침묵 이외에는 아무것도 그녀를 맞아줄 것이 없었다. 지친 영혼에게 밤의 정적은 세상에서 가장 요란한 소음보다 더 지독한 고문이었다. 그리고 그녀의 침대 맡에는 수면제 병이 놓여 있었다. 수면제야말로 이 캄캄한 어둠 속에서 단 하나의 빛이었다. 릴리는 벌써부터 수면제의 효력이 슬며시 엄습하는 기분을 느낄 수 있었다. 하지만 수면제가 효력을 잃었을지도 모른다는 두려운 생각이 들자, 이렇게 일찍 집으로 돌아갈 엄두가 나지 않았다. 최근 들어 그녀는 점점 더 자주 잠에서 깨어나고 어쩌다 잠이 들어도 깊이 자질 못했다. 끊임없이 이 생각에서 저 생각으로 떠돌다가 그대로 잠에서 깨어나 버리는 밤이 며칠째 이어지고 있었다. 모든 아편류가 그렇다고 하던데, 만약 약의 효과가 점차 사라지고 있는 거라면 어떻게 한단 말인가? 릴리는 복용량을 늘리면 안 된다는 약사의 경고를 기억하고 있었다. 또한 이런 약의 변덕스럽고 예측할 수 없는 결과에 대해서 이미 들은 적이 있었다. 불면의 밤으로 돌아갈지 모른다는 두려움이 어찌나 컸던지, 릴리는 지독하게 피곤하면 수면제의 효과가 더 커질 것이라는 희망을 안고 거리에서 계속 머뭇거렸다.

이제 곧 밤이 다가오고 있었다. 42번 거리를 달리던 시끄러운 차량들도 점차 사라져갔다. 광장이 완전히 어둠에 휩싸이자, 벤치를 차지하고 앉아 있던 사람들은 마지못해 자리에서 일어나 제각기 흩어져 버렸다. 하지만 이따금씩 분주하게 집을 향해 걸어가는 사람들이 릴리가 앉아 있는 벤치 앞을 지나갔는데, 그때마다 검은 그림자가 둥글게 비추는 가로등 불빛을 잠깐씩 스치곤 했다. 행인 중 한두 명은 걸음을 멈추고 혼자 앉아 있는 릴리를 호기심 어린 눈으로 힐끗 쳐다보기도 했다. 하지만 릴리는 그들의 시선을 거의 의식조차 하지 못했다.

하지만 문득 그 행인 중 한 사람의 그림자가 빛을 받아 번쩍거리는 아스팔트와 그녀 사이를 가로막은 채 계속 서 있다는 걸 깨달았다. 릴리가 얼굴을 들자, 한 젊은 아가씨가 그녀를 내려다보고 서 있었다.

"실례합니다. 어디 아프세요? 이런, 바트 양 아니세요?"

왠지 귀에 익은 듯한 목소리가 외쳤다.

릴리가 고개를 들었다. 목소리의 주인공은 옆구리에 꾸러미를 들고 초라한 옷을 입은 젊은 아가씨였다. 그녀의 얼굴은 고된 노동과 피로로 본래의 아름다움이 손상된 것 같았다. 하지만 도톰하고 또렷한 입술 선이 평범한 얼굴을 살려 주고 있었다.

"당신은 저를 기억하지 못하실 거예요."

그녀는 릴리를 알아본 기쁨에 환한 미소를 지으며 말을 이었다.

"하지만 전 어디서든 당신을 알아볼 수 있어요. 그 정도로 당신 생각을 많이 했거든요. 아마 제 동료들은 모두 당신 이름을 잘 알고 있을 거예요. 패리시 양의 모임에 참석했던 여자들 중에 저도 있었어요. 그때 저는 폐병을 앓고 있었는데, 릴리 양의 도움 덕분에 시골로 요양을 갈 수 있었지요. 제 이름은 네티 스트루더예요. 그때는 네티 크레인이었죠. 물론 당신은 둘 다 기억하지 못하시겠지만."

그랬다. 릴리는 서서히 기억이 떠오르기 시작했다. 제때 치료를 받아 건강을 되찾은 네티 크레인의 이야기는 릴리가 거티의 자선사업에 참여한 이래로 가장 만족스러운 사례 중 하나였다. 릴리는 그 소녀가 산에 있는 요양원에 갈 수 있도록 경비를 마련해 주었다. 이제 와 돌이켜보니, 그때 쓴 경비가 바로 거스 트레너의 돈이었다는 사실이 묘한 아이러니를 느끼게 했다.

릴리는 상대에게 자신이 그 일을 분명히 기억하고 있다는 것을 알려 주려고 입을 열었다. 하지만 아무리 노력해도 목소리가 나오지 않았다. 릴리는 극심한 피로가 파도처럼 밀려들면서 몸이 밑으로 가라앉는 것을 느꼈다. 네티 스트루더는 깜짝 놀라 비명을 지르며 그녀의 등 밑으로 허름한 옷을 걸친 팔을 집어넣었다.

"맙소사, 바트 양. 몸이 안 좋으신가 봐요. 좀 나아지실 때까지 저에게 잠시 기대고 계세요."

몸을 받쳐 주는 따뜻한 손길에서 릴리는 아주 약간이나마 힘을 얻는 듯했다.

"피곤해서 그래요. 아무것도 아니에요."

릴리는 간신히 다시 목소리를 낼 수 있었다. 그리고 수줍게 호소하는 듯한 상대방의 눈빛을 보자, 자신도 모르게 한마디 덧붙였다.

"너무 힘들고 불행했어요. 처지가 어려워져서……."

"당신이 어려움을 겪고 있단 말인가요? 전 항상 당신은 아주 높고 고귀한 분이라고 생각했어요. 모든 것이 훌륭한 세계에 사시는 분 말이죠. 가끔 몹시 비참한 기분이 들고, 어째서 세상 일이 이토록 이상하게 정해져 있는 걸까 의문이 들 때면, 바로 당신이 이 세상에서 멋진 시간을 보내고 있다는 사실을 떠올리곤 했지요. 그럼, 이 세상에도 일종의 정의가 있는 것처럼 여겨지곤 했거든요. 어쨌든 여기 너무 오래 앉아 계시면 안 돼요. 여긴 굉장히 축축하거든요. 이제 조금 걸으실 수 있겠어요?"

네티가 물었다.

"그래요, 그래. 난 그만 집으로 가야겠어요."

릴리는 이렇게 중얼거리며 몸을 일으켰다. 그리고 놀라움이 가득한 눈으로 자기 옆에 서 있는 마르고 초췌한 여자를 바라보았다. 그녀는 네티 크레인이 과도한 노동과 못된 부모에게 시달리는 가엾은 희생자라고 알고 있었다. 인생의 불필요한 쪼가리 중 하나로서 최근에 릴리가 두려워하는 것처럼, 사회의

폐기물로 영원히 버림받을 운명에 처해 있었던 것이다. 하지만 지금의 네티 스트루더는 희망과 활력으로 가득 차 있었다. 그녀 앞에 어떤 운명이 기다리고 있든 간에 그녀는 순순히 쓰레기 더미 속으로 절대 던져지지 않을 것 같았다.

"당신을 만나서 진심으로 기뻐요."

릴리가 파르르 떨리는 입술로 어떻게든 미소를 지으려고 애쓰며 말했다.

"앞으로는 내가 당신의 행복한 모습을 생각할 거예요. 그러면 나에게도 세상이 조금 덜 불공평한 곳처럼 여겨질 것 같군요."

"오, 당신을 이대로 두고 떠날 수는 없어요. 도저히 혼자 집으로 돌아갈 수 있는 상태가 아닌걸요. 그렇다고 제가 당신과 같이 갈 수도 없는데!"

네티 스트루더가 안타깝게 탄식했다.

"잠깐만요. 오늘 우리 남편은 야간 근무예요. 운전사거든요. 그리고 제가 아기를 맡긴 친구는 일곱 시에 남편 저녁을 차려 주기 위해서 위층 자기 집으로 올라가야 해요. 제가 아기를 낳았다는 말을 아직 안 했죠? 내일이 지나면 4개월이 돼요. 제 딸아이를 한 번 보시면, 제가 한때 아팠다는 사실이 믿겨지지 않으실 거예요. 당신에게 그 아이를 꼭 한 번 보여 주고 싶어요, 바트 양. 저희 집은 바로 이 길 아래에 있거든요. 세 블록만 가면 돼요."

네티는 조심스럽게 릴리의 얼굴을 쳐다보았다. 그러고는 한껏 용기를 내어 물었다.

"지금 곧장 차를 타고 잠깐 저희 집으로 같이 가시지 않을래요? 아기에게 저녁을 먹여야 하거든요. 저희 집 부엌은 정말 아주 따뜻해요. 그곳에 가시면 편히 쉴 수 있을 거예요. 아기가 잠이 들면 제가 바로 댁까지 모셔다 드릴게요."

부엌은 정말로 따뜻했다. 그리고 네티 스트루더가 성냥으로 탁자 위에 놓인 가스등에 불을 붙였을 때, 릴리의 눈앞에 드러난 그곳은 이상하리만큼 작고 믿기지 않을 만큼 깨끗해 보였다. 반들반들 윤을 낸 쇠화덕의 양쪽 창살 사이로 불빛이 따뜻하게 흘러나오고, 그 옆에는 아기가 일어나 앉아 있는 아기 침대가 놓여 있었다. 아직도 졸음에 겨운 아기의 얼굴에서는 자기 감정을 표현하고 싶어 안달하는 표정이 엿보였다.

한편 네티는 자식과 다시 만난 기쁨을 요란스럽게 표현한 다음, 어째서 엄마가 늦었는지에 대해서 아기에게 수수께끼 같은 말로 한참 지껄이더니 다시 아기를 침대에 내려놓았다. 그리고 수줍은 얼굴로 바트 양에게 난롯가 흔들의자에 와서 앉으라고 권했다.

"저희 집에도 거실이 있긴 있답니다."

네티는 밉지 않은 자존심을 드러내며 황급히 해명했다.

"하지만 여기가 더 따뜻할 거예요. 게다가 제가 아기에게 저녁을 먹이는 동안 혼자 계시게 하고 싶지 않고요."

릴리가 자기도 아늑한 부엌 화롯가에 있는 편이 더 좋다고 대답하자, 스트루더 부인은 우유병을 준비하기 시작했다. 그러고는 안달하는 아기의 입에 살며시 젖병을 물렸다. 아기가 열심히 우유를 빨아 먹는 동안, 스트루더 부인은 환한 얼굴로 손님 옆에 자리를 잡고 앉았다.

"정말로 따뜻한 커피 한잔 드시지 않겠어요, 바트 양? 아기가 마시던 신선한 우유가 좀 남아 있거든요. 아니, 어쩌면 그냥 조용히 앉아서 잠시 쉬는 게 더 나을지도 모르겠군요. 어쨌든 당신을 이곳으로 모시다니 정말 행복해요. 제가 이런 일을 얼마나 자주 상상했는지 몰라요. 그런데 그 상상이 실제로 이루어지다니, 도저히 믿을 수가 없군요. 제 남편 조지에게도 몇 번이나 말했었죠. '지금 내 모습을 바트 양께 보여 드릴 수 있다면 얼마나 좋을까.'라고 말이죠. 그리고 신문에서 아가씨 이름을 찾아보곤 했어요. 우리는 항상 릴리 양이 요즘 무슨 일을 하고 있는지에 대해 수다를 떨면서 아가씨가 입은 옷을 묘사한 기사를 자세히 읽어보곤 했지요. 그런데 한동안 아가씨 이름을 통 볼 수 없었어요. 그래서 혹시 병이라도 걸린 건 아닐까 슬슬 걱정이 되기 시작했죠. 어찌나 걱정이 되던지, 조지에게 너무 마음이 불안해서 제가 다 병에 걸릴 지경이라고까지 말했답니다."

네티가 그 일을 떠올리며 활짝 미소를 지었다.

"제가 다시 병에 걸리면 그땐 정말 큰일이지요. 지난번 발병 때는 거의 죽을 뻔했다니까요. 아가씨가 저를 요양소에 보내주었을 때, 전 제가 결코 살아 돌아오지 못할 거라고 생각했답니다. 그리고 그대로 죽는다 해도 별로 상관하지 않았죠. 그땐 조지와 우리 아기를 몰랐으니까요."

네티가 거품을 내뿜는 아기의 입에 다시 젖병을 제대로 물리려고 말을 잠깐 멈추었다.

"우리 귀여운 보배둥이, 너무 급하게 먹으면 안 된다! 저녁을 이렇게 늦게 주다니 정말 정신 나간 엄마죠? 마리 앙투아네트, 저흰 이 아이를 그렇게 부른답니다. 가든에서 하는 연극에 나오는 프랑스 왕비 이름을 따서 말이죠. 저는 조지에게 그 여배우를 보면 당신 생각이 난다고 말했죠. 그래서 왠지 그 이름이 좋다고요······. 제가 결혼할 수 있을 거라고는 꿈에도 생각하지 못했어요. 아마 여태껏 저 혼자였다면 절대로 이런 일을 계속해 나갈 용기를 갖지 못했을 거예요."

네티는 다시 말을 멈추었다. 하지만 격려하는 듯한 릴리의 눈빛을 보자, 다시 말을 이었다. 누렇게 뜬 그녀의 얼굴에 살짝 홍조가 떠올랐다.

"아가씨가 저를 요양소로 보내주셨을 때, 전 그저 병이 든 것만도 아니었어요. 전 죽고 싶을 만큼 불행했지요. 제가 일하던 곳에서 한 신사를 알게 되었거든요. 혹시 제가 대형 영화 수입사에서 타이프라이터 일을 했었다는 걸 아가씨가 기억하시는지 모르겠네요. 어쨌든 전 그 사람과 결혼하게 될 거라고 생각했지요. 육 개월 동안이나 교제했고 자기 어머니의 결혼반지까지 제게 주었거든요. 하지만 제 상대로는 그 남자가 너무 세련된 사람이란 생각도 했어요. 영화 일 때문에 여행도 많이 했고 사교계도 잘 알았거든요. 일하는 여자들은 아가씨처럼 그렇게 보살펴 주는 사람이 없어요. 그렇다고 자기 스스로 돌보는 법을 항상 알고 있는 것도 아니지요. 적어도 저는 몰랐어요……. 그 남자가 절 떠났을 때 전 거의 죽을 뻔했지요. 직장도 그만두었고요……. 바로 그때 병이 들었어요. 이제 모든 게 끝장이란 생각이 들었죠. 만약 아가씨가 절 요양소에 보내주지 않으셨다면 정말 그렇게 되었을지도 몰라요. 하지만 서서히 몸이 좋아지고 있다는 걸 알게 되자, 저도 모르게 기운이 나기 시작했죠. 그리고 마침내 집으로 돌아왔을 때, 조지가 나타나서 제게 청혼을 했어요. 처음에 전 그럴 수 없다고 생각했죠. 왜냐하면 우린 함께 자랐고, 그 사람은 저에 관해 모든 걸 알고 있었거든요. 하지만 얼마 후 그 때문에 오히려 일이 쉬워졌다는 걸 알았어요. 다른 남자에게는 절대 그런 사실을 고백할 수 없었을 테고, 그 사실을 고백하지 않은 채 결혼할 수는 없었을 테니까요. 결국 조지가 제 모습을 있는 그대로 받아들일 만큼 저를 사랑한다면, 다시 시작하지 못할 이유가 없다는 생각이 들었죠. 그래서 결혼했어요."

네티가 무릎 위에 놓인 아이에게서 눈을 떼고 고개를 들었을 때, 그녀의 환하게 빛나는 얼굴에는 승리의 기쁨이 넘쳐 흘렀다.

"오, 이런. 이토록 지친 표정으로 앉아 계신 릴리 양 앞에서 제 이야기를 횡설수설 늘어놓을 작정은 아니었는데! 아가씨가 여기 계신 게 너무 좋아서 그랬어요. 아가씨가 저를 어떻게 도와주셨는지 알려 드리고도 싶었고요."

다행히도 아기가 잠에 빠져들었다. 스트루더 부인은 조심스럽게 일어나서 젖병을 옆에 내려놓았다. 그런 다음 바트 양 앞에 섰다.

"제가 아가씨를 도와드릴 수만 있다면 얼마나 좋을까요. 하지만 도대체 제가 도와드릴 수 있는 일이 하나도 없네요."

네티가 안타까운 듯이 중얼거렸다. 릴리는 대답하는 대신 빙그레 웃으며 자리에서 일어나서 두 팔을 내밀었다. 네티는 그 동작의 의미를 알아채고 아기를 넘겨 주었다.

익숙한 품에서 멀어지는 것을 느낀 아기는 본능적으로 발버둥쳤다. 하지만 배불리 먹고 난 후에 오는 흐뭇한 기분이 결국 승리를 거두었다. 릴리는 더할 수 없이 부드럽고 가벼운 것이 자기 가슴에 폭 안기는 걸 느꼈다. 그녀의 품에 자신을 전적으로 맡긴 채 안겨 있는 아기를 보자, 릴리는 되살아난 온기와 생명력이 온몸을 타고 흘러내리는 느낌이었다. 릴리는 고개를 숙이고서 장밋빛으로 물든 조그만 얼굴과 티 없이 맑은 눈동자, 이유 없이 접었다 폈다 하는 작은 손가락들을 신기하게 들여다보았다. 처음에는 품에 안긴 아기의 무게가 깃털이나 분홍색

구름처럼 가볍기만 했다. 하지만 계속 안고 있다 보니, 점점 무게가 느껴지면서 두 팔이 밑으로 처졌다. 순간 릴리는 마치 그 아기가 몸속으로 들어와 자신의 일부가 된 것처럼 한없이 연약해진 듯한, 이상한 기분이 들었다.

릴리는 고개를 들었다. 그리고 애정과 환희가 가득 찬 눈길로 자신을 바라보고 있는 네티의 눈을 보았다.

"만약 이 아기가 자라서 아가씨처럼 될 수 있다면 그보다 좋은 일이 어디 있을까요? 물론 절대 그럴 수 없을 거라는 걸 저도 잘 알아요. 하지만 엄마들이란 항상 자기 아이들에 대해서 정말 황당한 꿈을 꾸게 마련이죠."

릴리는 잠깐 동안 아기를 품에 꼭 끌어안았다가 다시 엄마 품으로 돌려주었다.

"오, 그러면 안 돼요. 그럼 아기를 보려고 내가 너무 자주 찾아올지도 모르잖아요!"

릴리는 빙그레 웃으며 이렇게 말했다. 그리고 함께 가주겠다는 스트루더 부인의 걱정스러운 제안을 거절한 다음, 반드시 곧 다시 찾아와서 조지와도 인사를 나누고 아기가 목욕하는 장면도 구경하겠다고 약속한 후에, 부엌을 지나서 홀로 셋집의 계단을 내려갔다.

거리로 나온 릴리는 어느 때보다 강해지고 더 행복해진 듯한 기분이 든다는 사실을 깨달았다. 이 작은 사건이 그녀에게 좋은 영향을 미친 것이다. 자신이 충동적으로 베푼 자선의 결과를 직접 두 눈으로 확인하기는 난생처음이었다. 그리고 놀라운 자매애는 꽁꽁 얼어붙은 그녀의 마음을 녹여 주었다.

하지만 자신의 방 안에 들어서자마자 한층 깊은 외로움이 한꺼번에 밀려들었다. 7시가 한참 지난 시간이었다. 아래층에서 올라오는 희미한 냄새는 하숙집의 저녁 식사가 시작되었다는 사실을 확인시켜 주었다. 릴리는 황급히 자기 방으로 들어가서 가스등을 켜고 옷을 갈아입기 시작했다. 릴리는 이제 입맛에 따라 음식을 가리거나, 주변 상황이 식욕을 떨어뜨린다고 해서 식사를 거르거나 할 생각이 없었다. 하숙집에서 살아야 하는 것이 그녀의 운명이라면, 이 상황에 적응하는 법을 배워야 했다. 그렇지만 릴리는 열기와 불빛으로 가득 찬 식당으로 내려갔을 때, 식사가 거의 끝난 것을 보고 내심 기뻐했다.

다시 자기 방으로 돌아온 릴리는 갑자기 뭔가 해야겠다는 의욕에 사로잡혔다. 지난 몇 주 동안 그녀는 완전히 무기력하고 무관심해져서 소지품을 정리할 생각조차 하지 않았다. 하지만 이제 서랍과 선반에 있는 물건들을 하나하나 살펴보기 시작했다. 얼마 전까지 그녀에게는 값비싼 옷들이 몇 벌 남아 있었다. 그것은 런던과 사브리나 호에서 그녀가 누렸던 마지막 사치의 잔재였다. 하지만 어쩔 수 없이 하녀와 헤어지게 되었을 때, 입던 옷의 대부분을 아낌없이 그녀에게 줘버렸다. 이제 남은 드레스들은 비록 새 옷 같은 산뜻함은 사라졌지만, 그래도 여전히 오랫동안 변치 않는 품위를 간직하고 있었고 위대한 디자이너의 풍부하고 거침없는 손길의 흔적이 남아 있는 것뿐이었다. 그것들을 침대 위에 하나씩 펼쳐놓자, 그 옷을 입었을 때의 아름다운 광경들이 생생하게 그녀의 눈앞에 되살아났다. 접힌 옷자락마다 소중한 기억이 숨어 있었고, 늘어진 레이스 단과 반짝이는 자수 땀 하나하나가 모두 그녀의 과거를 기록해 놓은 글자와 같았다. 릴리는 지난 생활의 정취가 아직도 자신을 얼마나 감싸고 있는지 깨닫고 깜짝 놀랐다. 결국 그녀는 바로 이것을 위해 태어난 존재였던 것이다. 그녀의 모든 성향은 이런 삶을 향하도록 주의 깊게 방향 지어져 있었고, 그녀의 모든 관심과 행동도 이 삶을 중심으로 형성되도록 훈련받아 왔던 것이다. 그녀는 마치 전시하기 위해 키워놓은 희귀한 꽃과 같아서, 가장 아름다운 단 한 송이의 꽃봉오리를 제외하고 다른 봉오리들은 모두 잘리도록 운명 지어져 있었다.

마지막으로 릴리는 트렁크의 제일 바닥에서 하늘하늘한 하얀 드레스를 꺼내 팔 위에 걸쳤다. 그것은 브리 부부의 연회에서 타블로를 공연할 때 그녀가 입었던 레이놀즈 그림의 드레스였다. 릴리는 어떤 일이 있어도 이 옷만큼은 도저히 버릴 수가 없었다. 하지만 그날 밤 이후로 단 한 번도 꺼내 본 적은 없었다. 길고 하늘하늘한 드레스 자락을 살짝 흔들자, 아련한 바이올렛 향기가 풍겨 나왔다. 릴리에게는 그 향기가 마치 그녀와 로렌스 셀던이 함께 서 있었던, 그리고 그녀가 자신의 운명을 저버렸던 바로 그날 밤, 그 분수 가의 꽃밭에서 흘러나온 향기처럼 느껴졌다. 릴리는 드레스들을 하나씩 다시 집어넣었다. 각각의 드레스마다 희미한 광채와 웃음의 흔적과 장밋빛 쾌락의 땅에서 흘러나온 향기가 깃들어 있었다. 아직도 대단히 감상적인 기분에 사로잡혀 있던 릴리는 과거의 분위기가 한 번씩 전해질 때마다 온몸에 가벼운 전율을 느끼곤 했다.

릴리는 마지막으로 하얀 레이놀즈 드레스를 넣고서 트렁크 뚜껑을 닫았다. 바로 그 순간 방문을 두드리는 소리가 들리더니 아일랜드 출신의 하녀가 새빨갛게 튼 손으로 뒤늦게 도착한 편지를 불쑥 던져놓고 가버렸다. 등불 아래로 편지를 가져간 릴리는 봉투 한쪽 구석 상단에 찍힌 주소를 읽고서 깜짝 놀랐다. 그것은 고모님의 유언 집행관 사무실에서 보내온 공문이었다. 릴리는 어떤 예기치 못한 진척이 있었기에 약속된 시기가 되기도 전에 이들이 침묵을 깨고 편지를 보냈을까 의아해했다.

그녀가 봉투를 열자, 수표 한 장이 마루 위로 떨어졌다. 허리를 숙여 수표를 집어 드는 순간, 릴리의 얼굴로 모든 피가 쏠리는 듯했다. 수표에는 페니스턴 부인의 유산 상속금 전액이 적혀 있었던 것이다. 함께 동봉한 편지에는 재산 평가 작업이 예상했던 것보다 빨리 마무리되어서 유산 지불 날짜를 앞당기기로 결정했다는 유언 집행관의 설명이 적혀 있었다.

릴리는 침대 발치에 놓인 책상 옆에 스르르 주저앉았다. 그리고 수표를 앞에 펼쳐 놓고 사무적인 글씨체로 또박또박 적혀 있는 '1만 달러'라는 글씨를 몇 번이나 다시 읽어보았다. 10개월 전만 해도 이 금액은 그녀에게 빈곤의 밑바닥을 보여 주는 것이었다. 하지만 그사이에 돈에 대한 그녀의 기준이 엄청나게 달라졌고, 이제는 숫자 하나하나마다 엄청난 부가 숨어 있는 것처럼 보였다. 수표를 계속 들여다보고 있는 동안, 릴리는 온갖 희망 어린 상상이 그녀의 머릿속에서 무럭무럭 펼쳐지는 것을 느꼈다. 잠시 후 릴리는 책상 뚜껑을 열고서 그 마법의 종이를 책상 안으로 치워버렸다. 다섯 개의 숫자가 눈앞에서 어른거리지 않자, 조용히 생각하기가 훨씬 더 쉬워졌다. 잠들기 전에 처리해야 할 일이 무척 많았기 때문이다.

릴리는 수표책을 펼쳤다. 그리고 퍼시 그라이스와 결혼하겠다고 결심했던 벨로몬트의 그날 밤 이후로 줄곧 그녀를 괴롭혀 온 그 심란한 계산에 다시 몰두했다. 수입이 없으니 장부도 간단해졌다. 그녀의 경제적 상황은 그때보다 분명하고 단순했다.

하지만 그녀는 아직도 돈을 제대로 관리할 줄 몰랐다. 엠포리엄 호텔에서 사치스러운 생활을 누리는 잠깐 동안, 다시 돈을 함부로 쓰는 습관이 되살아났고 그 여파가 아직까지 그녀의 보잘것없는 장부를 압박하고 있었다. 수표책과 아직까지 지불하지 못한 청구서들을 꼼꼼히 검토해 본 결과, 그 빚을 전부 청산하고 나면 앞으로 3, 4개월 동안 겨우 먹고살 정도의 돈밖에 남지 않았다. 설사 지금처럼 극도로 절약하며 산다 하더라도 다른 벌이를 하지 않는 한 그 이후에는 땡전 한 푼 남지 않을 것이다. 릴리는 끝없는 궁핍의 나락으로 떨어지는 계단 앞에 서 있는 자신을 깨닫고 몸서리를 치며 시선을 돌렸다. 그 음울한 계단을 힘없이 내려가던 실버턴 양의 초라한 몰골이 선하게 떠올랐다.

하지만 그녀가 가장 몸서리치며 외면한 것은 물질적인 가난이 아니었다. 그녀는 더 깊은 결핍감을 느끼고 있었다. 그 심리적인 결핍에 비하면 외부 조건들은 거의 무의미하게 느껴질 정도였다. 물론 가난하다는 사실은 참으로 비참한 일이었다. 초라하고 근심 가득한 중년이 다가온다는 것, 자기부정과 궁핍의 끔찍한 단계들을 차례로 밟아 내려오면서, 결국 셋집에서 보내는 꾀죄죄한 공동생활에 점차 동화되어 버리는 것은 분명 두려웠다. 하지만 그보다 훨씬 더 비참한 일이 있었다. 그것은 그녀의 심장을 파고드는 외로움이었다. 지금 그녀는 마치 뿌리가 뽑힌 채 무심히 흘러가는 세월을 따라 표류하는 지푸라기와 같은 심정이었다. 아무런 근거도 없는, 덧없는 존재. 끔찍한 물살이 덮치기 전에 그 가엾은 촉수로 붙잡을 곳 하나 찾지 못해서 소용돌이치는 존재의 수면 위를 그저 맴돌고 있는 느낌, 그것이 바로 지금 그녀를 온통 사로잡고 있는 느낌이었다. 조용히 과거를 돌이켜본 그녀는 자신이 단 한 번도 삶과 진정한 관계를 맺어본 적이 없었다는 사실을 깨달았다. 그녀의 부모님 또한 사교계의 바람이 부는 대로 이리저리 떠도는 부평초 같은 인생이었다. 어쩌다 돌풍이 몰아칠 때면 그들을 보호해 줄 수 있는 피난처라곤 한 곳도 없었다. 릴리 역시 이 세상에서 다른 무엇보다 더 소중한 것이라고는 단 한 가지도 갖지 못한 채 성장했다. 그녀에게는 언제든 다시 돌아가 기댈 수 있고, 그것으로부터 힘이나 애정을 얻을 수 있는, 그런 어린 시절의 신앙이나 엄숙한 전통 같은 중심이 전혀 없었다. 핏줄 속에 천천히 축적되어 온 과거의 삶들은 그 어떤 형태를 취하든 간에 개인의 존재의 폭을 넓혀 주고 깊게 해주며, 친족이라는 신비한 끈을 통해서 개인으로 하여금 모든 거대한 인간적 투쟁에 동참하도록 만드는 동일한 힘을 갖게 마련이다. 눈에 보이는 추억들로 가득 찬 구체적 형태의 오래된 집이든 혹은 대대로 물려받은 열정과 충성심으로 이루어진 추상적 개념의 집이든 상관없었다.

지금까지 릴리는 이렇게 단단히 결속된 삶을 한 번도 생각해 본 적이 없었다. 막연히 배우자를 찾고자 하는 그녀의 본능적 행동 속에 그런 갈망이 약간 숨어 있기는 했지만, 늘 산만하고 분열된 그녀의 주변 환경이 번번이 훼방을 놓았다. 릴리가 아는 사람들은 남자나 여자나 할 것 없이 모두 제각기 고립된 채 빙글빙글 맴을 돌며 떠도는 원소들과 같았다. 그러므로 릴리는 어떤 지속력을 지닌 삶의 모습을 그날 저녁 네티 스트루더의 부엌에서 난생처음 본 것이었다.

그 가엾은 노동자 처녀는 산산이 부서져 버린 삶의 파편들을 어떻게든 다시 주워 모을 힘을 찾았고, 그 파편들로 자신만의 보금자리를 만들어냈다. 릴리가 보기에는 그런 그녀야말로 존재의 핵심적인 진실에 도달한 사람 같았다. 물론 그것은 초라하기 짝이 없는 삶이었다. 냉혹한 가난의 가장자리에 서서, 언제든 병이 들거나 불행이 닥쳐올 수 있는 아슬아슬한 처지였다. 하지만 그것은 벼랑 끝에 매달린 새의 둥지처럼 연약하지만 끈질긴 힘을 지니고 있었다. 그 둥지는 겨우 지푸라기와 잎사귀를 엮어놓은 것에 불과했지만, 살아 있는 것들이 믿고 몸을 맡길 수 있을 만큼 단단하게 결속되어 있어서 검은 심연 위에 무사히 매달려 있는 것이다.

그렇다. 하지만 그런 둥지를 짓기 위해서는 두 가지가 필요했다. 여자의 용기뿐 아니라 남자의 믿음이 필요한 것이다. 릴리는 네티의 말이 떠올랐다. '그 사람은 저에 관해 모든 걸 알고 있었거든요.' 결국 네티를 향한 남편의 믿음이 그녀의 새출발을 가능하게 해주었던 것이다. 여자들이란 자신이 사랑하는 남자가 믿어주는 대로 얼마나 쉽게 변할 수 있는지! 셀던 역시 두 번이나 기꺼이 릴리 바트에게 자신의 믿음을 걸어보려고 했다. 하지만 세 번째 시험은 그가 견뎌내기에는 너무 가혹한 것이었다. 그의 사랑이 지닌 성격 때문에 그것을 되살리기란 더욱더 불가능했다. 그것이 단지 욕정에 의한 충동이었다면, 그녀의 미모로 충분히 다시 타오르게 할 수 있을 것이다. 하지만 그보다 훨씬 더 깊은 것이기에, 또한 대대로 물려받은 온갖 사고와 감정의 습관들이 복잡하게 뒤엉켜 있는 것이기에, 마치 깊이 뿌리 박혀 있던 식물이 한 번 뽑히면 다시 자라기가 어렵듯이 되살릴 수 없었던 것이다. 셀던은 그녀에게 최선을 다했다. 그렇지만 그녀 자신과 마찬가지로, 그 역시 아무런 비판 없이 무조건 예전 감정으로 돌아갈 수 있는 사람은 아니었다.

언젠가 셀던에게 말했던 것처럼, 그녀에게는 자신을 믿어준 셀던에 대한 소중한 기억이 남아 있었다. 하지만 추억만 먹고 살기에 릴리는 아직 젊었다. 네티 스트루더의 아기를 품에 안는 순간, 릴리는 꽁꽁 얼어붙어 있던 자신의 젊음이 녹아내리면서 따뜻한 기운이 온몸에 퍼지는 것을 느꼈다. 동시에 잊고 있었던 삶에 대한 갈망이 다시 그녀를 사로잡았고, 그녀의 존재 전체가 행복을 누리고 싶다고 아우성쳤다. 그랬다. 그녀가 아직도 원하는 것은 바로 행복이었다. 게다가 그 행복을 한 번 힐끗 엿보고 난 후로는 이 세상 다른 어떤 것도 중요하지 않게 되었다. 릴리는 가장 가능성이 낮은 것부터 차례차례 마음을 정리해 나갔다. 그리고 이제 그녀에게 남은 것이라고는 단지 공허한 체념뿐이라는 사실을 깨달았다.

날은 점점 더 어두워지고 있었고 죽을 것 같은 피로감이 또다시 엄습했다. 하지만 그럴수록 졸음이 밀려드는 게 아니라 머릿속은 더욱 명료하게 깨어났다. 릴리는 너무나 또렷하게 떠오르는 앞날에 대한 전망에 전율했다. 마치 의지와 행동 사이를 가로막는 고마운 장막을 찢고 나가서, 앞으로 남은 그 무수한 날들 동안 자신이 뭘 하게 될지 분명하게 들여다보고 있는 것 같은 느낌이었다. 예를 들어, 지금 그녀의 책상 위에는 수표 한 장이 놓여 있었고, 그녀는 트레너에게 진 빚을 갚는 데 그걸 쓸 작정이었다. 하지만 정작 아침이 되면, 그 결심을 당장 실행에 옮기지 못하고 미적거리다가 결국 빚을 진 상태로 그럭저럭 살아갈 자신의 모습이 뻔히 보이는 듯했다. 이 생각은 그녀를 두렵게 했다. 릴리는 로렌스 셀던과 나누었던 그 숭고한 마지막 순간으로부터 추락하는 것이 무서웠다. 하지만 자신이 그 고귀한 결심을 계속 유지할 수 있을 것이라고 어떻게 믿을 수 있단 말인가? 릴리는 이것과 상반되는 충동들이 어떤 힘을 가졌는지 누구보다 잘 알고 있었다. 지금도 오랜 습관이 무수한 손을 뻗어서 그만 운명과 타협하라고 그녀를 자꾸만 뒤로 잡아끌고 있는 것을 느낄 수 있었다. 하지만 릴리는 자신의 영혼이 한껏 고양된 이 순간이 영원히 변치 않기를, 끝까지 지속되기를 간절히 희망했다. 만약 인생이 여기서 끝날 수만 있다면! 미처 이루지 못한 가능성에 대한 안타깝고 달콤한 아쉬움이 남아 있는 바로 이 순간에. 릴리는 세상의 모든 사랑하는 사람과 앞서 간 모든 사람에게 혈육의 정을 느꼈다.

릴리는 불현듯 손을 뻗어서 책상 안에서 수표를 꺼냈다. 그리고 은행 주소를 적은 봉투 안에 수표를 넣고 풀로 붙였다. 그런 다음 트레너 앞으로 수표를 한 장 발행하여 그의 이름이 적힌 또 다른 봉투에 아무런 설명도 없이 수표만 달랑 넣었다. 그녀는 그 두 장의 편지를 책상 위에 나란히 올려놓았다. 그러고는 한동안 책상 앞에 앉아서 서류와 편지 들을 말끔히 정리했다. 이윽고 건물 전체를 장악한 무거운 정막이 늦은 시각을 일깨워 주었다. 거리를 오가던 바퀴 소리도 끊기고, 이따금씩 덜컹거리는 엘리베이터 소리만이 기이할 정도로 깊은 정적을 깨뜨릴 뿐이었다. 살아 있는 외부 세계와 완전히 단절된 것 같은 이 신비한 밤에, 릴리는 마침내 운명과 대면하고 서 있는 자신을 깨달았다. 그 사실을 감지한 그녀의 두뇌는 현기증을 일으켰다. 릴리는 손으로 두 눈을 꼭 누르며 더 이상 생각하지 않으려고 기를 썼다. 하지만 무시무시한 침묵과 텅 빈 공허가 그녀의 미래를 상징하는 것처럼 느껴졌다. 릴리는 마치 이 집이, 거리가, 아니 온 세상이 텅 비어 있는 것 같았다. 그리고 모든 것이 사라져버린 이 세상에 그녀만 홀로 남은 듯했다.

하지만 이것은 정신착란 직전의 상태였……. 릴리는 아찔

한 환상의 경계에 이토록 가까이 다가가 본 적이 한 번도 없었다. 지금 그녀가 원하는 것은 오직 수면뿐이었다. 그녀는 지난 이틀 동안 단 한숨도 눈을 붙이지 못했다는 사실을 기억했다. 침대 옆에서는 작은 약병이 자신의 효력을 발휘하게 될 순간을 기다리고 있었다. 재빨리 자리에서 일어난 릴리는 어서 베개에 머리를 대고 싶은 마음에 서둘러 옷을 갈아입었다. 자리에 눕기만 하면 당장이라도 잠이 쏟아질 듯이 어마어마한 피로가 몰려왔다. 하지만 막상 침대에 드는 순간, 또다시 모든 신경이 또렷이 깨어나기 시작했다. 그녀의 머릿속은 마치 눈부시게 환한 전깃불이 켜진 것 같았다. 한편 두려움에 가득 찬 가엾은 그녀의 영혼은 그 불빛 속에서 어디로 숨어야 할지 알지 못하고 몸을 잔뜩 웅크린 채 오들오들 떨고 있었다.

릴리는 잠을 이루지 못하고 깨어 있는 상태가 이토록 무한히 증식될 수 있는 줄 미처 몰랐다. 그녀의 지난 시간은 수백 가지의 서로 다른 의식 상태의 재현, 그 자체였다. 이 반항적인 신경의 군단을 진압할 수 있는 약이 과연 세상에 있을까? 미친 듯이 움직이는 신경의 격렬한 두근거림에 비하면 죽을 것 같은 피로감은 차라리 달콤하게 여겨질 지경이었다. 하지만 억지로 강력한 흥분제라도 맞은 사람처럼, 릴리는 모든 피로가 싹 달아났다.

이 정도는 견딜 수 있다. 그렇다. 이쯤은 견딜 수 있다. 하지만 내일이 되면, 과연 그땐 무슨 기운이 남아 있을까? 앞날에 대한 전망은 사라져버렸는데, 내일은 그녀를 바싹 압박하고 있었다. 그리고 그 뒤로 끊임없이 계속되는 또 다른 날들이 따라오고 있었다. 그 무수한 날들은 마치 비명을 지르는 군중처럼 그녀 주위로 스멀스멀 몰려들었다. 그녀는 다만 몇 시간이라도 그들을 차단해야 했다. 잠깐이라도 망각의 강물 속에 몸을 담가야 했다. 그녀는 손을 뻗어서 수면제를 정량대로 유리잔에 따랐다. 하지만 그 정도 약으로는 비정상적으로 명료하게 깨어 있는 그녀의 두뇌를 이겨낼 수 없다는 걸 깨달았다. 그녀는 이미 오래전부터 최대 한계치까지 약의 용량을 늘려 왔다. 하지만 오늘 밤에는 반드시 그 양을 더 늘려야 할 것 같았다. 그렇게 하는 것이 다소 위험한 일이라는 걸 릴리도 잘 알고 있었다. 약사의 경고를 분명히 기억하고 있었다. 만약 이번에 잠이 든다면, 영원히 깨어나지 못할 잠이 될지도 모른다. 하지만 그럴 확률은 백분의 일이었다. 비록 이 약의 작용을 예측할 수 없다 하더라도, 정해진 용량에 몇 방울쯤 더한다고 해서 그녀가 그토록 간절하게 원하는 휴식을 가져다주는 것 이외에 또 어떤 작용을 하겠는가…….

사실 릴리가 이런 문제를 꼼꼼히 따져본 것은 아니었다. 그녀에게 유일하게 남아 있는 생각이라고는 오직 잠을 자고 싶다는 육체적인 갈망뿐이었다. 마치 눈동자가 번쩍거리는 빛 앞에서 수축되듯이 그녀의 의식도 너무나 또렷하게 빛나는 사고 앞에서 움츠러들었다. 어둠, 오직 어둠만이 어떤 대가를 치르고서라도 그녀가 얻고 싶은 것이었다. 릴리는 침대에서 일어나서 유리잔에 든 내용물을 단숨에 삼켰다. 그런 다음 촛불을 끄고 자리에 누웠다.

그녀는 즐거운 마음으로 수면제의 효과가 발휘되기 시작하는 첫 순간을 기다리며 꼼짝 않고 누워 있었다. 그 효력이 어떤 식으로 진행되는지 릴리는 이미 알고 있었다. 마치 어둠 속에서 보이지 않는 손이 그녀의 몸에 마법을 걸듯이, 심장 고동이 점차 느려지면서 부드러운 마비가 찾아들었다. 너무나 느릿느릿 조심스럽게 나타나기에 그 효과는 더욱 환상적으로 느껴졌다. 무의식의 어두운 심연을 들여다보며 서 있는 것은 참으로 달콤한 일이었다. 특히 오늘 밤에는 평소보다 약의 효력이 더욱 느리게 발휘되는 것 같았다. 우선 격렬하게 뛰고 있는 맥박 하나하나를 차례로 진정시켜야 했다. 그런 다음에도 마치 각 초소의 파수꾼을 차례로 잠에 빠져들게 하듯이, 모든 맥박을 정지시키기까지 꽤 오랜 시간이 걸렸다. 하지만 마침내 완벽히 제압했다는 느낌이 점차 밀려들기 시작했다. 릴리는 나른한 상태에 빠져서 방금 전까지 자신이 무엇 때문에 그토록 불안해하고 흥분했을까 의아해했다. 이제 호들갑을 떨 일은 아무것도 없었다. 그녀는 다시 평소와 같은 인생관으로 되돌아왔다. 어쨌든 내일은 그렇게 힘들지 않을 것이다. 오늘 밤이 지나면 내일을 맞이할 힘을 얻게 되리라고 릴리는 굳게 확신했다. 이제는 자신이 그토록 대면하기를 두려워했던 문제가 무엇이었는지조차 잘 기억나지 않았다. 하지만 불투명한 미래의 전망은 더 이상 그녀를 괴롭히지 못했다. 방금 전까지도 그녀는 불행했지만 이젠 행복했다. 여태까지는 언제나 혼자라고 느꼈지만, 이젠 그 외로움마저 사라져버렸다.

그녀는 몸을 한 번 뒤척거렸다. 그러고는 옆으로 돌아누웠다. 바로 그 순간, 갑자기 왜 자신이 더 이상 혼자라는 느낌이 들지 않는지 깨달았다. 그것은 참으로 이상한 일이었다. 네티 스트루더의 아기가 그녀의 품 안에 안겨 있었던 것이다. 릴리는 아기의 작은 머리가 그녀의 어깨에 와 닿는 것을 느낄 수 있었다. 아기가 어떻게 이곳에 왔는지는 알 수 없었지만 그 사실 자체는 그다지 놀랍지 않았다. 단지 따뜻한 온기와 기쁨의 전율이 부드럽게 온몸으로 퍼지는 것을 느낄 뿐이었다. 릴리는 아기를 좀 더 편하게 안을 수 있도록 자세를 바꾸었다. 그리고 솜털 같은 둥근 머리 밑으로 팔베개를 해주고 아기의 잠을 방해할까 봐 두려워서 숨소리조차 낮추었다.

그렇게 누워 있는 동안, 릴리는 문득 셀던에게 꼭 해야 할 말이 있다는 생각이 들었다. 그들 사이의 관계를 분명하게 해줄 어떤 말을 드디어 찾아낸 것이다. 릴리는 그 말을 다시 되풀이해 보려고 애썼다. 그 말은 생각의 끄트머리에서 희미하게 아른거리며 빛을 발하고 있었다. 릴리는 잠에서 깨어났을 때, 그 말이 다시 기억나지 않으면 어떻게 하나 걱정스러웠다. 만약 그 말을 다시 기억할 수만 있다면, 그래서 셀던에게 말할 수만 있다면 모든 일이 잘 풀릴 것만 같았다.

마침내 그런 생각도 서서히 희미해져 갔고 졸음이 그녀를 감싸기 시작했다. 릴리는 아기 때문에 이대로 잠들면 안 된다고 생각하면서 어렴풋이 졸음과 맞서 싸웠다. 하지만 차츰 평화롭고 몽롱한 잠 속으로 빠져들면서 이 생각조차 사라져버렸다. 그때 갑자기 무시무시한 고독과 공포가 잠들어 가는 의식을 뚫고 어두운 섬광처럼 불쑥 솟구쳐 올랐다.

릴리는 깜짝 놀라서 눈을 떴다. 충격으로 온몸이 싸늘해지고 부들부들 떨렸다. 한순간 품에 안고 있던 아기가 사라진 줄 알았다. 하지만 그렇지 않았다. 잘못 안 것이다. 부드러운 아기의 몸은 여전히 그녀 옆에 바싹 붙어 있었다. 또다시 따뜻한 온기가 온몸으로 전해졌다. 이제 릴리는 그 온기에 온몸을 맡긴 채 잠 속으로 깊이 빠져들었다.

14

 다음 날 아침은 곧 다가올 여름을 예고하는 듯 눈부시게 빛나고 부드러운 햇살 속에 밝아왔다. 릴리가 사는 거리로 비스듬하게 비쳐 들어간 상쾌한 아침 햇살은 흉측한 건물의 외관을 그럴듯하게 가려주고, 페인트가 벗겨진 계단 난간에 반짝이는 금빛을 입혀 주었으며, 어두컴컴한 유리창에조차 영롱한 무지갯빛을 쏘아주었다.

 이런 날씨에 기분까지 딱 들어맞을 때면 누구나 저절로 흥에 겨워 콧노래가 흘러나오는 법이다. 셀던은 아침 햇살로 위장한 더러운 거리를 따라서 바쁘게 발걸음을 옮기고 있었다. 마치 새로운 모험을 떠난 젊은이가 된 듯이 온몸에 흥분이 넘쳐 흘렀다. 그는 익숙한 습관의 해안을 결연히 떠나서 이제껏 가보지 못한 감정의 바다를 향해 홀로 항해를 떠나는 중이었다. 예전의 판단 기준과 척도 들은 모두 뒤에 버려진 채 새로운 별들이 그의 여정을 이끌고 있었다.

 지금 당장 이 여정은 오직 바트 양의 하숙집을 향해 가는 것뿐이었다. 하지만 저 허름한 현관 계단이 갑자기 미지의 세계로 들어가는 문턱처럼 보였다. 가까이 다가가던 셀던은 문득 고개를 들어 삼 층으로 늘어선 창문들을 올려다보면서 사춘기 소년처럼, 과연 저 중에 어느 것이 릴리 양의 창문일까 궁금해하며 가슴이 설레었다. 지금은 아직 9시였다. 하지만 주로 노동자들이 세 들어 살고 있는 이 건물의 출입구는 이미 잠에서 깨어난 지 오래였다. 그때 오직 단 하나의 창문만 블라인드가 내려져 있었던 것을 셀던은 그 이후에도 오랫동안 기억했다. 그는 또한 오직 한 곳의 창틀 위에만 팬지 꽃 화분이 놓여 있다는 걸 알아차렸고, 이내 저 창문이 바로 릴리 양의 창문일 거라고 결론지었다. 이 추레하고 지저분한 건물에서 발견할 수 있는 유일한 아름다움의 자취를 릴리 양과 연결시키는 것은 당연한 일이었다.

사실 아침 9시는 다른 집을 방문하기에는 좀 이른 시각이었다. 하지만 이제 셀던은 그런 관습의 굴레 따위는 모두 벗어버렸다. 그가 아는 건 오직 지금 당장 릴리 바트를 만나야 한다는 사실뿐이었다. 그녀에게 꼭 해야 할 말을 드디어 찾았고, 이제 단 일 분도 기다릴 수 없었다. 좀 더 일찍 그 말을 하지 못한 것이, 아니 당장 그 말을 하지 못하고 어젯밤을 그냥 보내버린 것이 오히려 이상할 지경이었다. 하지만 그게 뭐 대수겠는가? 이렇게 새로운 날이 밝아왔는데? 게다가 그 말은 어두운 황혼녘이 아니라 환한 아침에 해야 할 말이었다.

셀던은 성급하게 계단을 뛰어올라 가서 벨을 눌렀다. 하지만 자기 감정에 흠뻑 빠져 있는 상황에서도 현관문이 기다렸다는 듯이 즉각 열리는 걸 보고 깜짝 놀라지 않을 수 없었다. 게다가 문을 연 사람이 바로 거티 패리시임을 알고서 더욱 놀랐다. 그녀의 등 뒤로는 소란스러운 분위기 속에 몇몇 사람이 불길하게 서성거리고 있었다.

"로렌스!"

거티가 이상한 목소리로 부르짖었다.

"어떻게 이토록 빨리 올 수 있었나요?"

그의 가슴 위에 올려놓은 거티의 떨리는 손이 당장이라도 그의 심장을 움켜쥘 것만 같았다.

셀던은 두려움과 억측이 뒤섞인 모호한 표정을 짓고 있는 또 다른 사람들을 알아보았다. 그리고 거대한 체격의 여주인이 몸을 좌우로 흔들며 그를 향해 다가오는 광경을 보았다. 순간 셀던은 두 손을 번쩍 치켜들고 뒤로 주춤주춤 물러나고 말았다. 동시에 그의 시선은 자동적으로 가파른 검은 호두나무 계단을 향했다. 그리고 곧 그의 사촌이 그를 그곳으로 인도할 것이라는 사실을 직감적으로 알아챘다.

그의 등 뒤에서 누군가 잠시 후면 의사가 돌아올 것이라고 말하는 소리가 들렸다. 그리고 위층에 있는 어떤 것도 치우면 안 된다는 소리도 들려왔다. 곧이어 또 다른 사람이 소리쳤다.

"그래도 무엇보다 다행스러운 일은……."

그 순간 셀던은 부드럽게 그의 손을 붙잡는 거티의 손길을 느꼈다. 이제 두 사람은 함께 위층으로 올라가야 하는 것이다.

무거운 침묵 속에서 그들은 삼 층까지 올라갔다. 그리고 복도를 지나 굳게 닫힌 문 앞에 섰다. 거티가 문을 열었고, 셀던은 그녀의 뒤를 따라 들어갔다. 비록 블라인드가 드리워져 있었으나 도저히 막을 수 없는 눈부신 햇살이 황금빛 강물처럼 방 안으로 쏟아져 들어오고 있었다. 이 빛 속에서 셀던은 벽 옆에 바싹 붙어 있는 좁은 침대를 발견했다. 침대 위에는 릴리 바트와 비슷하게 생긴 형상이 아무런 의식도 없는 평온한 얼굴로 두 손을 가지런히 모은 채 누워 있었다.

순간 셀던의 신경 하나하나가 일제히 아우성치며 깨어나 저기 저것이 진짜 릴리 바트라는 사실을 맹렬히 부인하고 나섰다. 불과 몇 시간 전만 해도 릴리 바트의 따뜻한 몸이 그의 가슴에 안겨 있었다. 그런데 저 낯설고 고요한 얼굴이 도대체 그와 무슨 상관이란 말인가? 평생 처음으로, 셀던이 온 것을 보고도 창백해지거나 붉어지지도 않는 저 얼굴이?

거티 역시 이상할 정도로 평온한 얼굴이었다. 그녀는 수많은 고통을 다루어본 사람답게 자제력을 잃지 않은 채 침대 옆에 가만히 서서 마지막 유언을 전하듯이 나직이 말했다.

"의사가 클로랄[32] 약병을 찾았대요. 릴리는 오래전부터 잠을 잘 못 이루었어요. 틀림없이 실수로 약을 과용했을 거예요……. 틀림없어요. 그렇고말고요. 그건 의심할 여지가 없는 일이죠. 의사 선생님은 아주 친절하셨어요. 다른 사람들이 이 방에 들어오기 전에 먼저 당신과 내가 잠깐 릴리와 함께 있고 싶다고 선생님께 부탁드렸어요. 릴리의 물건들도 정리해야 하고요. 분명히 릴리도 그러길 바랐을 거예요. 난 알아요."

하지만 셀던은 거티가 무슨 말을 하는지 거의 알아들을 수가 없었다. 그는 마치 낯익은 사람의 얼굴 위에 식별하기 힘들 만큼 얇은 가면을 씌워놓은 듯 보이는, 고요히 잠든 얼굴을 멍하니 내려다보고 서 있었다. 셀던은 진짜 릴리가 아직도 이곳에, 바로 그의 곁에 머물고 있음을 느낄 수 있었다. 그러나 이제는 눈에 보이지도, 가까이 다가갈 수도 없는 존재가 되었다. 그들 사이를 가로막고 있는 얇은 장벽이 무기력한 그를 조롱하는 것 같았다. 한때 그들 사이에는 만질 수 없는 아주 허술한 장벽 이외에는 다른 어떤 것도 가로놓여 있지 않았다. 그런데도 그는 그녀와 거리를 유지하려고 그토록 애를 쓴 것이다! 어느 순간 얇아지고 약해진 것처럼 보였던 그 장벽이 갑자기 돌처럼 단단해져 버렸고, 그가 아무리 죽을 힘을 다해 장벽에 몸을 부딪쳐 보아도 이제는 소용이 없었다.

셀던은 침대 옆에 털썩 무릎을 꿇고 주저앉았다. 하지만 거티의 손길이 그의 정신을 일깨웠다. 셀던은 힘겹게 일어섰고 두 사람의 눈이 마주치는 순간, 셀던은 놀라울 정도로 빛나는 사촌의 얼굴에 깜짝 놀랐다.

"의사가 무슨 일로 갔는지 당신도 짐작하고 있지요? 물론 의사는 아무 문제도 없을 거라고 약속했어요. 하지만 형식적인 절차는 당연히 거쳐야 한다고 말이죠. 그래서 제가 의사 선생님께 먼저 우리에게 그녀의 소지품을 살펴볼 수 있는 시간을 달라고 부탁드렸어요."

셀던이 고개를 끄덕였다. 거티는 썰렁한 작은 방 안을 힐끗 둘러보더니 재빨리 결론을 내렸다.

"그리 오래 걸리지는 않을 거예요."

"그렇군요. 오래 걸리지 않겠어요."

셀던도 동의했다. 거티는 잠깐 그의 손을 꼭 붙잡더니 마지막으로 침대 쪽을 돌아보고는 조용히 문을 향해 걸어갔다.

"혹시 제가 필요하면, 전 아래층에 있을게요."

셀던은 그녀를 붙잡으려고 했다.

"하지만 거티는 왜 나가려고 하는 거죠? 그녀는 아마 당신이……."

거티가 힘없이 미소를 지으며 고개를 살랑살랑 저었다.

"아니에요. 릴리는 바로 이런 걸 원했을 거예요."

거티가 이 말을 하는 순간, 슬픔으로 돌처럼 굳어진 셀던의 머릿속에 반짝 떠오르는 것이 있었다. 그리고 그는 꽁꽁 감추어져 있던 사랑을 그 밑바닥까지 깊숙이 들여다보았다.

거티의 등 뒤로 문이 닫혔다. 셀던은 침대 위에 꼼짝하지 않고 잠들어 있는 그녀와 단둘이 남게 되었다. 당장이라도 그녀의 옆으로 달려가서 무릎을 꿇고 앉아 베개 위에 놓여 있는 저 평화로운 뺨 위에 터질 것 같은 그의 머리를 올려놓고 싶은 충동이 솟구쳤다. 그들 두 사람은 단 한 번도 평화롭게 지낸 적이 없었다. 이제 셀던은 낯설고 신비로운 그녀의 평온함 속으로

기쁨의 집 259

한없이 이끌려 들어가는 자신을 발견했다.

그때 문득 거티의 경고가 떠올랐다. 동시에 비록 이 방 안에서는 마치 시간이 정지된 듯 느껴지지만 분주한 발걸음이 이 방을 향해 다가오고 있음을 깨달았다. 거티는 그에게 황금처럼 귀중한 삼십 분의 시간을 마련해 준 것이다. 그러므로 그는 그녀의 뜻에 따라서 이 시간을 적절히 사용해야 했다.

셀던은 얼른 돌아서서 방 안을 둘러보았다. 그리고 억지로라도 바깥 사물들에 정신을 집중하려고 애썼다. 방 안에는 딱히 가구라고 할 것도 별로 없었다. 허름한 서랍장 위에는 레이스 덮개가 깔려 있었고, 금박을 입힌 상자 몇 개와 병들, 장미꽃색의 바늘꽂이, 그리고 거북이 등껍질로 만든 머리핀들이 담긴 유리 접시가 놓여 있었다. 셀던은 가슴이 아플 정도로 낯익은 이 자질구레한 물건들을 보고 그만 흠칫 물러서고 말았다. 그리고 그 위에 걸려 있는 화장 거울 속의 텅 빈 공간을 보고 다시 한 번 소스라쳤다. 이 물건들은 유일한 사치의 흔적이었으며, 끝까지 개인의 품위를 지키려는 세심한 노력의 흔적이었다. 그것은 또한 그녀가 또 한 번의 거부로 어떤 대가를 치러야 했는지 보여 주고 있었다. 그 이외에 그녀의 체취를 느낄 수 있는 개인적인 물건은 더 이상 없었다. 단지 지나치리만큼 깔끔하고 소박한 가구들 몇 점만이 그녀의 성품을 보여 줄 뿐이었다. 세면대, 의자 두 개, 작은 책상, 그리고 침대 옆에 놓인 작은 탁자, 그것이 전부였다. 그 탁자 위에는 빈 병과 유리잔이 놓여 있었는데, 셀던은 그걸 보자마자 황급히 시선을 돌렸다.

뚜껑이 닫힌 책상 위에는 편지 두 통이 놓여 있었고, 셀던은 그것을 집어 들었다. 한 봉투 위에는 은행 주소가 적혀 있었는데, 우표를 붙이고 봉인까지 해놓았다. 셀던은 잠시 망설이다가 봉투를 옆으로 내려놓았다. 그때 또 다른 봉투 위에 적힌 거스 트레너란 이름이 그의 눈에 들어왔다. 봉투는 아직 봉인이 되어 있지 않았다.

순간 강렬한 유혹이 날카로운 비수처럼 그의 가슴을 파고들었다. 셀던은 충격을 이기지 못하고 비틀거리다가 탁자에 몸을 기대었다. 어째서 그녀가 트레너에게 편지를 썼단 말인가? 그것도 바로 어젯밤 그들이 헤어지고 난 직후에? 두 사람이 나누었던 마지막 순간의 신성한 추억을 더럽히는 온갖 추측이 어지럽게 떠오르면서 그가 릴리에게 고백하고자 했던 말들을 한낱 조롱거리로 만들어버렸다. 그리고 심지어 모든 것을 정화하는 지금의 엄숙한 침묵마저 오염시키고 말았다. 셀던은 이제 영원히 벗어나 버렸다고 생각한 모든 추악한 의심이 구름 떼처럼 다시 몰려드는 것을 느꼈다. 하긴, 그가 그녀의 삶에 대해서 뭘 얼마나 알고 있단 말인가? 기껏해야 그녀가 그에게 보여 주는 부분만 보고 그녀에 대한 세상의 평판을 들었을 뿐이다. 그 얼마나 보잘것없는 관계였던가! 그런데 도대체 그가 무슨 권리로 죽음이 그 빗장을 벗겨 버린 그녀의 은밀한 본심을 들여다본단 말인가? 마치 그의 손에 들린 편지가 그렇게 따져 묻는 것 같았다. 하지만 그의 심장은 그들이 함께 나눈 마지막 시간은 그에게 그럴 권리를 주었다고, 그때 그녀가 손수 그 열쇠를 그의 손에 쥐어 주었다고 소리 높여 부르짖고 있었다. 물론 그렇다. 하지만 만약 트레너에게 쓴 이 편지가 그다음에 쓴 것이라면?

셀던은 갑작스러운 혐오감에 사로잡혀서 얼른 편지를 옆으로 밀쳐 버렸다. 그리고 입을 꾹 다문 채 남은 일을 처리하는 데만 전념했다. 이제 사적인 감정 따위는 말끔히 사라졌으니 사무적인 일을 처리하기는 더 쉬울 것이다.

셀던이 책상 뚜껑을 들어 올리자 수표 장부와 영수증 뭉치, 편지 다발 등이 눈에 띄었다. 말끔하게 순서대로 잘 정돈된 서류들은 릴리의 평소 생활 습관을 고스란히 보여 주었다. 셀던은 제일 먼저 편지 다발을 살펴보았다. 그것이 그가 할 일 중에서 가장 어려운 부분이었기 때문이다. 대부분은 중요하지 않은 편지들이었다. 하지만 자신이 브리 부부의 연회가 끝난 후에 그녀에게 보냈던 쪽지를 발견하는 순간, 셀던은 이상한 마음의 동요를 느꼈다.

"몇 시에 당신을 찾아가면 될까요?"

이 말이 그의 가슴에 사무치면서 마지막 결정적인 순간에 그녀에게서 도망쳐 버린 자신의 행동이 얼마나 비겁했는지 뼈아프게 깨달았다. 그랬다. 그는 언제나 자신의 운명을 두려워하며 꽁무니를 빼곤 했다. 하지만 끝까지 자신의 비겁함을 부인하기에는 그는 너무 정직했다. 바로 지금도 그저 트레너의 이름만 보았을 뿐인데, 지나간 모든 의심이 일제히 되살아나지 않았는가?

셀던은 그 쪽지를 조심스럽게 접어서 자신의 명함 지갑 안에 넣었다. 릴리가 그토록 소중하게 보관했던 물건이란 사실만으로 굉장히 중요한 뭔가가 되어버린 듯했다. 하지만 이미 시간이 많이 흘렀음을 깨닫고, 셀던은 계속해서 서류를 조사했다.

참으로 놀랍게도 모든 청구서는 말끔히 지불한 상태였다. 계산이 끝나지 않은 거래는 단 한 건도 없었다. 셀던은 수표책을 열어보았다. 그리고 바로 어젯밤 페니스턴 부인의 유언 집행관에게서 만 달러의 수표가 들어왔다는 사실을 확인했다. 거티가 이야기했던 것보다 그 유산이 일찍 지불된 것이 분명했다. 하지만 다시 한두 장을 넘겨보던 셀던은 깜짝 놀라고 말았다. 불과 어제 그렇게 많은 돈이 들어왔는데, 이미 남은 돈은 몇 달러밖에 없었던 것이다. 최근 수표책의 내역을 재빨리 훑어보니 모든 수표가 바로 어제 날짜로 발행되었는데, 유산 중 4, 5백 달러는 빌린 청구서들을 정산하는 데 썼고 나머지 돈은 모두 한 장짜리 수표로 만들어서 바로 찰스 오거스터스 트레너에게 지불했다.

셀던은 수표책을 내려놓고 책상 옆에 놓인 의자에 털썩 주저앉아 버렸다. 그리고 고개를 숙인 채 두 손에 얼굴을 파묻었다. 인생에 대한 씁쓸한 회한이 밀려들면서 재라도 씹은 듯 입안이 썼다. 과연 트레너 앞으로 발행한 이 수표가 모든 수수께끼를 밝혀 주는 것일까? 아니면 더 헤아릴 수 없는 미궁 속으로 빠뜨리는 것일까? 그의 사고는 더 이상 작동하기를 거부했다. 단지 트레너와 같은 남자와 릴리 바트와 같은 젊은 여자 사이의 이런 거래가 결코 깨끗할 수는 없을 거란 생각뿐이었다. 하지만 의심으로 흐려졌던 그의 시야가 차츰 밝아지면서 예전부터 떠돌던 소문과 은근한 암시들이 다시 떠올랐다. 그리고 그가 제대로 진위를 파악하기를 두려워했던 바로 그 소문들을 바탕으로 이 수수께끼에 대한 해답을 구성하기 시작했다. 결국 릴리가 트레너에게서 돈을 빌렸다는 소문은 사실이었던 것이다. 하지만 이 조그만 책상 속에 든 서류들이 증명하듯이 릴리에게 그 부채는 견딜 수 없는 고통이었고, 드디어 부채에서 벗어날 수 있는 기회가 오자마자 당장 실행에 옮긴 것이었다. 비록 그로 인해서 꼼짝달싹 못하는 완벽한 궁핍과 직면하게 된다 하더라도 말이다.

이것이 그가 깨달은 전부였다. 혹은 이 수수께끼에 대해서 그가 해명하고 싶은 전부였다.

침대 위에 누워 있는, 저 꼭 다문 입술은 더 이상 설명하기를 거부하고 있었다. 나머지 해답은 저 입술이 그의 이마에 남겼던 그 입맞춤 속에 감추어져 있을 것이다. 그랬다. 이제 비로소 셀던은 그 마지막 인사 속에서 자신이 그토록 알고 싶어 애태우던 모든 진실을 읽어낼 수 있었다. 그리고 더 나아가 일생일대의 기회를 어리석게 놓쳐 버린 자기 자신을 비난하지 않을 수 있는 용기도 얻을 수 있었다.

　셀던은 모든 현실적 상황이 공모하여 두 사람을 번번이 갈라놓았다는 걸 깨달았다. 한편 릴리의 운명을 좌지우지한 외부의 영향력에서 비교적 자유로웠던 셀던은 점점 더 까다롭고 결벽증적인 성품이 되었고, 무조건적으로 사랑하며 살 수 없게 되었다. 그렇지만 그는 적어도 그녀를 사랑했다. 그녀에 대한 믿음을 위해서 기꺼이 자신의 운명을 희생하려고 했다. 이제 그는 깨달았다. 만약 그 순간이 그들에게 붙잡히기 전에 비껴가도록 운명 지어져 있었다면, 무너져 버린 그들 인생의 폐허 더미 속에서도 역시 온전히 빠져나올 것이라는 사실을.

　그들 두 사람을 타락과 소멸로부터 지켜주었던 것은 바로 그 사랑의 순간, 그들의 머리 위로 빠르게 지나가 버린 그 승리의 순간이었다. 그 순간은 릴리로 하여금 모든 것이 열악한 상황에도 전력을 다해 그에게로 다가가도록 해주었으며, 셀던이 끝까지 믿음을 지키도록 해주었고, 결국 그녀의 곁에서 뉘우치며 화해하도록 해주었다.

　셀던은 침대 옆에 무릎을 꿇고 앉아서 그녀 위로 몸을 숙였다. 그리고 이 마지막 순간을 바닥에 남은 찌꺼기까지 남김없이 들이켰다. 그 평화로운 침묵 속에서 마침내 너무나 분명해진 그 말이 두 사람 사이에 오고 갔다.

주

2권

1장

1) 몬테카를로: 지중해 연안에 있는 휴양도시. 모나코의 자치권을 지닌 유명한 카지노가 있다.
2) 테라스: 몬테카를로의 레 물랭 지구에 있는 최고급 호텔.
3) 베카생: 테라스 호텔의 경쟁 호텔로 추측된다. 하지만 베데커의 『남부 프랑스 가이드북』(1898)에는 이름이 올라 있지 않다.
4) 콩다민: 모나코의 기차역에서 멀지 않은 곳에 위치한 최고급 호텔.
5) 케볼테르: 헌책방과 오래된 흥미로운 가게, 값싼 숙소와 음식점으로 유명한 부둣가.
6) 사브리나: 밀턴의 『코머스(Comus)』에 나오는 세번 강의 요정.
7) 칸: 프랑스 리비에라 지방에 있는 유명 휴양지. 생라파엘과 앙티브 사이에 위치하고 있다.
8) 시미에: 니스 북쪽에 있는 작은 마을. 로마시대 원형 경기장 유적과 사치스러운 호텔, 화려한 정원 등으로 유명하다.
9) 리비에라: 프랑스 니스부터 이탈리아 지중해 연안에 이르는 유명한 휴양지. (옮긴이 주)
10) 폴 베를렌(1844~1896): 프랑스의 시인. 음악적이고 신비하고 열정적인 시를

썼다. 시인 자신은 원하지 않았지만, 흔히 상징주의의 아버지로 손꼽힌다. 퍼시 그라이스 같은 사람은 그를 밥맛없는 인간으로 여겼을 것이다.

11) 니스: 프랑스 리비에라의 중요 항구이자 대표적인 관광도시.
12) 수상 축제: 배 위에서나 물가에서 벌이는 연회. 영국 시인 W. M. 프레이드가 어느 한 시 구절에서 적절한 예를 보여 주고 있다. "작위를 받은 부인들은 물 위에서 연회를 베풀고."
13) 영국인의 산책길(Promenade des Anglais): 니스 해변에 있는 유명한 산책로. (옮긴이 주)
14) 바카라: 도박의 일종. (옮긴이 주)

2장

15) 테오크리투스: 그리스의 위대한 전원시인. 시라쿠사 출신으로 기원전 3세기에 살았다.
16) 데뉴망: 어떤 문제나 이야기의 결과 혹은 결말.

3장

17) 리비에라 통신: 지중해 지역에 사는 소수 백인 미국인을 위한 전형적인 가십지. 주로 사교계 사건을 다룬다.

4장

18) 쿠프 자크: 화려한 프랑스식 후식.
19) 페세 아 라 멜바: 신선한 복숭아와 바닐라 아이스크림, 달콤한 라즈베리 퓌레로 만든 화려한 후식. 프리마돈나인 넬리 멜바의 이름을 땄다.

5장

20) 갤리선: 고대, 중세에 지중해에서 쓰던 배의 하나. 양쪽 뱃전에 아래위 두 줄로 노가 많이 달렸는데, 전쟁 때는 무장하여 병선(兵船)으로 썼다. (옮긴이 주)

8장

21) 방종한 생활을 하는 사람들을 가리켜 이렇게 표현하기도 한다. (옮긴이 주).
22) 여성 물물교환소: 미국 전역에서 가난한 여성들이 직접 만든 물건을 가져와

서 팔 수 있도록 해주는 정부 기관. 이곳에서 여성은 익명성과 자존심을 보호받을 수 있다. (옮긴이 주)
23) 엠포리엄 호텔: 아마도 월도프 아스토리아 호텔을 빗댄 듯하다. 밴더빌트가 뉴욕을 방문한 자신의 부유한 친구들이 평소대로 사치스러운 생활을 누릴 수 있도록 하기 위해 이 호텔을 지었다고 한다.

9장

24) 폴스타프: 셰익스피어의 희곡에 나오는 인물로, 주색을 좋아하며 파티를 잘 계획하고 주선하기로 유명하다. (옮긴이 주)
25) 봉보니에르: 작고 장식이 화려한 사탕 상자.

10장

26) 에그레트: 긴 백로 깃털이 달린 머리 장식.
27) 비로트 모자: 파리의 모자 제작자 마담 비로트가 디자인한 모자를 말한다. (옮긴이 주)
28) 폼페이식 장식: 고대 로마의 도시였던 폼페이는 기원후 79년에 베수비오 화산의 폭발로 수많은 집이 파괴되었는데, 그 집들은 대개 가정 풍경과 다산의 신들을 그린 벽화로 장식되어 있었다. 그런데 벽화의 색깔이 주로 붉은 진흙색이다.

11장

29) C-스프링 4인승 대형 쌍두마차: 접이식 덮개가 달린 사륜마차. 2인용 좌석 두 개가 서로 마주 보도록 놓여 있고, 마차 앞쪽에는 마부를 위한 좌석이 있다.
30) 존 로저스(1829~1904): 매사추세츠 세일럼에서 태어난 조각가. 몇 년 동안 힘든 시기를 보낸 후 1859년 뉴욕 시에 스튜디오를 열고 커다란 성공을 거둔다. 그의 문학적 '그룹'을 위해 제작한 소규모 형식의 작품이 특히 유명하다.
31) 플러시: 벨벳과 비슷하나 길고 보드라운 보풀이 있는 비단 또는 무명 옷감. (옮긴이 주).

14장

32) 클로랄: 수면제.